Sur l'auteur

Née en 1974, diplômée de philosophie à Harvard, Abha Dawesar vit aujourd'hui entre Delhi, New York et Paris. *Babyji*, roman d'apprentissage aux accents érotiques, a été couronné de deux prix littéraires aux États-Unis. *L'Inde en héritage* a été sélectionné pour les prix Médicis et Femina étrangers. Ces deux romans sont des best-sellers en Inde.

Du même auteur
aux Éditions 10/18

BABYJI, n° 4126
L'INDE EN HÉRITAGE, n° 4456
L'AGENDA DES PLAISIRS, n° 4644
SENSORIUM, n° 4949
MADISON SQUARE PARK, n° 5594

ABHA DAWESAR

MADISON SQUARE PARK

Traduit de l'anglais (États-Unis)
par Laurence Videloup

10/18

HÉLOÏSE D'ORMESSON

Titre original :
Madison Square Park

ISBN 978-2-264-06906-1
Dépôt légal : mars 2020

Des odeurs de friture et d'huile d'arachide rance imprégnaient le couloir. La moquette verte avait absorbé des années de cuisine indienne. Lorsque mon père m'ouvrit la porte, je m'y précipitai pour respirer de l'air frais mais découvris que l'appartement, son appartement, le nôtre désormais, était plus sale que les parties communes de l'immeuble.

La petite alcôve de l'entrée donnait sur une pièce plus grande où mon père avait mis par terre, contre un mur, un matelas avec deux coussins. Il l'avait recouvert d'un drap rose et bleu imprimé de motifs indiens, celui que ma mère lui avait donné, je m'en souvenais, lors de son dernier voyage en Inde. C'était également à cette occasion qu'il m'avait apporté un walkman jaune. J'en connaissais le prix : quatre-vingts dollars. C'était une grosse somme d'argent pour lui, je le savais, car mon père travaillait au noir, bien que je ne comprenne pas vraiment ce que cela signifiait.

Le coin cuisine, deux étagères et un évier, se trouvait dans la pièce à vivre. Ma mère embrassa le tout du regard, la mine sombre. Des assiettes et des tasses sales s'empilaient sous le robinet et sur le minuscule plan de travail. Près du mur étaient disposés une petite table ronde, deux chaises et un tabouret. Mon père les montra du doigt.

— Je les ai achetés hier.

Le salon communiquait avec l'unique chambre par une ouverture de la largeur d'une porte, les gonds toujours fixés au mur. À Delhi, nous avions trois chambres. N'en avoir qu'une ne ferait guère de différence ; j'avais toujours dormi dans le lit de mes parents.

Lorsque ma mère eut fini de laver la vaisselle, elle sortit de la valise mon pyjama et me le tendit. Il était tard, onze heures peut-être. Je me changeai dans la salle de bains, et revins. Je m'allongeai sur le lit et roulai vers le centre.

— Non, pas au milieu, tu dors de ce côté, m'enjoignit mon père avec un mouvement du menton pour m'indiquer le bord.

Il avait enlevé sa chemise, et son mamelon surnuméraire, au-dessus du droit, était visible. En Inde, il portait sous sa chemise un maillot de corps qui cachait ses deux vrais mamelons. Spectacle étrange que de les voir tous les trois ensemble. J'avais oublié combien sa peau était foncée. Ma mère et moi étions plus claires.

Je roulai vers le bord.

Ma mère se coucha après moi ; elle portait encore le sari dans lequel elle avait voyagé. En règle générale, contrairement à mes tantes qui dormaient en jupon et chemise, et mes cousins plus âgés qui dormaient en long caftan, elle dormait en sari. Tout à coup, ma famille, qui habitait jusqu'alors à deux pas de chez nous, me parut très, très loin. Je ne pourrais plus aller jouer avec mes cousins. Je n'avais personne, ici. L'absence de mes cousins et de mes tantes commençait à se faire sentir mais je pensai aussi à ceux que je portais moins dans mon cœur et me réjouis d'en être débarrassée.

Mon père éteignit la lumière.

Je m'endormis pour me réveiller en sursaut. Un

bruit étouffé venait du côté de ma mère. Mon père lui faisait mal. Je voulus parler mais ma bouche refusa de s'ouvrir. Je sentais mon corps lourd, paralysé. Je clignai plusieurs fois des yeux en me disant : Non, ce n'est pas un rêve. *Mes rêves étaient parfois très réels mais jamais je ne parvenais à m'y mouvoir. J'entendis de nouveau ma mère. Avec un effort extrême, je posai ma main à plat sur le lit pour me redresser.*

Ma mère tira mon poignet d'un coup sec.

— Rendors-toi, siffla-t-elle.

Quelques minutes plus tard, je l'entendis qui marmonnait à mon père : « Rhabille-toi. »

Mon père grogna.

Je n'ai pas mes règles et je ne peux plus tergiverser. À la pause de midi, je sors dans William Street et vais à la pharmacie Duane Reade la plus proche. J'achète un test de grossesse et m'enferme aux toilettes du bureau. Je suis enceinte.

Je jette le test dans la poubelle en fer à côté de la cuvette des W-C, me lave les mains et retourne à mon box. Le téléphone sonne.

— J'ai une surprise pour toi ce soir, m'annonce Thomas.

— Ah oui ?

— Il y a un problème ?

Quand quelque chose cloche, Thomas le sait aussitôt.

— Non, rien.

J'espère qu'il ne va pas insister.

— Tu es sûre ?

— Oui, on se dit à ce soir à la maison.

— J'appelle pour savoir si tu as, oui ou non, envie de tomates aujourd'hui. Elles sont bien rouges mais sont-elles assez sucrées ?

— Non, certainement pas.
— J'ai bien fait de vérifier.
Il m'envoie un baiser dans le combiné et raccroche.

Lorsque je pousse la porte de notre studio, il fait noir à l'intérieur. La flamme d'une bougie vacille près de la fenêtre et, de là où je me tiens, je vois son reflet. J'ai peur de trébucher sur les paires de chaussures alignées dans le couloir près de la cuisine. Je pense aux cellules qui grandissent dans mon ventre et je l'appelle.
— Je ne vois rien.
En l'espace d'une seconde, il est à mes côtés et, me prenant par la main, me conduit jusqu'au sofa. Sur la table basse, une bouteille a été débouchée pour laisser le vin s'aérer. Deux verres scintillent.
— Tu peux allumer ?
Dans la lumière tamisée de l'halogène, je repère le vase rempli de petites roses épanouies, pas plus grosses que des bourgeons. Rouge cramoisi. Des roses africaines. Il en a déjà acheté.
— Oui, je sais, je ne devrais pas. La planète manque d'eau et l'empreinte carbone Kenya-New York est une honte. Je te promets que quand je gagnerai de nouveau ma vie, j'achèterai des fleurs locales.
— C'est pas grave.
Je m'approche de la table. Des roses rouges, j'en ai vu des centaines, mais c'est la première fois, depuis cet hiver-là à Delhi, que je retrouve cette nuance particulière.
— Du vin ?
Thomas, le dos tourné, est sur le point de me servir un verre.
— Non, pas aujourd'hui, j'ai mal à la tête.
— Oh ! Dommage.

Il rebouche la bouteille avec un bouchon en plastique et se dirige déjà vers la cuisine.

— Voyons, tu peux en boire sans moi !

— Ne dis pas de bêtises.

J'entends le bruit de la porte du réfrigérateur qui s'ouvre puis celui de la bouteille qu'il remet à l'intérieur.

— Tiens.

Il me tend une prune *umeboshi*.

— Ah, je ne savais pas qu'il en restait.

— J'en ai acheté au magasin coréen. Ton mal de tête devrait vite disparaître.

Je mords dans le fruit fermenté et son goût trop acidulé me tire une grimace. Thomas me donne un verre d'eau. Sensation de douceur en bouche lorsque le liquide coule sur ma langue.

— À quoi penses-tu ?

— C'est acide, encore plus que le tamarin.

Thomas m'embrasse. Ses cheveux sont ébouriffés, sa chemise chiffonnée. Il se détourne pour éteindre l'halogène ; je regarde son profil. Après toutes ces années, je le trouve encore tellement sexy.

— Allez, dînons.

Et, d'un geste ample, il écarte ma chaise.

Nous prenons place autour de la table ronde à battants. Il a préparé du risotto à la citrouille relevé d'un soupçon de curry et une salade verte toute simple au vinaigre balsamique. En dessert, il y a des pommes cuites à la cannelle et au gingembre. Plus tard, nous nous installons sur le canapé ; il me masse les pieds.

— Comment s'est passée ta journée ?

— Trois auditions. J'ai décroché un boulot de voix off pour de la formation en entreprise.

— Super !

— Mais les dix CV que j'ai envoyés et auxquels je n'aurai jamais de réponse, en revanche…

— C'est la crise, tu sais, lui dis-je en lui serrant fort la main.

— J'ai essuyé un refus pour un job auquel j'avais postulé il y a sept mois, ajoute-t-il dans un rire.

— Ne t'inquiète pas, on s'en sortira.

Cela devait être autour de mon dixième anniversaire. Comme d'habitude, le chauffeur était passé me prendre à l'école. Et, soulevant mon lourd cartable, il m'avait aidée à me dégager des bretelles qui me cisaillaient les épaules. Lorsque mes parents n'étaient pas là, j'aimais m'asseoir devant. Parfois, je me mettais au volant et faisais semblant de conduire avant qu'il ne démarre. Cet après-midi-là, les rues étaient calmes, les chiens errants et les vaches indolentes. Bercée par la voiture, j'ai peut-être même dû m'assoupir. Nous roulions tranquillement et, une fois à la maison, nous nous sommes garés.

Ma mère était assise dans l'herbe au beau milieu des rosiers.

— Elle a l'air très en colère, m'annonça Ramu en m'ouvrant la portière.

Je desserrai la cravate de mon uniforme. Je portais encore le pull rouge, le blazer bleu réglementaire et des chaussettes en laine. C'était l'hiver mais le soleil de l'après-midi était brûlant. J'avais du mal à comprendre ce qui arrivait à ma mère, croyant même que la chaleur me donnait des visions. J'ôtai ma veste tout en m'avançant vers elle, les yeux plissés pour mieux voir.

Ma mère portait son joli sari en soie bleue, celui qu'elle mettait pour travailler, mais il était couvert de terre. Les rosiers avaient été déracinés. Ils jonchaient le sol comme si les cochons sauvages qui jouaient habi-

tuellement dans les poubelles les avaient déterrés. De la terre s'agglutinait autour de leurs racines. Ma mère avait les mains abîmées ; du sang coulait des coupures et se répandait sur ses doigts. Je la fixai. Elle me fixa. Les roses étaient rouges. Rouges ses mains. Rouges. Rouges. Je fus comme hypnotisée.

— Pourquoi tu arraches les rosiers ? lui demandai-je finalement.

— Qui s'en soucie ?

— Mais, ils vont mourir !

C'était mon grand-père qui les avait plantés. Il avait pris dans sa paume une fleur à peine éclose et me l'avait montrée. J'avais aussitôt tendu le bras pour la cueillir, afin de l'accrocher à mon uniforme. Il avait repoussé ma main avec douceur.

« La fleur appartient à la plante », m'avait-il expliqué.

— Tu t'inquiètes pour les roses ? Alors que nous sommes ruinés. Finis !

Ma mère était hystérique.

— Pas devant la petite, s'interposa ma grand-mère qui, accourue depuis la maison, m'avait saisie par la main.

J'essayais de me dégager, de résister.

— Laisse ta mère tranquille, elle rentrera plus tard.

Et ma grand-mère m'avait emmenée dans la maison.

Plus tard dans l'après-midi, elles prenaient le thé ensemble, en silence. Je gribouillais sur mon carnet à dessin, tout en sirotant un verre de lait. J'étais trop affectée pour leur parler de ce qu'aurait ressenti mon grand-père. Comment ma mère avait-elle pu oublier si vite ? Mon père saurait quoi dire, il avait respecté mon grand-père. Pourtant, ce soir-là, lorsque mon père vit les égratignures sur les mains et les bras de ma mère, il ne dit rien. La peau autour des coupures avait enflé et le resta pendant des jours. J'aurais voulu la plaindre quand, coupant un citron dans la cuisine, elle laissait échapper un soupir de douleur, mais je ne ressentais que de la trahison. Comment avait-elle pu faire ça aux rosiers ? À la mémoire de mon grand-père ? À ma grand-mère encore en vie ?

Plusieurs semaines après, mes parents m'annoncèrent que mon père se rendrait aux États-Unis pour voir s'il pouvait réussir là-bas. Une fois installé, il nous y ferait venir. Je songeais aux rosiers disparus et au fait que je ne verrais plus mon père pendant longtemps.

Avec l'arrivée de l'été, la terre sécha et se craquela. À la mousson, une herbe verte et drue repoussa. Ma mère ne planta rien d'autre dans le vieux massif de rosiers.

Le matin, nous nous éveillons inévitablement à la même heure. Parfois, l'un bouge doucement puis l'autre se met à l'unisson.

Thomas m'attire vers lui et murmure :

— *Uma, coffee banaye na.*

Je lui ai appris ces quelques mots il y a longtemps, pour rire, et il les prononce chaque fois qu'il a envie de m'envoyer hors du lit la première pour faire le café. Son accent est atroce, mais son charme irrésistible.

Je proteste en grommelant et me plains de ne pas avoir pu dormir.

— Pourquoi ?

Il m'attire plus près de lui encore et m'embrasse sur la tête. Les muscles de ses jambes se contractent sous les couvertures alors qu'il étire ses orteils.

— J'ai repensé aux roses que ma mère avait saccagées dans le jardin.

— À cause de celles que j'ai achetées hier ?

— Elles étaient exactement de la même couleur.

Thomas soupire.

— On en revient toujours à ma mère. Cette scène-là est gravée dans ma mémoire, elle annonce ce qui allait suivre ; voilà pourquoi je ressens le besoin de la protéger. Je ne suis pas libre. Impossible de lui parler de nous.

— Uma, ce n'est pas une fatalité. Tu ne peux pas réparer les malheurs que ton père a causés à ta mère. Combien de temps aura-t-elle cette emprise sur toi ?

Je le fais taire, je ne peux pas commencer la journée comme ça. Je ne veux pas de cette emprise. Je n'ai pas choisi d'avoir peur de mon père. On a déjà parlé de tout cela.

— Je les déteste, tous les deux.

— Tu sais bien que ce n'est pas vrai. L'année dernière, quand ton père est tombé malade, tu étais si inquiète.

— J'aimerais qu'ils n'existent pas.

— Arrête de dire des bêtises. Mon père me manque et j'aurais dû passer plus de temps avec lui.

— Ton père n'a rien à voir avec le mien. Et ta mère rien à voir avec la mienne. Tu ne peux pas comprendre.

— Peut-être que non, n'empêche qu'il ne se passe pas un foutu jour sans que j'essaie.

Thomas se lève à toute vitesse, attrape le tee-shirt jeté au pied du lit et s'éclipse.

J'entends la porte du congélateur qui s'ouvre. L'eau coule du robinet. Bruits d'éclaboussures quand il rince la cafetière. La boîte glacée qu'il vient de sortir lui brûle la main gauche tandis qu'avec la droite il force le couvercle en plastique. Il met six cuillerées de café dans le filtre. Je peux le voir depuis le lit, même les yeux fermés. Je ne veux pas qu'il soit de mauvaise humeur avant que je parte. Il est tout ce que j'ai au monde. Mais non, c'est faux, et cette pensée toute neuve m'étonne.

Je l'entends qui ouvre la porte en verre de la douche puis je perçois les premiers crachotements de la machine à café. Je le rejoins dans la salle de bains.

— Il faudra bien qu'ils finissent par l'apprendre, je le sais ; c'est juste que je ne suis pas prête.

— Tu vas y arriver. Ce n'est pas comme si, une fois qu'ils le sauront, notre façon de vivre allait changer. Ni toi ni moi ne croyons au mariage et on ne peut pas s'acheter une maison.

— On *vit* ensemble, je te rappelle, lui fais-je remarquer en appuyant sur le tube de dentifrice.

Thomas hausse les épaules.

— Ma mère veut que je rencontre un type qui bosse dans l'informatique.

Elle m'a appelée la veille au travail mais j'ai oublié de lui en parler.

— Et ?

— Je lui ai répondu qu'il n'en était pas question.

— Quand vas-tu te lasser de ce petit jeu et te décider à surmonter tout ça ? Tant qu'ils ignoreront mon existence, ils ne pourront pas m'accepter. Et on sait bien tous les deux que la situation pourrait être pire pour toi.

— Tu veux dire que tu pourrais être noir ?

— Non, je pourrais être une femme.

— Ou musulman.

— Ou les trois à la fois.

Je pouffe de rire.

Thomas ouvre la porte de la cabine de douche et attrape sa serviette bleue en riant.

— Appelle-la, tout de suite ! Dis-lui que tu vis avec une femme noire et musulmane. Après, ce sera facile.

— J'y ai pensé, j'y ai déjà pensé. Allez, maintenant sors de là ! À mon tour !

Je suis en train de faire mousser de l'après-shampoing dans mes cheveux lorsqu'il réapparaît.

— Tu veux emporter un sandwich au beurre de cacahuètes et à la gelée ?

— Oui ! Hier au déjeuner à la cafétéria, il y avait des brocolis bouillis et de la purée de pommes de terre.

Quand je sors de la douche, un courant d'air me glace. Thomas a encore ouvert une fenêtre.

— Je gèle.

— C'était embué, je vais la fermer.

La vitre glisse dans la rainure et vient cogner les crochets dans un bruit sourd. Cela fait presque cinq ans que je vis à New York avec un Blanc dans une seule pièce et mes parents ne sont pas au courant ; ils espèrent encore me voir épouser un gars du pays qu'ils auront choisi. Je me sens plus éloignée d'eux que je ne le suis de l'Inde. Je frissonne.

— Je t'ai mis aussi une poire et un yaourt ! me crie Thomas.

Le volume de sa voix varie à mesure qu'il s'active dans l'appartement.

— Merci.

Une fois habillée, je l'embrasse et m'en vais. Je descends du métro à Bleecker Street, marche jusqu'au planning familial et attends mon tour. Jusqu'à présent, je n'ai jamais eu de secrets pour Thomas. Je lui ai confié la gestion de nos comptes bancaires, de notre épargne, et lui ai donné une procuration médicale. C'est lui qui décidera s'il faut me réanimer. Je lui confie ma mort. Et pourtant, je suis là, sans lui, en train de feuilleter un vieux numéro de *Time Out*. Je ne sais pas si je veux un enfant. Cela m'ennuie de ne pas savoir non plus ce que veut Thomas.

Lorsque mon tour arrive, je dis au conseiller que je veux confirmation de ma grossesse. J'urine dans un gobelet en plastique et le lui rapporte. Puis je prends la ligne 6 jusqu'à Wall Street. Et si j'appelais mes parents pour leur annoncer que je suis enceinte ? Ils me traiteraient de putain. Je les entends déjà.

En sortant, Thomas attrape sa veste vert clair. Elle ne va pas avec ses chaussures en toile rouge mais tant pis. Il n'a plus l'habitude de prendre le métro aux heures de pointe. Après quelques stations, il trouve un siège et se serre entre un ouvrier, d'origine slave, la cinquantaine, et une femme avec des lunettes et un gros grain de beauté, qui fait défiler des titres sur sa liseuse. L'homme à sa gauche est assis jambes écartées. Thomas le pousse sans rien dire et tend les siennes pour gagner quelques centimètres, que l'homme lui cède avec un soupir d'irritation. Le trajet sur la ligne R jusqu'à Gowanus est long et il a l'intention d'être à son aise.

Il lit son script. Cette fois, s'ils ont de la chance, ils seront payés. Au bout de quelques minutes, les mots perdent leur sens. Il essaie de nouveau de se concentrer. Dans six mois, son compte bancaire sera à sec. Selon Uma, il ne devrait pas s'inquiéter et il devrait continuer à travailler cette pièce, mais un sentiment d'absurdité l'envahit. Est-il vraiment en train d'essayer de mémoriser cette scène fictive, se déroulant dans un laboratoire de neurologie – endroit où il n'a jamais mis les pieds – alors que son amie trime au bureau ? A-t-il perdu tout sens des réalités ? Jamais auparavant il ne s'était demandé s'il était un homme mature, mais désormais, être comédien lui paraît puéril.

À l'endroit où ont lieu les répétitions, ses amis, tous de Brooklyn, l'attendent. Dick et Sam sont surexcités. Ils ont eu une réunion prometteuse avec une fondation pour la science. Peut-être seront-ils capables de produire la pièce de manière professionnelle, avec subventions à la clef. Anita, qui tient également l'un des rôles principaux, a déjà appris les deux premiers actes.

— On commence, déclare Dick.

Sam, le metteur en scène, assis devant eux avec son carnet, enregistre la répétition.

— Notre histoire est contingente. Elle est arrivée à cause de centaines de petits facteurs et de deux ou trois grands facteurs. Elle n'était pas inévitable. Il ne devait pas *nécessairement* en être ainsi. Ce n'était qu'un simple événement. Tout ce que nous avons, l'un comme l'autre, mangé, bu et senti le jour de notre rencontre a modifié la délicate chimie de notre cerveau et les seuils d'excitation de nos sens. Si ces facteurs n'avaient pas joué, nous aurions pu alors passer simplement l'un à côté de l'autre.

— Je pense tout de même qu'à un moment nous aurions engagé la conversation. Peut-être pas tout de suite, mais plus tard.

— Tu n'es pas naïf au point de croire au destin, James ? Tu es scientifique.

— Je suis assez naïf pour savoir que tu es tout à fait mon type de femme. Dès que je t'ai vue, avant que toi tu ne me remarques, je savais que j'essaierais.

— Mais je me tenais déjà à côté de toi quand tu m'as vue. Peut-être à cause des phéromones.

— On n'a pas encore de preuves formelles sur la façon dont fonctionnent les phéromones chez les humains.

— C'est une affaire de temps.

— Tu vas bientôt me dire que tu vas étudier les phéromones.

— Oui.

— Quoi ?

— J'ai trouvé un travail. Je quitte le monde universitaire.

— L'industrie ? Toi ?

— Un fabricant de parfums veut utiliser la recherche de pointe dans ce domaine.

— Qui ?

— Tu veux dire : où ? Je pars à Paris.

— Alors, entre nous c'est fini ?

— Je suppose que oui.

— Ça n'a même pas été un critère de décision, n'est-ce pas ?

— Ça l'aurait été pour toi ?

— Je pense vraiment que je t'en aurais parlé, Jana.

— Ne fais pas la tête. Tu peux venir à Paris. On verra comment ça s'organise. Je serai souvent en voyage.

— Arrêtons-nous un instant, demande Sam. Je veux que vous essayiez cette autre version que j'ai écrite hier.

Thomas, Anita et Dick échangent des regards. Sam distribue trois copies et ils recommencent.

Après la répétition, Thomas raccompagne Anita à pied jusqu'à son appartement d'Union Street, puis reprend le métro. Il aime bien ses camarades. Des êtres toujours perdus dans un monde de suppositions, des scientifiques de l'amour et de la poésie qui bâtissent des scénarios imaginaires pour éliminer le superflu et étudier les phénomènes émotionnels pour ce qu'ils sont. Contrairement à eux, Uma est pragmatique. Elle reste concentrée sur leur compte épargne et lit des livres sur la gestion financière personnelle.

Un mouvement tire Thomas de ses pensées. Il a, au niveau de son visage, un ventre de femme enceinte vêtue de bleu lavande pâle. Il lui effleure la main et se lève en même temps qu'il ôte les écouteurs de son iPod pour lui parler.

— S'il vous plaît, asseyez-vous, lui propose-t-il avec un geste vif.

— Non, je descends à la prochaine.

— S'il vous plaît.

— Non !

Elle a d'abord, devant son insistance, un ton irrité, puis elle sourit.

Il se rassied. Impossible de se détourner de ce ventre. Il a peur qu'au prochain arrêt elle ne chancelle. Il se prépare à enrayer sa chute. Ce n'est que lorsqu'elle descend qu'il se détend.

Uma lui a laissé un message qu'il ne se donne pas la peine d'écouter et il la rappelle.

— Où es-tu ? lui demande-t-elle.

— Je sors du métro, je rentre à la maison.

— Tu veux rencontrer ma mère ?

— C'est une plaisanterie ?

— Elle est à New York aujourd'hui.

— Tu vas vraiment me présenter ?

— Non. Je vais te dire où elle est et tu pourras aller à sa rencontre.

— Et je suis censé être qui ? Lui dire quoi ?

— Un étranger. Rien.
— Et je fais quoi ?
— Tu l'abordes ! Dans une heure, elle sera en route pour Penn Station et prendra le train pour Bay Head. Elle sera perdue et aura besoin d'indications, d'aide.
— Pourquoi ?
— Elle n'a pas l'habitude des transports en commun ; en général, ils prennent la voiture pour venir ici. Elle ne connaît pas Penn Station. Elle m'a demandé de la retrouver mais impossible là de quitter le bureau. On retravaille les index, et la cacophonie des téléphones va commencer à tout moment.
— D'accord, j'irai. Dis-lui que ton ami Thomas va lui donner un coup de main.
— Mon chéri, écoute-moi. Tu ne fais pas attention à ce que je dis. Je ne veux pas te présenter.
— Dis-lui que je travaille avec toi.
— Une fois de plus, tu n'écoutes pas.
— Mais c'est de la folie ! Elle finira tôt ou tard par faire ma connaissance et si je l'accoste aujourd'hui, comme ça par hasard, ce sera suspect. Elle ne nous fera jamais confiance.
— Elle ne fait confiance à personne. Ne lui donne pas ta véritable identité.
— Uma !
— Du calme. Tu sais que je ne suis pas prête. Je pourrais bien changer d'avis dans la seconde.
— Et moi, je ne lui donne pas de faux nom. Je refuse de partir du mauvais pied.
— Dis que tu t'appelles Tom. Ça te va ?
— OK, répond Thomas, les dents serrées.
— Elle doit prendre le train de quinze heures. Je te rappelle quand elle arrive.

— Et je la reconnais comment ? Je n'ai pas vu de photos récentes.

— Elle sera la seule à porter un sari.

— Faux. Tu sais, cette femme dans notre quartier que j'ai déjà croisée deux fois, celle qui selon toi travaille pour la banque indienne au croisement de Park et de la 33e, elle porte un sari ; comme toutes les Indiennes, d'ailleurs.

— Faut que j'y aille.

Thomas raccroche. Dans la salle de bains, il ouvre le flacon de gommage au sable marron qu'Uma utilise le matin. Il en verse dans ses paumes et le fait mousser sur son visage. Uma dit que c'est une racine, alors que ça a la consistance et l'odeur de la terre. Si dans ce laboratoire de neurologie fictif les odeurs jouent sur les humeurs des gens, dans le théâtre de la vie, les premières sensations sont capitales et Thomas est prêt à n'importe quoi pour faire bonne impression à Mrs Sahni. Les parfums subliminaux et les scènes périphériques comptent pour l'esprit ; cela vaut le coup de se faufiler sous le radar de la conscience de Mrs Sahni.

D'après ce qu'il a entendu à son sujet, c'est un drôle de personnage. Elle a rencontré le père d'Uma en médecine et, bien que de castes différentes, ils se sont mariés. Elle a gardé son nom de jeune fille et a exercé en Inde, puis une fois aux États-Unis elle a abandonné la médecine. Aujourd'hui le père d'Uma a un cabinet et elle fait la comptabilité.

Après un coup d'œil dans la glace, Thomas balance ses chaussures en toile rouge et en enfile des noires, plus discrètes, puis il passe une *kurta* grise, tunique achetée dans un magasin d'habits en coton à Bangalore. Uma l'avait emmené en Inde à condition qu'ils s'en tiennent au sud, où ils auraient le moins de chances de croiser ses parents et amis. Au programme : balade en bateau sur les canaux du Kerala et quelques jours à Hampi. Des emplettes. Et deux jours de cours de cuisine pour Thomas. Depuis la falaise à Varkala, ils avaient regardé les pêcheurs s'éloigner dans la mer d'Arabie et, dînant en terrasse, ils avaient pu suivre des yeux les lumières de plus en plus petites des bateaux de pêche. Uma avait fait remarquer qu'il était difficile de concevoir que de l'autre côté de la mer, c'était l'Afrique, et il l'avait serrée tout contre lui. Il était alors bien loin d'imaginer que, quatre ans plus tard, l'ombre des parents d'Uma planerait toujours au-dessus d'eux. Que, tandis que leur passion cédait la place à une histoire plus simple, au rythme plus lent, le petit nid qu'ils avaient construit serait la proie constante d'oiseaux prédateurs qui, battant des ailes, obstruant la lumière, viendraient piller la maigre récolte de leur vie commune.

Il se tourne vers le Mac et cherche une photo de la mère d'Uma. Il y en a quelques-unes prises lors d'un voyage à Toronto. Il zoome sur le visage de Mrs Sahni et examine les yeux, le menton, la monture de ses lunettes marron. Puis il attrape un roman indien qu'Uma est en train de lire et se dirige vers Penn Station pour repérer le terrain. Il ne connaît pas très bien les horaires de départ de la *New Jersey Transit Line*.

— Ma mère est en taxi, 34e Rue, et elle se dirige vers l'ouest. Et toi, tu es où ?

— Au croisement de la 34e et de la 7e. De l'autre côté de chez Macy's.

— Parfait. C'est là qu'elle va s'arrêter et elle descendra par l'escalier roulant. Propose-lui ton aide.

— C'est l'heure du déjeuner, il y a foule sur le trottoir. Personne ne propose son aide à personne !

Il entend Uma dire quelque chose en hindi et aussi le mot « taxi ». Il attend.

— Le taxi s'arrête là, maintenant. Tu la vois ?

— Pas encore. Elle est encore au téléphone avec toi ?

— Non, j'ai raccroché.

— Reprends la communication et tiens-moi au courant. Tu l'appelles du bureau ?

— Non, du Nokia.

Thomas a oublié ce petit téléphone sur lequel, pourtant, Uma consulte très régulièrement les appels. Il n'y prête plus guère attention désormais, même si, lorsqu'elle l'avait acheté dans l'unique but de communiquer avec ses parents, il était resté sceptique.

— Je crois qu'elle est en train de t'appeler.

Thomas épie Mrs Sahni tandis qu'elle sort du taxi. Après un instant d'hésitation au coin de la rue, elle se dirige vers l'entrée principale. Mais dès qu'elle se remet à parler au téléphone, elle tourne légèrement sur la droite. Puis sur la gauche. S'arrête. Repart. Elle est distraite et Thomas comprend qu'en fait elle ne va nulle part. Tant qu'elle parlera avec sa fille, elle ne demandera son chemin à personne. Elle semble de nouveau se diriger vers l'entrée.

Thomas se jette à l'eau. Il la dépasse d'un pas rapide et lui coupe la route dans l'espoir qu'elle remarquera sa présence en voyant sa *kurta*. Puis il ralentit et prend l'escalator. Si Uma veut que ce projet fou fonctionne, il faut, contrairement à ce qu'elle pense, que Mrs Sahni ressente le besoin de l'aborder. Il faut que, d'une façon ou d'une autre, il provoque cela. Il ne tient pas en place ; il n'a pas l'habitude de rester immobile sur un escalier roulant, mais s'il continue en marchant, il va la perdre.

Après cette interminable descente, il s'éloigne. Il se cache dans un petit kiosque et fait mine d'acheter le journal, en jetant des regards discrets en arrière. Pas de Mrs Sahni en vue. Il s'enhardit et s'avance, regarde à droite et à gauche : elle l'a semé.

Il rappelle Uma tout en se dirigeant vers les guichets.

— Je l'ai perdue.

— Elle achète son billet.

— Le train part à quelle heure ? J'ai combien de temps ?

— Trente minutes.

— Je ne la vois pas.

— Il faut que tu ailles jusqu'aux départs pour le New Jersey.

Thomas double à toute vitesse des banlieusards, des punks en rupture de ban qui traînent là. Une valise à roulettes qui passe devant lui l'hypnotise. Il suit le mouvement général sans réfléchir, jusqu'à ce que des arômes de graisse, de sucre et de cannelle envahissent ses narines. Petit pain, beignet ? S'il s'arrêtait et s'offrait un shoot de sucre, jusqu'où une Indienne enroulée dans six mètres de soie pourrait-elle aller ? Il la repère justement et fait preuve de volonté ; les bretzels à la cannelle seront toujours là quand elle aura pris son train. Sur le panneau, le *New Jersey Northwest Corridor* est annoncé, il partira dix minutes après son train à elle. Voilà, il tient son histoire, c'est son horaire. Il s'imagine à bord, lisant le livre qu'il a à la main. Il repasse la situation plusieurs fois dans sa tête jusqu'à ce que son scénario devienne peu à peu réalité.

Mrs Sahni se dirige vers le tableau des départs, billet serré dans sa paume et sac en cuir plaqué contre sa poitrine, bras étroitement passés autour. Discrètement, Thomas se place derrière elle. Une fois plantée devant le tableau, elle plisse les yeux et l'inspecte. Les quais de départ n'ont pas encore été annoncés. Thomas passe lentement à côté d'elle et s'arrête quelques mètres devant, la tête levée en direction du même tableau. Afin d'attirer son attention, il tient son livre bien en vue ; la couverture représente une énorme mangue. Il se tourne ensuite légèrement, de sorte que, si Mrs Sahni regarde dans sa direction, elle le verra de profil. Il laisse échapper un long bâillement tranquille d'homme que rien ne presse.

— Excusez-moi.

Thomas lève le sourcil en guise de réponse.

— Je peux vous poser une question ?

— Bien sûr.

Il sourit. D'un sourire détendu.

— Le train pour la côte du New Jersey arrive où ?

— Vous voulez dire celui qui va à Bay Head ?

— Oui, vous habitez aussi là-bas ?

— Non, mais j'ai un ami à Manasquan. C'est sur la même ligne.

— Vous prenez le prochain ?

— Non, je vais à Princeton.

Thomas sourit de nouveau, le regard tourné vers l'affichage.

— Vous y êtes étudiant ?

— J'ai déjà passé mon diplôme. Je crois qu'ils ne vont pas afficher tout de suite le quai. Ils aiment travailler à flux tendu.

— Mais ils l'afficheront quand même ici, n'est-ce pas ?

— Oui, et ils devraient l'annoncer avant le mien. Je vais attendre avec vous.

— C'est vraiment gentil, merci. Ma fille voulait m'accompagner mais elle a une réunion.

— Elle travaille à New York ?

— Oui, et je comprends maintenant pourquoi elle ne vient plus nous voir le week-end en train. Il y a tellement de monde, ici.

Thomas opine du chef. Cela fait un an qu'Uma loue une voiture pour aller à Toms River le dimanche. Avant de quitter la ville, elle amène Thomas jusque dans le Lower East Side pour acheter un beignet *tres leches* dans leur pâtisserie préférée. Cela lui fait plaisir. Souvent, il en achète aussi pour les parents d'Uma ; sa mère, cette femme qui se tient à présent devant lui, aime le parfum crème brûlée. Il se sent malhonnête.

— Comment s'appelle votre fille ? demande Thomas qui se prend au jeu.

— Uma. Et vous ?

— Je m'appelle Tom. Et vous ?

— Mrs Sahni, docteur Sahni, en fait, précise-t-elle avec un sourire.

— Heureux de faire votre connaissance.

Elle fait plus jeune que sur la photographie de Toronto. Ce sont peut-être ses joues rebondies qui donnent cette impression. Elle n'est pas mince mais ses doigts ont gardé leur ligne fuselée et ses mains ressemblent à celles d'Uma. Elle porte un sari en soie marron foncé, repassé de frais, et parle un anglais impeccable. Son accent, si lourd au téléphone lorsque parfois Uma met le haut-parleur, est en réalité plus léger.

— Ma fille travaille dans la finance. Et vous ?

— Moi aussi. Je fais désormais la voix off dans des publicités financières, mais autrefois, avant la chute du marché, mon domaine, c'était les titres adossés à des hypothèques.

Thomas exagère à peine mais il ne veut pas accumuler de points négatifs parce qu'il n'est qu'un artiste faisant de la voix off à mi-temps, incapable depuis des années de trouver un vrai emploi dans l'industrie.

— C'est si rare de rencontrer quelqu'un d'aimable à New York. Que lisez-vous ?

— Je vais le commencer dans le train.

Thomas agite le livre devant elle puis tout à coup se souvient qu'Uma a tendance à utiliser ses reçus en guise de marque-page, alors il le coince sous son bras.

— Cette *kurta* vous va très bien.

— Merci, docteur Sahni. Je l'ai achetée en Inde. Lors d'un voyage avec une amie.

Thomas se souvient : il avait fait la queue pour régler la tunique tandis qu'Uma avait trouvé un coin tranquille pour téléphoner à ses parents. Ils ignoraient qu'elle était en vacances, de sorte qu'à chacun de ses appels il lui fallait être bien sûre que le brouhaha de l'Inde et les accents des différentes langues ne passaient pas dans le combiné.

— Vous vous souvenez de mon nom !

— Bien sûr.

Mrs Sahni touche son sac, distraite. Thomas entend un téléphone bourdonner à l'intérieur. Il continue son bavardage.

— L'Inde est un pays étonnant. De quelle région êtes-vous ?

Elle lui répond sans tenir compte de son téléphone. C'est à son tour de sentir le sien vibrer dans la poche de son jean. Uma les appelle à tour de rôle. De sa main il tente d'étouffer ce bruit reconnaissable entre tous. D'un côté, il a envie de dire la vérité à Mrs Sahni ; de l'autre, il veut poursuivre ce jeu.

— Ils ne devraient plus tarder à annoncer la voie. En règle générale, c'est la cohue, tout le monde se presse. Je vais filer vous garder un siège.

— Vous allez venir avec moi ?

Mrs Sahni a l'air plus soulagée qu'étonnée.

Les chiffres sur le tableau des départs tournent bruyamment.

— 33. Je fonce !

Thomas se retourne et s'éloigne rapidement. Mrs Sahni essaie de le suivre. Au moment de descendre l'escalier, elle lui attrape le bras. Il ralentit.

— Allons un peu plus à l'avant du quai. Je vais vous trouver une place. C'est un long trajet.

— Vous êtes bien aimable. Moi qui croyais que la galanterie n'existait plus.

— Mon train ne part que dans dix minutes. Tout le plaisir est pour moi.

Repérant un compartiment vide, Thomas la guide à l'intérieur.

— Merci infiniment, vraiment.

— Il n'y a pas de quoi, Mrs Sahni.

Ils se regardent dans un silence embarrassé.

— Accepteriez-vous de me donner le numéro de votre fille ? Ou je vous donne le mien et vous lui demanderez si elle souhaite me rencontrer.

Dans le feu de l'action, Thomas s'est lancé ; le sang bat dans ses tempes.

— Oh ! Elle a déjà un ami.

— Ah bon ?

Thomas est piqué au vif. Il tente de le cacher. *Joue*, se sermonne-t-il, *joue, c'est ton métier*.

— Ils vont se marier l'an prochain.

— Est-il indien ?

— Oui.

Quelque chose apparaît sur son visage, il a l'impression de ne plus contrôler les muscles de sa bouche et de ses joues, et espère que cela ne trahit que de la déception.

— Vous êtes bien mieux que lui, lui déclare tout à coup Mrs Sahni qui lui donne une accolade.

Bien que déconcerté, il fait de même et descend du train. Une fois remonté à la surface, il appelle Uma. Pas de réponse. Sur le chemin de la sortie, l'odeur écœurante de beurre, de cannelle et de sucre lui donne envie de vomir.

Ce devait être il y a deux ou trois ans. J'étais au sous-sol avec mon père à Toms River. Ma mère était partie en Inde s'occuper de sa propre mère, malade. Mon père m'avait appelée sous prétexte qu'il souffrait terriblement de ses calculs. Pouvais-je le conduire à l'hôpital ? J'avais fait le voyage. Train puis taxi jusqu'à la maison. Nous regardions un match dans le salon sur un écran plasma de quatre mètres cinquante, le dernier plaisir électronique de mon père. Il s'était sorti quelques bières et des paquets de bretzels. J'avais sacrément envie de prendre une bière, mais boire devant lui, ou même admettre que je buvais de temps en temps, me mettait mal à l'aise. Il avait également sorti des nachos, *des frites et divers* dips. *À nous deux, nous avions presque tout mangé pendant le match. Ni lui ni moi ne savons faire la cuisine et, quand ma mère n'est pas là, on se contente de snacks. Je me rappelle m'être sentie un peu nauséeuse à cause du sel. Je n'avais plus l'habitude de ces cochonneries car Thomas n'achetait pas de soupe en boîte ou de sauce tomate en tube, mais uniquement des produits bio.*

Finalement, mon père ne semblait pas souffrir. Il disait que la douleur allait et venait par vagues. Mais plus tard dans la nuit, j'entendis un cri terrible monter de sa chambre. J'y entrai. Il était plié en deux. Tu peux m'aider à aller aux toilettes ? me demanda-t-il. Je détestais avoir un contact physique avec lui. Je me raidis mais pris sa main et le soutins. Les huit pas nécessaires furent plus longs pour moi que pour lui. Une fois dans la salle de bains, je refermai la porte et le laissai. Puis, je me recouchai et me rendormis.

Le lendemain matin, il me montra une tasse en plastique avec dedans une pierre en forme de gingembre, de couleur orangée. S'il le pouvait, il aimerait éviter l'opération, m'expliqua-t-il, et préférerait éliminer ses calculs par les urines. Trois avaient déjà été ainsi rejetés. Il ajouta le quatrième à sa collection et nous partîmes malgré tout pour l'hôpital. Il vit le médecin seul. Restée dans la voiture pour l'attendre, je m'efforçai de demeurer aussi distante que possible. À son retour, il ne me dit rien et je ne lui demandai rien.

Une fois à la maison, il alla s'enfermer dans sa chambre. Comme j'avais deux heures à tuer avant de reprendre le train, je redescendis au sous-sol regarder la télé. L'heure de mon train approchant, je lui demandai de me conduire à la gare de Bay Head. Je pensais qu'il ne souffrait plus.

Mais, tout à coup, il se mit à pleurer.

— J'ai un cancer.

Sans s'annoncer, des émotions mêlées montèrent en moi et je me retrouvai au bord des larmes.

— Tout ira bien. On va te soigner, dis-je d'une voix fêlée.

Après quelques instants de gêne, il se leva et nous nous dirigeâmes vers la voiture.

— Ne dis rien à ta mère tant qu'elle est en Inde, me pria-t-il sur le chemin de la gare.

Une semaine plus tard, une fois ma mère rentrée,

je lui racontai ce qui s'était passé. Elle parla à mon père puis me rappela.

— C'est faux, il va bien.

— Quoi ? Il m'a menti ?

— Il va bien, il a des calculs, c'est tout. Il voulait seulement de l'attention.

Lorsque j'ai raconté cela à Thomas, il a déclaré qu'il ne comprenait pas comment je pouvais encore m'étonner. Après tout ce que je lui ai déjà décrit, il n'est jamais surpris par ce qu'ils font ou disent. Moi, je ne peux m'empêcher de vouloir des parents normaux. Je continue d'espérer.

Au bureau, Thomas me laisse un drôle de message sur mon répondeur. Il m'a aussi appelée sur le mobile. Il a un ton distant. Je m'attendais à plus d'excitation. Peut-être que ça ne s'est pas bien passé avec maman.

— J'étais en réunion. Alors ?

— Elle a dit que tu avais un copain indien et que vous alliez vous marier l'an prochain.

— Tu sais bien que c'est faux.

— Ah bon, vraiment ? Pourquoi raconter ça, alors ?

La voix de Thomas claque comme un élastique tendu à l'extrême.

— Elle est folle. Elle raconte ce qui lui passe par la tête, tu le sais.

— Tu vas faire comme si de rien n'était ?

— Thomas, écoute-moi. Calme-toi.

— Je suis calme, arrête de dire ça tout le temps, c'est agaçant.

— Il faut qu'on parle.

Je baisse la voix tandis qu'Adam, mon nouveau patron, passe à côté de mon box.

— Ça oui, c'est sûr.

— Non ! Pas de ça ! Je ne suis pas fiancée. Et je n'ai pas d'ami indien.

— Je ne sais pas, Uma.

Il n'est plus convaincu de ce qu'il avance, je l'entends à sa voix.

— Ne sois pas ridicule. On vient d'annoncer le rééquilibrage de l'index et nos clients nous appellent, il faut que je raccroche. Je serai à la maison à sept heures. Et j'ai quelque chose à te dire.

— Tout va bien ?

— Oui. Faut que je file !

Aujourd'hui, un grand fabricant d'engrais a été sorti de l'indice. Pour les gestionnaires de portefeuilles référencés chez nous ou reproduisant l'indice pour leurs fonds passifs, c'est synonyme de stress. Jay, l'un de mes gros clients, m'a déjà appelée deux fois pour revérifier le poids des entreprises restantes. Il dirige un fonds de retraite public et j'ai eu connaissance de leur rapport annuel publié l'an dernier, où figurent ses indemnités. Je lui ai vendu un module supplémentaire de données historiques avec cet éclairage. J'avais présenté mon argumentaire avec soin.

Depuis qu'il a acheté ce module, Jay est plus exigeant qu'avant ; il a l'impression d'avoir un droit particulier sur moi. Certains clients vont tout de suite à l'essentiel, ils posent une ou deux questions, font leur analyse et se remettent au travail. D'autres veulent des confirmations à chaque étape afin de protéger leurs arrières. Jay me demande toujours plus de courriels et de traces écrites. Le temps que je sorte du bureau, il est déjà dix-neuf heures trente.

En face de moi, dans le métro, il y a une femme à l'air malheureux, qui manifestement ne dort pas depuis des jours. Visiblement, elle a été battue, et le salaud qui lui a fait ça est assis à côté d'elle, content de lui. Du fond de teint recouvre son avant-bras, la naissance de ses seins. J'ai hâte qu'ils quittent le wagon. J'aimerais avoir plus de courage, plus d'empathie, mais c'est l'harmonie que je recherche. Je ne veux plus du spectacle d'une autre femme battue. Je rêve d'un monde sans victimes.

Le métro s'immobilise à la 33e Rue. Avant de me lever, j'attends la légère secousse qui suit l'arrêt ; je dois hurler pour passer devant un type qui, iPod aux oreilles, me bloque le chemin.

Une nouvelle pâtisserie vient d'ouvrir près de chez nous. Voilà des semaines que nous salivons devant la vitrine, sans prendre le temps de nous y arrêter. J'entre et informe le propriétaire que nous habitons au coin de la rue. Il vend du café italien et des croissants français. Il se fournit chez Waldorf pour ses mille-feuilles et ses éclairs. J'en prends un de chaque.

— C'est une vraie pâtisserie française que je tiens, me déclare-t-il.

— Comment vous appelez-vous ?

— Ali.

— Vous êtes marocain, tunisien ?

— Je suis turc.

Empilés sur les étagères, il y a du concentré de tomates, de l'huile d'olive et d'autres condiments italiens. Et, en rangs bien ordonnés, des pots de Nutella.

— Eh bien, bonne chance.

Dans l'ascenseur, l'expression hindie « *Muh meetha karna* » me passe par la tête. Les bonnes nouvelles s'annoncent avec des douceurs. Pour fêter un événement, même un diabétique ne résiste pas au plaisir de croquer une sucrerie. Bien que ma raison hésite encore pour le bébé, mon cœur ne va que dans une direction. Sinon, pourquoi apporterais-je ces gâteaux à Thomas ?

Il ouvre la porte avec un sourire mais son corps est tassé, froid. Je lui tends les gâteaux et file à la salle de bains.

— Alors, tu as rencontré ma mère.

— Pourquoi pense-t-elle que tu es fiancée ?

Je me lave les mains. Lorsque je ferme le robinet, il est derrière moi. Je le vois dans la glace. Il me décoche un demi-sourire.

— Qu'est-ce qu'il y a ?

— C'est très bizarre, tu ne te vois pas comme je te vois. Tu ne ressembles pas à ton reflet.

Je regarde son reflet. Il lui ressemble.

— Et je ressemble à quoi ?

— Dans la glace, ton visage est de travers.

À mes yeux, mon visage ne paraît pas déformé.

— Mon visage est asymétrique, alors ?

— Non, vraiment pas. C'est juste un truc dans la glace. Tu es plus jolie que ton reflet.

— C'est simplement que tu es habitué à la version de moi que tu vois.

Nous sortons de la salle de bains et nous nous dirigeons vers le sofa.

— Thomas, j'ai quelque chose à te dire.

Je me laisse tomber sur le sofa et je sens les muscles de mon dos se relâcher. J'envoie valser mes escarpins ; ah ! mes pieds cessent de me tourmenter.

Thomas s'assied à côté de moi et me regarde.

J'enroule mes doigts autour des siens.

— Je suis enceinte.

Sa main serre la mienne plus fort. Son visage s'éclaire. Je l'ai rarement vu aussi radieux. Mes doutes s'envolent aussitôt. Il m'embrasse et me caresse le ventre.

— Faisons en sorte que tu sois bien à l'aise, me dit-il tout en retirant mes bas et en commençant à me masser les pieds.

Il m'a tournée de sorte que mon dos repose contre l'accoudoir et mes pieds sur ses genoux.

— Je ne suis pas complètement certaine de…

Son expression change mais il attend que je poursuive.

— Je veux dire que nous ne sommes pas dans les meilleures conditions qui soient pour avoir un bébé maintenant. C'eût été mieux plus tard, dans quelques années.

— Je vais trouver du travail. Je vais passer des coups de fil. Ce ne sera pas si difficile. Tu sais, je n'ai pas épuisé toutes les possibilités.

— Je gagne assez, Thomas. Tu as le temps de chercher, et de trouver quelque chose de bien. Je ne veux pas que tu te contentes d'un poste qui ne te paie pas à la hauteur de ton mérite.

— Alors quoi, Uma ?

— J'hésite.

— Je sais que nous n'avons jamais parlé d'enfants, mais puisque c'est arrivé…

— Thomas.

— C'est à cause de moi ? Tu te demandes si je suis le bon type avec qui faire ça.

— Non, non, ce n'est pas ça. Je n'ai pas de doute là-dessus.

Pas une seconde cette question ne m'a traversé l'esprit.

Un silence s'installe. Je me demande comment aborder le sujet de mes parents sans que Thomas se fâche. À ce moment retentit la sonnerie de mon petit Nokia, et mon estomac se noue.

Je l'attrape et, un doigt sur la bouche, je regarde Thomas. Il se détourne et se relève.

— Chut, ne fais pas de bruit dans la cuisine.

Je réponds à ma mère. Je parle en hindi de cette voix plate, monocorde, que j'ai mis des années à cultiver. Si je trahis la moindre peur, la moindre excitation ou toute autre émotion, ma mère l'utilise pour me manipuler. En règle générale, nous parlons pour ne rien dire. Si je peux l'éviter, je ne raconte pas ma vie à mes parents. J'essaie de faire court.

— Aujourd'hui, à Penn Station, un jeune homme très aimable m'a aidée. Il m'a même trouvé une place dans le train.

Je ne fais pas de commentaires et lui raconte que je suis à la maison mais que j'ai encore du travail. Je raccroche.

— J'ai fini ! crié-je à Thomas.

Il sort de la cuisine et revient vers moi.

— Il faudra que je le dise à mes parents. Je pense que c'est ce qui me retient.

— Et alors ? Ils seront ravis d'être grands-parents, j'en suis sûr. Ta mère n'a rien de l'ogre que je m'étais imaginé. Elle est même tout à fait agréable.

— Certes, mais je ne peux pas, je ne me vois pas en train de leur annoncer ça.

— Ce n'est pas quelque chose que tu peux cacher. On parle d'un enfant, d'une vie entièrement différente.

— Je ne crois pas que j'y arriverai.

Thomas est immobile. L'énergie que dégage son corps change. Quelque chose de froid et de moite a remplacé sa chaleur. Cela s'élève et plane entre nous. Il encaisse ce que je viens de lui dire, passant de l'incrédulité à la colère. J'ai peur.

— Ne me fais pas de sermon.

Je sais que mon attitude n'est pas rationnelle. Quand je me regarde de l'extérieur, je le vois bien, mais l'angoisse me paralyse.

— Tu te poses des questions au sujet de notre enfant car tu ne sais pas comment t'y prendre avec tes parents ?

Je connais cette expression : un mélange de dégoût et de rage. Pourtant, j'acquiesce.

Il respire bruyamment. Lorsqu'il reprend la parole, sa voix est patiente mais son visage trahit les efforts qu'il fait pour rester calme.

— Uma, tu n'es pas en train de t'inventer des excuses ? Tu m'as déjà dit que tu ne trouvais pas ça bien de donner la vie dans un monde malheureux ; je sais que tu penses ça.

Il est vrai que, lorsque je lis des articles sur les enfants qui meurent de faim ou le réchauffement climatique, mes émotions prennent le dessus. C'est ma façon de réagir et j'affirme alors ne jamais vouloir d'enfants. Mais en mon for intérieur, je sais aussi que, si mes parents venaient à disparaître, je garderais cet enfant sans me poser de questions. Un bébé synonyme d'espoir. Un bébé de lui, de l'homme que j'aime.

— Je veux cet enfant.

Son visage a pris une expression que je connais.

— Pourquoi regrettes-tu de m'avoir dit ce que tu voulais ?

— Parce que ma mère m'a rabâché que c'était à la femme de choisir. Autrefois, c'était toujours quelqu'un d'autre qui choisissait pour elles et je ne ferai pas la même chose avec toi. Quelle que soit ta décision, je veux être un soutien, mais si tu décides en fonction de tes parents et non de nous deux, admets que c'est dur, déclare-t-il d'un ton égal mais déterminé, le visage rouge et les oreilles en feu.

Avant que je puisse ajouter autre chose, il se lève du canapé et se poste près de la grande bibliothèque blanche. Il se déplace comme une panthère et, tout à coup, d'un mouvement rapide qui résonne dans tout mon corps, il cogne le dos de sa main contre le meuble en bois massif. Il recommence, aussi fort ; ses os vont se briser. Le temps que je m'approche, il a frappé encore une fois.

— Arrête !

Je le prends dans mes bras et me colle contre sa poitrine. Tremblante.

Il inspire lentement puis expire. Son souffle passe sur ma nuque. J'ai la chair de poule. Un frisson. Il se dégage de mon étreinte.

— Je ferais mieux de sortir un moment.

Je déteste quand Thomas part et s'en va errer. Ce n'est pas fréquent mais, lorsque cela se produit, c'est en règle générale lié à mes parents. Je tremble encore quand la porte se referme avec une douceur exagérée et que la clef tourne dans la serrure. Je suis finalement contente de ce moment de solitude.

C'est arrivé quelques mois après notre installation en Amérique. Nous vivions encore dans ce taudis à Jersey City ; le bâtiment était plein d'Indiens, la plupart résidents attendant une régularisation, comme mon père. Un jour, il rentra tôt de l'hôpital. Il traversa la route pour s'acheter une Heineken à la petite bodega *et la but, assis à la fenêtre. Une fois la bière terminée, il repartit en acheter une autre ; de nouveau, il s'assit pour la boire, le dos appuyé contre un côté de la fenêtre, les jambes repliées. Il descendit la deuxième plus vite que la première. Il fit plusieurs autres voyages à la* bodega. *Et après la cinquième bière, il se mit à hurler après ma mère. J'avais regardé le téléphone rouge, le coupable c'était lui, j'en étais certaine. J'avais peur que les voisins n'entendent mon père. On était en été et les fenêtres étaient ouvertes. Ma mère essaya de le calmer mais cela ne fit qu'augmenter ses cris. À la sixième, il traita ma mère de prostituée et de putain en hindi. À la septième, debout à la fenêtre, il vociféra dans la nuit de Jersey City. « Ma femme n'est qu'une putain de base. Qu'une chatte ! »*

Le lendemain, en prenant l'ascenseur pour aller à l'école, les voisins me jetèrent des regards de répulsion et de pitié. Je me renfermais encore davantage dans ma coquille. Aussi souvent que je le pouvais, après l'école, j'invitais chez moi mon amie Laurinda pour éviter de me retrouver seule avec ma mère. Laurinda était une fille timide, comme moi. Elle avait perdu son père, et sa mère, gardienne, travaillait tard le soir. Ma mère la tolérait mais voulait qu'elle parte de la maison avant le retour de mon père. Dans les couloirs de notre immeuble, je faisais comme si personne ne me voyait. La nuit, au moment de m'endormir, je rêvais que je détruisais le téléphone rouge et que nous recommencions tout de zéro en Amérique.

Thomas se dirige vers la 5e Avenue. Avec la récession, même la file d'attente des touristes devant l'Empire State Building a disparu. Deux types vêtus d'une veste jaune avec le logo d'une agence de tourisme lui proposent des billets à prix réduit pour grimper au sommet. Il dit oui au deuxième. Il n'est monté qu'une fois tout là-haut, il y a vingt ans, lorsqu'il était venu à New York en touriste.

La nuit est froide et claire. De la plate-forme d'observation côté est, il regarde en bas. Il localise son immeuble et voit la table ronde, sur la partie commune du toit où ils dînent parfois en été. Il essaie d'apercevoir la fenêtre éclairée de leur appartement mais ne parvient pas à distinguer les rideaux ; vus du quatre-vingt-sixième étage, les détails sont minuscules.

Son père lui manque. Lui aurait su comment régler cette histoire avec délicatesse. Chaque cellule de son corps veut soumettre Uma à sa volonté et garder l'enfant. Une bête sauvage se débat en lui, elle veut malmener Uma, au besoin, la manipuler pour obtenir le résultat voulu, et peu importent les moyens à employer. Est-ce ça, l'exigence génétique ? Une heure avant, il n'avait jamais envisagé sérieusement de procréer, et voilà que maintenant il est chamboulé par des sentiments si intenses qu'il s'en trouve abasourdi.

Son regard se fixe sur l'horizon, les bureaux de Manhattan se recroquevillent à ses pieds. Il est submergé par un pic d'excitation, semblable à ce sentiment d'envol qu'il avait ressenti lors de ses promotions successives. Puis il avait fini par se lasser de la banque et était parti pour une plus petite structure, visiblement au mauvais moment. Celle-ci avait fait faillite après la chute de Lehman. L'amertume reprend soudain le pas sur la bouffée de plaisir. Surplomber la ville de si haut n'est pas une bonne idée pour quelqu'un qui a touché le fond. Ses pairs sont désormais directeurs adjoints ou DG. Il a des économies mais rien d'autre. Eux engrangent un quart voire un demi-million par an. L'an dernier, il a vécu du chômage. Il est en train de se ratatiner. De perdre pied. De couler.

Arrête ! Il ferme les yeux, se voit de nouveau assis dans un bureau en haut d'un gratte-ciel. Il s'imagine commencer à un niveau plus bas que celui qu'il mérite et devoir travailler deux ans avant de retrouver sa place. Il s'imagine reprendre du poil de la bête et appeler les gros bonnets ou ses anciens collègues, ses copains d'université, n'importe qui, afin de demander un coup de main. Il reprend toute la séquence mentalement comme on le lui a appris au cours de théâtre pour préparer un rôle. Il le voit, le sent. Mais il n'y parvient pas. Il va sur le côté nord de la plate-forme et regarde les immeubles de Midtown. Il inspire lentement et se concentre sur sa respiration. Il imagine maintenant qu'il ne demande de l'aide qu'à ses amis les plus proches. Il échoue tout pareil. Un coup de vent lui cingle le visage. L'air froid et sec lui fait mal aux sinus.

Thomas envoie un texto à Uma : « Dîne. Il y a de quoi manger dans le réfrigérateur. »

Il reprend l'ascenseur et marche jusqu'à Union Square. En chemin, il appelle sa mère.

— Bonsoir, comment tu vas ?

— J'ai eu mon cours de renforcement osseux contre l'ostéoporose aujourd'hui et ça aide.

— Bon, bien. Dis, Uma et moi, on songe à avoir bientôt un bébé.

— Mais c'est super !

— C'est ce que je pense.

— Assure-toi seulement qu'il n'y a pas de cas de Huntington dans sa famille.

À l'évocation de cette maladie, Thomas sursaute. Son grand-père et son oncle l'avaient tous les deux.

— On va peut-être venir un de ces week-ends.

— Ça me ferait drôlement plaisir. Tu me rappelles juste quelques jours avant, que je prévoie.

— Bien sûr ! Je t'aime, mam.

— Au revoir, mon chéri.

Thomas trouve un café et commande un chocolat chaud. Il fait défiler ses contacts sur son téléphone et demande par texto à dix personnes s'il peut les appeler pour leur parler de ses recherches d'emploi. Puis il appelle Johnny Melbourne, une connaissance relax qui aime faire la fête. Avec ce Melbourne, il n'a rien à perdre.

— Salut, où t'en es, Thomas ? Sur une autre pièce ? J'ai bien aimé la dernière.

— Oui, pour bientôt, mais écoute, j'ai besoin d'un boulot.

— Inscris-toi à une formation d'agent immobilier et passe à mon bureau demain.

— De l'immobilier ? Mais le marché est terrible.

— Tu t'en tireras. Et ça te permettra de chercher un job.

— J'espérais un truc comme ça. Je viens à quelle heure ?

— En général, j'arrive vers onze heures.

Thomas remonte Broadway depuis Union Square. Le Madison Square Park est déjà fermé. Il en fait le tour, en prenant le chemin le plus long : est vers Madison depuis la 23e Rue et puis nord. Lorsqu'il arrive devant son immeuble, la plupart des appartements sont dans le noir et il est incapable de dire lequel est le sien.

Uma a laissé allumée la petite lampe de l'alcôve. Il rentre dans la salle de bains sur la pointe des pieds et ferme la porte derrière lui avant d'éclairer. Il se déshabille et entasse ses vêtements dans un coin. Une fois ses mains et son visage lavés, il se glisse dans le lit.

Uma se retourne et se coule près de lui. Son corps est chaud. Brun et chaud. La couleur de sa peau s'accorde avec la chaleur qui émane d'elle. Thomas passe un bras sous son oreiller et se rapproche.

— Ma cousine a appelé de San Diego.

Thomas connaît Sudha, il l'a rencontrée deux ou trois fois lors de ses visites sur la côte est.

— Comment va-t-elle ?

— Bien. Elle est en train de faire un grand arbre généalogique et elle s'est dit que ça serait peut-être sympa pour nous de le faire ensemble.

— C'est ta cousine du côté de ton père, hein ?

— Oui, son père et le mien sont frères.

— Ton père a combien de frères et sœurs ? Six ?

— Huit.

Thomas émet un sifflement.

— Je sais, ça fait beaucoup. Ma mère, elle…

Uma s'interrompt. Sortant les mains de sous les

couvertures, elle les tend en l'air et se met à compter à haute voix. Elle s'arrête à sept.

— Alors, combien de cousins ?

— Du côté de mon père, on en a dénombré dix-huit.

— Et du côté maternel ?

— Je te dirai ça demain. Il faudra que j'écrive les noms. Mais trois des dix-huit sont déjà morts.

— Morts !

— Suicide. Meurtre. Suicide. Et toi qui croyais que mes parents étaient les méchants de la bande !

— Tu plaisantes.

— Horrible, n'est-ce pas ? Sudha va m'envoyer l'arbre. Elle s'est inscrite sur un site de généalogie et m'a donné le mot de passe.

— Uma ?

— Oui.

— Indépendamment de ta décision, tu ne devrais pas prendre rendez-vous chez le médecin ?

— Je vais le faire. Je n'ai pas eu un moment pour appeler aujourd'hui.

— Je viendrai avec toi.

— Bien sûr.

— Dommage qu'on n'ait pas mangé les gâteaux tant qu'ils étaient frais, regrette-t-il.

Uma se tourne de son côté. Thomas lui fait de légères caresses dans le dos. Elle soupire.

— Je t'aime.

En guise de réponse, Uma avance ses fesses dans l'espace vide entre eux.

J'ai été fiancée et je devais me marier. Je venais de terminer ma première année à Rutgers et mes parents, par l'entremise, en Inde, de ma tante, mère de Sudha, m'avaient trouvé un prétendant. Le prêtre que cette tante avait consulté pour l'occasion avait accordé l'horoscope du garçon au mien. Puisque je n'avais pas réussi médecine, le moins que je puisse faire, avait déclaré ma mère, était d'épouser un docteur. L'homme avait six ans de plus que moi et était déjà diplômé. Il voulait venir aux États-Unis et mon père était ravi d'avoir un gendre dans la profession ; il pourrait ainsi lui confier son cabinet. Ma mère prévoyait d'aménager le sous-sol dans notre maison de Toms River et, bien évidemment, c'était là que je vivrais avec mon mari. Ça la rendrait heureuse, disait-elle, et enfin comblée.

J'avais toujours voulu voir ma mère heureuse. Alors j'ai tenté le coup. J'ai accompagné mes parents à Delhi. Mon oncle nous attendait à l'aéroport. Le trajet jusqu'à sa maison me parut interminable. Autrefois, nous habitions à deux minutes de chez lui en voiture.

— C'est long.

— Ghaziabad est dans l'Uttar Pradesh, ma petite.

Lorsque je suis partie pour les États-Unis, Ghaziabad et Delhi sont devenus, dans mon esprit, une seule entité. Avec le temps, l'Inde s'est transformée en un point unique, une sorte de raccourci mental de mon enfance.

À notre arrivée, ma tante m'ordonna d'aller me doucher et de me préparer. Le garçon – c'est ainsi que tout le monde l'appelait – devait passer dans l'après-midi. Au début de la semaine, ma tante m'avait acheté pour l'occasion un sari orangé. Lorsque j'essayai de m'en envelopper, ainsi que j'avais vu ma mère le faire, mes doigts glissèrent plusieurs fois. Et au bout de quelques pénibles minutes, quand enfin je m'en fus drapée, les plis n'avaient pas tous la même largeur, cela ne ressemblait à rien. Mes cousines se moquèrent de moi et appelèrent ma mère à la rescousse. Debout à mes côtés, elle plissa le sari comme elle l'aurait fait pour le sien. On me força à emprunter un corsage à Radha car le temps manquait pour en faire coudre un assorti. Radha était mince et ses bras plus fins que les miens. Je pouvais à peine respirer. J'avais peur que les crochets sur le devant ne tiennent pas et je ne cessais de tirer sur le pallu, *le bord travaillé, et de bien le serrer sur ma poitrine. En cas de problème, je voulais garder ma poitrine et mon ventre couverts. Le ventre à l'air, je me sentais nue.*

Une fois le garçon arrivé, mon père et mon oncle prirent place dans le salon et l'interrogèrent sur sa carrière. J'attendais à l'étage, dans la chambre de Radha ; elle trouva une épingle et accrocha le pallu *à mon corsage afin qu'il ne glisse pas.*

— Arrête de tirer comme ça, l'épingle va finir par abîmer le tissu, me prévint-elle.

Quand mon père et mon oncle eurent posé leurs questions au garçon et furent satisfaits de ses réponses, ma mère m'amena dans le salon. Radha et Sudha aidaient leur mère en cuisine et nous apportaient à manger. Assise, j'attendis que le garçon prenne la parole. Ce n'était pas à moi d'entamer la conversation.

— Quelle était votre matière préférée à l'université ? me demanda-t-il.

— J'aime l'histoire.

— Vous aimez l'Amérique ?

— J'adore l'Amérique.

— Bon, je n'ai pas envie d'épouser une femme américaine qui souhaite vivre en Inde, conclut-il en laissant échapper un rire.

Mes parents, mon oncle et ma tante se mirent aussi à rire comme s'il avait fait une bonne plaisanterie. Je croyais que mes parents suggéreraient que je sorte mar-

cher un peu avec lui, mais personne ne pensa que j'avais besoin de passer du temps seule en sa compagnie. Même pas lui.

Le soir au dîner, autour de la table, j'étais à cran. De l'avis de mes parents, je devais rester en Inde jusqu'au mariage et abandonner l'université, tout bonnement. Je pensai un instant à mes amis là-bas, Mark, Vinayak, Arnaud, Lydia, Sasha, Ritu et Suzanne, qui devaient ricaner à propos de mon mariage arrangé et de ma disparition soudaine. Et murmurer : « Pensais pas que c'était ce genre de fille. »

— Il faut que je passe ma licence ! Ou je ne me marie pas, déclarai-je.

— Quelle différence ça fait ? Si tu l'épouses maintenant, il peut aller au bout de sa demande d'immigration et venir aussitôt. Son internat terminé, il pourra partager ma clientèle et je pourrai enfin m'agrandir. Tu n'as pas besoin de travailler. Pourquoi t'embêter avec un diplôme universitaire ?

Radha et Sudha jetèrent des regards incrédules à mon père. Son propre frère ne semblait pas à l'aise. Ma tante ne tenait pas en place. Ce fut mon oncle qui finit par intervenir.

— Chand, je crois qu'au XXIe siècle, toute fille doit avoir une licence. Laisse-la finir.

Ma mère, qui, lorsque les choses se corsent, est un électron libre, allant facilement d'une opinion extrême à une autre, bredouillait sans avis définitif. Voyant qu'elle hésitait, ma tante sauta sur l'occasion.

— Tu es toi-même médecin et tu ne veux pas laisser ta fille passer sa licence ? Juste une licence, c'est tout ce qu'elle veut, et tu lui refuses ça ?

— Bon, OK, qu'elle continue alors, admit-elle.

Mon père haussa les épaules en marmonnant :

— Quelle perte de temps !

Le lendemain, le garçon revint. Il avait l'air tellement plus vieux que mes amis de fac que c'était absurde d'entendre ma famille l'appeler « le garçon ». Elle employait aussi les mots hindis ladka, *le marié, et* ladki, *la mariée, ce qui me paraissait plus juste. Le mot anglais, lui, me troublait. Je m'attendais à voir débarquer un jeune garçon imberbe à la voix douce, et non un mari possible.*

— Nous avons décidé de repousser le mariage jusqu'à la fin de son cursus. Donc impossible qu'Uma reste ici tant que votre demande est en cours de traitement. Est-ce acceptable ?

Mon père donnait l'impression d'être prêt à lui offrir quelque chose en échange s'il acceptait. Je craignais qu'il ne demande carrément une dot.

Sudha et Radha le dévisagèrent, d'un œil ouvertement hostile. Il surprit leur regard et détourna le sien.

— Eh bien, je pense que c'est d'accord tant que j'ai l'assurance que ce mariage aura lieu.

— Nous pouvons célébrer les fiançailles maintenant, nous avons demandé au prêtre d'attendre.

Mon oncle alla le chercher dans sa voiture et c'est ainsi qu'Anil et moi fûmes fiancés à la maison. Quelques jours plus tard, mes parents retournèrent aux États-Unis. Je devais passer le reste de l'été chez mon oncle et ma tante. À l'époque, Sudha vivait encore en Inde. Elle venait d'obtenir sa licence de biologie et devait commencer son master en génétique. Elle avait voulu étudier la médecine, mais ses résultats ne le lui avaient pas permis. Radha, de deux ans son aînée, était déjà mariée. Elle vivait chez ses parents car son mari, militaire, était en poste au Cachemire.

Cet été-là fut à tous égards doux et amer. J'aimais la

compagnie de mes cousines. J'aimais pouvoir manger les mangues qui me manquaient tant aux États-Unis car, là-bas, on ne trouvait que quelques variétés en provenance du Mexique et d'Amérique latine. En Inde, je suçais des daseri, *les pétrissant de mes doigts jusqu'à ce que la chair soit tendre, puis les aspirant bruyamment pour ne pas en perdre le jus. Grâce à un client de mon oncle venu de Bombay, nous en avions à bon prix. Les* chaunsa, safeda, langra... *j'avais oublié la saveur de ces fruits. J'en prenais une bouchée et le goût me revenait instantanément. Comment avais-je pu vivre tant d'années sans que leur parfum me manque ? Certaines variétés étaient si fibreuses que je devais passer quelques minutes devant le miroir de la salle de bains à retirer les longs fils coincés entre mes dents.*

Contrairement à mes parents, mon oncle et ma tante formaient un couple plutôt aimant. Nul éclat de voix pendant trois mois. J'en restais stupéfaite. Les souvenirs que j'avais de mon enfance en Inde s'étaient estompés et je pensais que la parentèle de mon père, celle de ma mère et toutes les familles indiennes ressemblaient en tout point à la mienne. Je compris que j'avais vécu dans une caverne.

Anil, mon fiancé, avait une moustache. Il avait la peau plus sombre que la mienne mais n'était pas vilain. Au début, nous nous entendîmes correctement. Il passait me prendre avec sa mobylette après son service à l'hôpital et m'emmenait manger une glace. Le dimanche après-midi, nous allions parfois voir un film. Après tout, le but de mon séjour, c'était d'apprendre à nous connaître.

Les choses se dégradèrent à la fin de l'été. Nous étions partis faire un tour sur sa mobylette, sans but précis, et nous étions rentrés tard. Mon oncle se mon-

trait strict avec ses filles, mais comme j'étais fiancée, on me fichait la paix. Tout le monde dormait, Anil voulut absolument rentrer avec moi. J'allais allumer la lumière du salon quand il arriva par-derrière et m'agrippa. Mon cœur bondit.

— Il faut que tu m'offres quelque chose si je dois t'attendre.

Nous nous étions juste tenus quelques fois par la main. J'avais supposé que le but d'un mariage arrangé était de rester vierge jusqu'à la nuit de noces. Je me demandais comment réagir.

— Tu ne peux pas refuser, nous sommes fiancés.

Dans le noir, ce n'était plus le même homme. Voix insistante, rauque. Il se colla encore plus contre moi, je sentais son érection à travers son pantalon. Jamais je n'avais été si près d'un homme, et je trouvais ça répugnant.

Je me tortillais sous son étreinte. Il me retourna avec rudesse de sorte que je sois face à lui. Il saisit ma main et la mit sur sa chose. Je me débattis. Il me serra plus fort. Mes poignets me faisaient mal.

— Je vais hurler si tu ne me lâches pas.

Pour toute réponse, il aplatit sa main droite sur ma bouche et mit la gauche derrière ma tête, la maintenant dans un tel étau qu'une seule torsion lui aurait suffi à la briser. Je pris peur. Son corps se pressait contre le mien, j'en sentais toute la force. Sa main m'empêchait de respirer et je commençais à me sentir faible. De toutes mes forces, je donnai un grand coup avec ma jambe gauche tout en essayant d'atteindre le vase en verre posé sur la table voisine. Je sentis l'eau couler sur l'arrière de ma jambe au moment où celui-ci se renversa pour aller se briser sur le sol en pierre. Le bruit retentit dans toute la maison. Il relâcha son étreinte.

— Salope d'Américaine.

Quelques secondes s'écoulèrent, des lumières s'allumèrent à l'étage et on entendit des pas. Je cherchai l'interrupteur à tâtons et allumai une lampe près du canapé.

— Uma, qu'est-ce qui se passe ? demanda mon oncle tout en descendant l'escalier.

— En voulant allumer, j'ai cassé un vase. Je suis désolée.

— Tu es blessée, s'inquiéta ma tante depuis le palier.

— Non, mais il y a du verre partout. Ne descends pas si tu es pieds nus.

— J'arrive, je vais enfiler des mules.

J'entendis le bruit de ses pas s'éloigner. Ma tante portait rarement des pantoufles chez elle ; la plante de ses pieds était épaisse et craquelée sur les bords.

Sudha descendit, Radha en fit autant. Elles se dirigèrent aussitôt vers le placard sous l'escalier et revinrent armées d'un balai et d'une pelle. Anil marmonna une excuse, prétextant qu'il avait un patient à voir, et prit la poudre d'escampette. Après avoir nettoyé, nous partîmes nous coucher. Dans le noir, je racontai à Sudha ce qui s'était vraiment passé. Je me mis à pleurer.

— Il ne t'attire pas ?

— Je ne crois pas.

— Alors, tu ne devrais pas l'épouser. Tu en es où ? Je veux dire, avec les garçons.

— Nulle part. Et toi ?

Cela ne m'était jamais venu à l'esprit que mes cousines, qui vivaient à la périphérie de Delhi, aient pu avoir des expériences. Mais après tout, pourquoi pas ? Il y avait un centre commercial flambant neuf avec une salle de cinéma en Sensurround *et un McDo. Ce n'était plus le Ghaziabad de mon enfance.*

Sudha se mit à rire.

— Nous pensions que tu avais de l'expérience. En fait, Radha et moi on a fait des paris.

Je m'apitoyai sur mon sort. Seulement deux gars s'étaient intéressés à moi et tous deux étaient moches. L'un était même bête.

— Tu es encore vierge ? lui demandai-je abruptement.

— Oui, mais j'ai fait pas mal de choses. J'ai eu un copain pendant deux ans. Je suis seule, maintenant.

Elle ne paraissait pas désespérée d'avoir perdu cet ami.

— Uma, que vas-tu faire ? Si tu revois Anil, il exigera encore la même chose. Il n'aura de cesse de te presser. Même moi, je peux te l'assurer.

— Tu me conseilles quoi ?

— Tu peux lui tailler une pipe et t'arrêter là. Ça lui suffira peut-être..

— Mais c'est dégueu !

Nouveaux rires.

— Désolée, je ne me moque pas de toi, mais je ne m'attendais vraiment pas à ce que tu sois si inexpérimentée.

— Je n'ai rencontré personne avec qui j'en aurais eu envie. Et puis, de toute façon, l'occasion ne se serait pas présentée. Déjà que mes parents n'aiment pas qu'une copine vienne à la maison, alors un garçon ? Je n'ai pas le droit de sortir tard le soir.

— Bizarre. Ma mère m'a raconté qu'en médecine tes parents ont couché ensemble bien avant de se marier.

Soupirs. Cela ne m'étonnait guère. Ils l'avaient fait suffisamment de fois lorsque je partageais leur lit. Je me rappelais les nuits à Jersey City, la tête sous l'oreiller pour étouffer les grincements et les bruits sourds. Je me pinçais le nez pour respirer par la bouche et ne pas sentir dans le lit les odeurs âcres de leurs corps.

— Écoute, si tu veux que je te dise franchement ce que je pense, tu devrais retourner aux États-Unis, finir tes études et te trouver un job avant de te marier. En Inde, personne ne se marie plus à vingt ou vingt et un ans. Les femmes ont besoin d'indépendance. Lorsque ton père nous a parlé de te trouver un mari, on a été estomaqués.

Sudha m'expliqua que ses parents avaient proposé à mon père de me choisir quelqu'un une fois mon diplôme en poche. Ils s'étaient querellés à propos de ce qu'ils jugeaient le mieux pour moi.

— D'après tes parents, plus tu prendrais de l'âge, moins il y aurait de chances que tu restes vierge. Les Indiens se méfient des Américaines et ça, ça les inquiétait. Avec Radha, on pensait que tu n'accepterais pas de venir te fiancer.

— Je n'ai pas eu le choix. C'est ma mère qui a insisté. Elle n'a pas eu une vie très gaie et m'assurait que ça la rendrait heureuse.

— Mais Uma, c'est ta vie à toi. Quels sont tes désirs ?

Je me remis à pleurer.

— Qu'est-ce qu'il y a ? Pourquoi es-tu si bouleversée ?

Sudha m'attira à elle. Elle avait mon âge. Comment pouvais-je lui raconter ce qui se passait entre mes parents sans trahir ma mère ?

— Je ne peux pas en parler.

J'allai me laver le visage. J'avais passé mon enfance déterminée à rendre ma mère heureuse. Son bonheur, je le tenais désormais entre mes mains, et j'allais la décevoir.

Le lendemain, je l'appelai et lui racontai ce qu'avait fait Anil.

— Tu devrais lui donner quelque chose. Les hommes veulent toujours quelque chose.

Je lui raccrochai au nez. J'avais encore en moi cette sensation de viol et ne parvenais pas à chasser de mon esprit le souvenir de son membre rigide se pressant contre moi. Quelques heures plus tard, ce fut mon père qui m'appela. Durant les premières minutes de notre conversation, il me parla avec une douceur mielleuse et très vite je doutai de ses motivations.

— Il sera ton mari, fais-lui plaisir en lui donnant ce qu'il réclame.

— Il ne m'a rien demandé. Il voulait me prendre de force !

— Il n'est pas question de force entre mari et femme. Et vous serez bientôt mari et femme.

Je raccrochai aussi au nez de mon père. Je le revoyais en train de frapper ma mère au visage ; la revoyais, elle, tombant violemment en arrière, obligée d'amortir sa chute en se protégeant de son bras malade, celui qu'il lui avait déjà cassé. Et le lendemain, il agissait comme si tout était normal. Il faisait toujours comme si tout était normal. Mon cœur battait la chamade, j'avais le cou brûlant. Et bien que le téléphone de ma tante fût devant le climatiseur, mes aisselles étaient en nage. Mon père était réellement convaincu qu'il ne faisait rien de mal. Sa femme, son enfant, c'était sa propriété et il pouvait en disposer comme bon lui semblait. Je tremblais.

Radha entra alors avec un verre de lassi à la mangue que ma tante venait de préparer pour moi.

— Uma, ça va ?

J'acquiesçai faiblement.

Elle me fit asseoir sur un fauteuil près du téléphone et posa sa main sur mon genou. Une main douce. Elle me caressa la joue. Mes larmes se remirent à couler.

— Je suis désolée, fis-je dans un murmure.

— Viens, allons à l'étage et restons un peu dans ma chambre.

Je la suivis. Elle portait un salwar kameez *de tous les jours ; ses cheveux raides et noirs brillaient devant moi tandis qu'elle montait l'escalier. Tous les week-ends, sa mère les huilait. Radha laissait pénétrer l'huile pendant quelques heures, puis elle les lavait avec une décoction d'herbes aromatiques. Elle me fit asseoir sur son lit. Elle posa le verre sur sa table de nuit et me sourit avec une chaleur maternelle.*

— Allez, maintenant, raconte-moi tout.

Deux jours plus tard, avec le soutien absolu de Sudha et de Radha qui, jusque tard dans la nuit, avaient argumenté avec leurs parents, mon retour pour Newark fut programmé. On me déposa à l'aéroport. Mon oncle n'appela mon père qu'après l'embarquement. Il ne réussit pas à faire changer d'avis son frère, mais le persuada au moins d'y aller doucement avec moi et d'avoir une parole rassurante.

L'angoisse m'étreignit durant tout le vol. J'espérais qu'à cause de mon départ précipité Anil annulerait le mariage. Mes parents seraient alors obligés de me laisser finir mes deux semestres avant d'essayer de me trouver un autre fiancé. Et d'une façon ou d'une autre, pendant ce temps, je trouverais la force de leur dire non. Observer ma tante, mon oncle et mes cousines m'avait montré qu'il existait d'autres types d'amour que celui que j'avais connu jusqu'alors. Cet amour n'exigeait pas de sacrifier mon bonheur sur l'autel des désirs de ma mère. Cette culpabilité que je ressentais toujours quand je pensais à ma mère, je la portais encore en moi, mais mon esprit était désormais capable de considérer les choses différemment et de me raisonner pour ne pas trop y penser.

À l'arrivée, mes parents m'attendaient, le visage rigide, buté. Ma mère me lançait des regards noirs, mais mon père ne paraissait pas, au fond de lui, si mécontent de voir que sa fille avait résisté aux avances pressantes d'un étranger. Je lui appartenais encore.

Tandis que Thomas attend dans un restaurant français de Tribeca, il parcourt les notes prises dans son carnet sur le métier d'agent immobilier. Sa mère est venue de Boston, prétendument pour une fête chez une amie.

Elle entre, enjouée, sourit au serveur, au commis, au directeur, à son fils. Elle porte des boucles d'oreilles rouges à plumes, de style amérindien, un châle rouge en pashmina que lui a acheté Uma en Inde et un pendentif en onyx rouge, le tout dernier cadeau du père de Thomas à sa mère avant le crash.

— Tu as l'air en forme, dit-elle, lui ébouriffant les cheveux tout en l'embrassant sur la joue.

— Je suis en train de passer un brevet d'agent immobilier. Cela vaut mieux que de perdre mon temps à envoyer des candidatures en ligne ; elles se font aspirer dans un trou noir.

— Bravo. Le mouvement, c'est toujours positif, et le changement peut générer des surprises.

— Comment se fait-il que tu sois ici ?

— Maggie organise une petite fête pour son anniversaire et je me suis dit que j'allais venir plus tôt pour passer la journée en ville.

Thomas ne saisit pas bien l'humeur de sa mère. Pourtant, sans savoir pourquoi, il a l'intuition que ce repas ne va pas ressembler aux autres : ces moments où elle réussit à le faire culpabiliser parce qu'elle est seule, que son mari est décédé et son fils à huit cents kilomètres d'elle. Qu'a-t-elle en tête ?

— À quoi penses-tu, mon chéri ?

— Je sens que quelque chose te tracasse.

Elle soupire puis attire du regard le serveur qui passe à côté.

— Pourriez-vous nous apporter deux verres de vin rouge ?

Avant que Thomas puisse protester, le serveur est parti.

— Fais-moi confiance, le rassure-t-elle en tendant la main pour effleurer la sienne, je ne bois quasiment plus en société, mais là on en a besoin.

Thomas commence à se sentir nerveux.

Le serveur apporte les verres. Mère et fils trinquent, elle prend une petite gorgée.

— Au bébé qui viendra bientôt.

— À la tienne !

Sa mère reprend un peu de vin. Puis elle lève les yeux et le regarde, l'air déterminé.

— Il faut que tu réfléchisses, que tu te fasses tester avant.

Uma a-t-elle appelé sa mère et lui a-t-elle confié ses doutes ?

— Me faire tester, moi ?

— Oui, toi. Pour rechercher la maladie de Huntington. Sa transmission est autosomique dominante et tu n'en as sans doute pas hérité. Au moment de ta naissance, on ne connaissait pas l'existence des tests. Plus tard, on a considéré que ce n'était pas sain de soumettre un enfant à ce genre d'examen puisqu'il n'existe pas de traitement.

— Spontanément, je l'aurais fait, ce test. Ce n'était pas la peine de venir de Boston pour ça.

— Oui, mais tu as aussi le droit de savoir à quel point ton grand-père était affecté. De connaître les choses qu'il…

— Quelles choses ?

— Je te dois la vérité. Il s'agit de ta vie *in utero*.

Thomas acquiesce. Devant sa mère, d'une nature expressive et émotive, il ne sait parfois plus où se mettre, mais là, il n'a pas envie de prendre ses cliques et ses claques.

— Grand-père est mort peu de temps après ta naissance. Quand j'étais enceinte, il vivait avec nous. Il était seul, sa femme…

— Était morte, complète Thomas.

— Ton père pensait qu'il devait lui assurer un foyer et puis, de toute façon, il ne pouvait plus se débrouiller tout seul et on n'avait pas beaucoup d'argent.

— Bien sûr.

— Papi était un cas rare car il avait développé la maladie plus tard que la plupart des gens. Le gène peut s'exprimer dès l'âge de trente-cinq ans ou plus tardivement, jusqu'à soixante-dix ans.

Thomas regarde la table.

— Je sais. Oncle Bob l'a eue jeune.

Il relève les yeux. Sa mère a rapidement détourné le regard à cette évocation.

— J'ai un peu lu à ce sujet, lui dit-il. Il arrive que des patients sous traitement deviennent des joueurs compulsifs.

— Oui, ils peuvent aussi devenir dépressifs, violents, sans parler d'autres troubles.

— Et grand-père ?

— Comportement sexuel aberrant.

Sa mère essaie de garder un ton détaché, de discuter de la question comme elle discuterait d'un cas.

— Il t'a fait des avances ?

— Exhibitionnisme et voyeurisme, précise-t-elle du même ton clinique.

— Mam, je suis désolé.

Elle boit une autre gorgée de vin.

— J'aurais tellement voulu avoir une grossesse insouciante. Ton père m'adorait et je connaissais ton grand-père depuis le début de notre relation, au lycée. Et voilà que cet homme s'exhibait plusieurs fois par jour et essayait de me peloter chaque fois qu'il en avait l'occasion. Disant des choses absolument horribles. Me racontant qu'il avait encouragé notre relation afin de pouvoir me voir davantage.

— Tu en as parlé à papa ?

— Au début, non. Ensuite, je me suis dit : *C'est lui ou moi.*

— Et ?

— On a demandé un diagnostic et on en a parlé au médecin ; pour lui, ce symptôme était courant. Ton grand-père devenait totalement dément. Ses tremblements ont empiré. D'un point de vue rationnel, je savais bien qu'il était malade, mais je ressentais chaque jour un sentiment de viol. Quand une femme est enceinte, ses émotions sont déjà très intenses sous l'action des hormones et cette situation ne faisait qu'exacerber les choses de façon négative.

— Qu'a dit papa ?

— Il ne voulait pas jeter son père à la rue, ce que je comprenais. Ton père m'a toujours soutenue mais il manquait parfois de courage. Il m'a dit que, si je décidais de chasser le vieil homme, il ne s'y opposerait pas.

— Tu ne l'as pas fait ?

— Il m'a aussi demandé, avant de prendre toute décision, d'inverser les rôles. Et s'il s'agissait de mon propre père ?

— Tu ne l'aurais pas rejeté, n'est-ce pas ?

— Je savais que j'en serais incapable. C'était juste une histoire de semaines, de mois, avant qu'il ne meure, alors j'ai essayé de ne plus voir en lui qu'un homme très malade. On a payé pour cette décision.

— Toi et papa ?

Elle fond en larmes. Thomas se lève, s'approche, se penche vers elle et l'étreint.

— Désolé, mam, désolé que tu aies subi tout ça.

Il ressent de la colère. Il se rappelle sa mère, jeune. Une femme attirante. Il a envie de diriger sa colère contre quelqu'un, mais qui, il ne le sait pas. En colère contre son père ? Contre son grand-père qu'il n'a jamais connu ? Non. Il ne peut s'en prendre qu'à une mutation génétique. Son enfance lui revient en mémoire. À part l'incident avec Tracy, la vie avait été plutôt tranquille. Ils partaient en vacances, ils riaient tous ensemble. Le mariage de ses parents avait-il été une imposture ?

— Mon cou, Thomas, lâche-moi. Tu me fais mal.

Thomas desserre son étreinte, étonné de la force avec laquelle il s'est accroché à elle. Elle a, semble-t-il, retrouvé le contrôle de ses émotions.

— C'est pour ça que tu n'as pas eu d'autre enfant ?

Oui, fait-elle d'un signe de tête.

— J'étais incapable d'affronter une deuxième grossesse, j'étais traumatisée. Enceinte de toi, j'avais constamment peur que mon stress et cette énergie négative qui régnait à la maison ne t'affectent. À l'époque, on ne savait pas de façon certaine que les bébés éprouvent des choses *in utero*, mais c'était une opinion communément admise. Ma mère m'avait dit d'être heureuse.

— Tu ne pouvais pas t'en aller ?

— On avait besoin de nos deux salaires. Ton père n'était qu'en post-doc et ce qu'il touchait pour ses cours ne suffisait pas ; moi, je travaillais à mi-temps. J'essayais de ne pas me retrouver seule à la maison avec ton grand-père. C'est horrible à dire mais on s'est tous les deux sentis soulagés quand la chorée a empiré et que la maladie a progressé, parce qu'il pouvait plus difficilement nous agresser. Je me sentais presque vile.

— Et ensuite, entre toi et papa ?

— Pendant un moment, je lui ai manifesté de l'hostilité. Longtemps, j'ai gardé de la colère en moi, même si je n'en avais pas toujours conscience. J'avais l'impression qu'il m'avait trahie.

— Tu ne lui as jamais pardonné ?

— Ne va pas croire que nous avons été malheureux. C'est juste que, même des années après, quand quelque chose déclenchait ce souvenir, j'étais perturbée.

— Il ressemblait à grand-père quand il a commencé à grisonner. Enfin, j'ai remarqué ça sur les photos de grand-père lorsqu'il avait la cinquantaine.

Elle fait oui de la tête.

— Mam, Uma est enceinte.

— Je m'en suis doutée. Je l'ai deviné quand tu m'as appelée.

— Elle n'est pas sûre de garder le bébé. Elle a des problèmes avec ses parents.

— Je sais. Promets-moi une chose, laisse-lui du temps. Ne la force pas.

— Je veux vraiment ce bébé.

— Tu pourrais bien être celui qui a des problèmes. Règle ça d'abord.

— Mam…
— Qu'y a-t-il ?
— Merci.
— De quoi ?
— De m'avoir tout dit. Je sais que tu n'as pas envie de savoir si j'ai la maladie de Huntington.
— Je veux surtout que tu sois heureux. C'est la seule chose qui compte pour un parent. Et si Uma souhaite que j'en parle à ses parents, je le ferai. Ils seront peut-être plus ouverts si cela vient d'une mère.
— Ils ne sont toujours pas au courant pour nous.
— Eh bien, il va falloir qu'elle prenne sa vie en main. Je suis certaine qu'elle va le faire. Elle t'aime.

Alors que je n'étais pas encore une petite ado américanisée mâchant du chewing-gum, mon père était rentré un soir tout excité à la maison pour nous raconter qu'un vieux docteur voulait vendre son cabinet, et qu'il acceptait d'en discuter le prix.

— On a combien d'économies à la banque ? s'enquit ma mère.

— Trente mille.

Ça le fit rire. Je ne savais pas combien pouvait coûter un cabinet ni comment prendre cette nouvelle. Il nous fallut plus d'une heure de voiture pour aller chez ce médecin.

— Il est juif, alors pas de commentaires sur les juifs.

— Je ne comprends pas.

— Ils ne sont pas comme les Noirs.

Je savais que certaines personnes étaient noires et que d'autres étaient hispaniques car je voyais bien leurs différences de traits. Certains gamins hispaniques ressemblaient d'ailleurs beaucoup aux petits Indiens. Dans ma classe, en Inde, tout le monde se ressemblait, même si l'un des ministres que l'on voyait souvent à la télévision avait des traits asiatiques. À mon arrivée en Amérique, je ne connaissais rien des juifs mais je commençais à apprendre. Pour moi, ils étaient comme les autres Blancs, mais lorsque j'avais dit ça à un garçon de la classe, il avait ri : « Seulement à tes yeux, Uma. » Mon père m'avait interdit de fréquenter les gamins noirs, alors je n'avais pas parlé de Shanya à mes parents. Elle était avec moi en cours de dessin et c'était ma meilleure amie. Contrairement à Laurinda, je ne pouvais pas l'inviter à la maison.

Jamais auparavant je n'avais vu une maison comme celle du docteur Cohen. Il collectionnait les tapis orientaux ; certains d'Afghanistan, d'autres du Pakistan, de l'Inde, de l'Iran. Un échiquier artisanal et un vieux microscope avec un oculaire et des rivets en laiton trônaient sur son bureau.

— Il marche encore, tu peux regarder, ma petite.

Il y avait une lame sous l'oculaire. Je jetai un œil. Des motifs rouges et verts apparurent.

Le docteur Cohen m'aimait bien. Il dit à mon père qu'il voulait que l'affaire se fasse. Il était prêt à lui céder sa clientèle sans versement de départ. Mon père pourrait payer au fur et à mesure.

— Je sais que vous êtes arrivés dans ce pays il y a quelques années seulement. Je sais combien ça peut être difficile.

Par-dessus ses demi-lunes, il parcourut le CV de mon père et eut un sourire aimable.

— Je ne vous demande qu'une chose (il marqua un silence théâtral avant de poursuivre), certains de mes patients viennent me voir depuis trente ou quarante ans et vous devez me promettre de les traiter comme s'il s'agissait des vôtres.

— Oui, monsieur, je vous le promets.

Mon père avait l'air sérieux et sincère. Ma mère m'avait toujours dit que papa était un excellent médecin. En Inde, il avait fait des opérations, mais après avoir passé une équivalence américaine et fait son internat, il était devenu simple généraliste.

Nous prîmes le thé et des petits gâteaux avec le docteur Cohen et son épouse. Le prix du rachat du cabinet s'élevait à deux cent cinquante mille dollars, somme qui n'étonna pas mes parents. Ils serrèrent la main de Mr Cohen et nous repartîmes.

Dans la voiture, ma mère se félicita.

— On vient d'obtenir un prêt à taux zéro pour un quart de million.

— Je suis certain, dit mon père, qu'il nous a à la bonne parce que nous ne sommes pas noirs.

— Et tu crois que tu es quoi ? Un Blanc ?

Sur la banquette arrière, je ricanais en silence. Mon père avait la peau plus sombre que Shanya. Noire, même, à bien y songer. Je ne pouvais pas comprendre pourquoi il ne voulait pas l'admettre.

Lorsque je descends à Park Avenue, Thomas est là qui m'attend à la sortie du métro. Nous ne sommes qu'à deux rues de chez le médecin.

— Uma, ne lui dis pas que tu hésites au sujet du bébé.

— Pourquoi ?

— Il faut qu'il fasse le diagnostic prénatal pour la maladie de Huntington. Si nous ne sommes pas sûrs pour l'enfant, il se peut qu'il n'accepte pas ce test. Dans tous les cas, moi, je dois le faire.

— Que veux-tu dire ?

— Mon grand-père et mon oncle ont développé la maladie.

— Ton père aurait montré des signes, non ?

— Pas nécessairement. Impossible de dire si mon père l'avait. Peut-être que oui, mais il est mort dans un accident d'avion et mon grand-père n'a eu les premiers symptômes qu'après ses soixante-dix ans.

— Donc, tu pourrais être atteint et ne pas encore le savoir, c'est ça que tu veux dire ?

— Je suis désolé, ma chérie, je sais qu'on n'a pas besoin de ce genre de soucis.

— Il existe un traitement curatif ?

— Non.

— Des médicaments ?

— Certains. Sans doute bien meilleurs qu'à l'époque de mon grand-père.

Je serre la main de Thomas. Mon esprit s'affole. Je l'imagine bientôt mort. Contrairement à ce que je crois, et de manière peu sensée, j'ai tout à coup envie de garder le bébé. Je lui serre la main plus fort.

— Ne remettons pas en question nos décisions. Faisons simplement le test, me dit-il.

— Pourquoi tu ne m'en as pas parlé avant ?

— Je ne savais pas grand-chose avant de déjeuner avec ma mère.

— Tu veux en discuter ?

— Non, pas maintenant. Essayons d'abord de savoir si c'est pertinent. Si je n'ai pas la maladie et toi non plus, les médecins nous diront quels sont les risques que le bébé hérite de cette mutation. Ma mère est quasiment certaine que dans sa famille personne n'était atteint.

— Tu pourrais être porteur sans qu'elle se manifeste ?

— Non, la transmission est autosomique dominante. Si je possède cette anomalie génétique, alors je la déclarerai.

La salle d'attente du cabinet du docteur Tibby est vide. Thomas prend un magazine, un numéro de *Scientific American* vieux de trois ans. Il n'a pas envie de parler. Il n'aime pas bavarder dans les lieux publics. Je veux poursuivre cette conversation, mais si je lui pose des questions maintenant, j'ai peur qu'il ne craque. Tant pis, je reprends :

— Quels sont les symptômes ?

— Tu regarderas plus tard sur Internet, répond-il d'une voix plus basse que la mienne.

— Voyons, je suis sûre que tu as déjà fait des recherches. Ton grand-père avait quoi ?

— Des tremblements incontrôlés. C'est une dégénérescence neurologique, chuchote-t-il.

— Pourquoi chuchotes-tu ? dis-je en l'imitant.

— Nous sommes dans une salle d'attente.

Le ton de sa voix change de manière presque imperceptible, mais je sens qu'il va craquer.

— Il n'y a personne, ici.

Je le rassure d'un large sourire. Il tient le choc et me donne une caresse sur le bout du nez.

— Le docteur va vous recevoir, nous annonce la secrétaire.

Elle a tout d'un crocodile : mince, voix de fumeuse, os des poignets et des clavicules saillants.

Thomas aborde la question de ses antécédents familiaux et demande au médecin le test de dépistage.

— D'accord. Nous ferons l'échographie quand vous viendrez chercher les résultats du test. Comme ça, je pourrai les analyser avec vous, si besoin est.

Thomas acquiesce d'un signe de tête. Le docteur Tibby me regarde.

— Des cas de Huntington dans votre famille ?

— Non. Mon père a eu une crise cardiaque à quarante ans mais, aujourd'hui, il va bien. Il a des calculs rénaux, c'est tout.

— Nous vous ferons un check-up complet. Du diabète, de l'hypertension de votre côté ?

— Non.

— Vous vous sentez bien, dans l'ensemble ?

— Oui.

— Alors essayez de ne pas trop stresser. Ne vous lancez pas dans une nouvelle pratique sportive. Continuez vos activités habituelles.

Il note encore quelques points dans mon dossier puis nous explique que l'infirmière va faire la prise de sang et nous donnera ensuite un rendez-vous pour l'échographie.

— Une dernière chose (il s'est tourné vers Thomas et je suis son regard), chez votre grand-père et votre oncle, a-t-on bien diagnostiqué officiellement la maladie de Huntington ?

— Je crois mais je n'en suis pas certain.

— Il existe en fait d'autres pathologies neurodégénératives présentant des symptômes identiques à ceux de cette maladie. On va donc vous tester pour l'ensemble, juste pour être sûrs.

Au moment de la prise de sang, je détourne les yeux. Je déteste voir l'aiguille et la seringue. Les muscles de mon dos se contractent, mon estomac se noue et je ne respire plus. Thomas, lui, observe la scène, impassible. Je suis incapable de dire, en regardant son visage, quand l'aiguille pénètre dans son bras.

Sur le chemin du métro, nous nous tenons par la main. Au tourniquet, il me déclare :

— Je suis désolé de ce problème de gènes.

— Voyons, ne dis pas de bêtises. Attendons les résultats.

À l'approche de la rame de la ligne 6, le bruit engloutit mes derniers mots.

Je monte et trouve un siège. Une fois assise, je n'arrive plus à jouer à la fille invincible. Jamais je n'avais imaginé que Thomas pourrait m'être enlevé si cruellement alors que nous sommes encore jeunes. Mes pensées se brouillent et se dissolvent en un déluge d'émotions.

Cela s'est passé alors que je venais de rencontrer Thomas. J'habitais déjà dans l'appartement que m'avaient acheté mes parents dans un immeuble avec portier sur Lexington Avenue, près du quartier indien. La perspective de trouver un bon dosa *sur leur route avait joué pour beaucoup dans le choix de l'emplacement. L'employée de l'agence immobilière, une jeune femme blonde de mon âge, nous avait montré des appartements dans l'Upper West Side, autour de Times Square ou à Chelsea car mes parents voulaient que les trajets du New Jersey à New York soient faciles. Finalement, elle nous avait emmenés dans le quartier indien car elle avait compris que ce qu'ils disaient ne reflétait pas le fond de leurs pensées. Il m'avait fallu tellement plus de temps pour saisir cela.*

Cette nuit-là, Thomas ne pouvait pas rester car mon cousin Dhiraj passait par New York avant d'aller à Chicago où on venait de l'accepter comme interne. D'après l'accord conclu avec mes parents, la famille pouvait venir séjourner chez moi n'importe quand.

Le chemin avait été long depuis mes fiançailles rompues jusqu'à mon installation dans cet appartement. Je m'étais rebellée de temps en temps afin de gagner quelques pouces supplémentaires de territoire personnel. Thomas était mon deuxième petit ami. Le premier, Vinayak, indo-américain, était un lot de consolation après le fiasco de mes fiançailles. Ensemble en cours à

Rutgers, nous étions bons copains. Cette amitié connut une fin amère quand nous nous séparâmes, lorsque ma mère, l'ayant invité à dîner, le couvrit d'insultes. Étudiant en économie, il avait une bourse complète. Ma mère s'avisa de l'interroger sur la caste de ses parents et ses projets de mariage. Allait-il m'épouser dans l'année ? Comment pouvait-il imaginer que j'attende davantage ? Comment se faisait-il que ses parents soient divorcés ?

L'existence de Thomas, mes parents ne la connaissaient pas du tout. J'avais beaucoup aimé Vinayak mais j'étais folle amoureuse de Thomas. Plutôt mourir, donc, que de les laisser s'approcher de lui.

Dhiraj pensait que je le retrouverais à l'aéroport. Je lui avais dit de prendre un taxi. Je me rappelai l'avoir vu à Delhi. Sudha et Radha étaient les filles du frère aîné de mon père ; Dhiraj le fils d'un frère cadet. C'était donc aussi leur cousin. Mon père parlait souvent de lui car, contrairement à moi, il avait fait médecine.

Encore dans le taxi, il m'envoya un texto et je descendis à sa rencontre.

— Tu as l'air en forme, déclara-t-il.

Nous prîmes l'ascenseur, mon appartement était au dix-septième étage.

— Alors, où va-t-on ? Je suis prêt à faire la fête.

— Le décalage horaire ne te fatigue pas ?

— Tu plaisantes ? Allons boire un verre. Il doit bien y avoir des bars sympas dans ton coin ? Tu n'as pas d'amis ?

— Bien sûr que si.

— Des copines, j'entends. Tu vois ce que je veux dire. Des Blanches ? Ou peut-être des Indiennes.

Dhiraj avait une apparence plus négligée que dans

mon souvenir. Je n'avais pas envie de le sortir ni d'être vue en sa compagnie. Sa chemise sortait de son pantalon, révélant un bourrelet de chair poilue et flasque. J'avais honte de lui.

— Non, que des copains, lui répondis-je.

Pendant qu'il faisait un brin de toilette, je tentai de me convaincre qu'il fallait que je l'emmène dîner dehors. Nous allâmes dans un restaurant mexicain où il descendit deux margaritas avant que n'arrive le plat de nachos. *Tandis que nous mangions les entrées, je reçus un texto de Thomas : « On se voit chez moi plus tard ? »*

Nous avions une relation sérieuse depuis trois mois ; ce n'était que la deuxième ou troisième fois que nous ne passerions pas la nuit ensemble. Mon cousin était une fouine ; si je partais, il ferait courir des rumeurs dans la famille et surtout dirait tout à mon père. « Il faut que je reste », répondis-je à Thomas.

Bien que le restaurant ne fût qu'à huit rues de chez moi, Dhiraj était si soûl que nous dûmes prendre un taxi. Il s'y endormit.

— Réveille-toi, lui ordonnai-je en le poussant. On est arrivés.

Il continua à ronfler.

Je lui donnai un coup de talon. Je lui en voulais carrément.

— On est arrivés ! lui hurlai-je à l'oreille.

Je payai la course et sortis du taxi. Dhiraj s'appuya sur mon épaule pour traverser le hall. Son poids m'écrasait presque.

J'ouvris le canapé-lit du salon, mis un drap sur le matelas, puis trouvai ses billets d'avion. Son vol pour Chicago partait à dix heures. Je réservai une navette qui viendrait le prendre à sept heures. Je voulais qu'il parte pour retrouver Thomas, me glisser dans son lit avant qu'il ne soit complètement réveillé. Je pourrais alors faire comme si nous avions passé la nuit ensemble.

— Tu vas me faire dormir sur ce truc inconfortable, pleurnicha-t-il.

Les minces ressorts du matelas grincèrent sous lui.

— J'avais bien dit à mes parents que tu serais mieux à l'hôtel.

— Allez, t'as un grand lit.

— Dhiraj, tu ne dors pas dans mon lit.

— Allez !

Il me prit par la main avec une force soudaine.

Je lui jetai un regard sévère.

Il planta droit ses yeux dans mon décolleté. Puis il sourit d'un air diabolique, ses mains en avant pour me peloter les seins. Heureusement, sa mobilité d'homme ivre était ralentie, contrairement à la mienne. Je lui donnai un coup dans le tibia. J'avais gardé les hauts talons que je portais au travail. Je visai son pied avec la pointe.

— Aïe ! Espèce de salope.

Avant qu'il ne puisse se ressaisir et relever son horrible carcasse, je filai dans ma chambre et refermai la porte. À clef. Et puis, pour faire bonne mesure, je calai mon vélo d'appartement derrière. Lorsque j'appelai mes parents en Floride pour leur dire ce que mon cousin venait de faire, je tremblais de colère.

Ma mère transmit mon message à mon père et lui demanda de me parler. Je l'entendis au bout du fil crier qu'il ne voulait pas être dérangé ; le Super Bowl allait commencer. Ma mère reprit le combiné et essaya de m'apaiser de cette façon distraite et décousue qui la caractérisait lorsqu'elle ne fulminait pas. Je raccrochai.

Si j'appelais Thomas, il viendrait aussitôt, je le

savais, et Dhiraj irait tout raconter à mes parents. Alors, je restai allongée, éveillée, tournant et retournant cette promesse dans ma tête : plus jamais, pour aucun membre de la famille, je ne céderais une nuit avec Thomas. Plus jamais.

Tracy. Le premier amour de Thomas. Qu'est-elle devenue ? Lorsqu'ils avaient sept ans, ils ne pouvaient se passer l'un de l'autre. Puis vinrent les récriminations. Les pleurs de trahison. Les Je-Te-Déteste. « Tu as brisé ma famille. Tu as fait partir papa. Tu as fait partir mon papa. Je te haïrai toujours plus que n'importe qui d'autre. » L'avait-il vraiment trahie ? Lui avait-elle pardonné aujourd'hui ? À l'époque, en révélant le secret de Tracy, Thomas n'avait pas compris, lui, l'impact qu'il aurait sur sa vie.

Ils jouaient ensemble, mangeaient ensemble, allaient à l'école ensemble et en revenaient ensemble. À tour de rôle, ils montaient sur le petit vélo de Thomas et se poussaient. Puis Billy, son grand cousin, lui raconta comment les garçons disaient aux filles qu'ils les aimaient. Tracy et Thomas s'étaient déjà souvent dit qu'ils s'aimaient. Mais, à en croire Billy, c'était plus compliqué, et Tracy, sans aucun doute, ne le croirait que s'il faisait ce que l'on attendait de lui. Les filles connaissaient cet amour particulier et attendaient, selon Billy, que les garçons le leur montrent. Billy était plus vieux, et plus sage. Billy avait neuf ans.

Un jour, dans le jardin, Thomas rassembla son courage. Leurs mères étaient chez Tracy, occupées à faire un gâteau.

— Je vais te prouver que je t'aime. Viens dans le coin.

— Tu vas me montrer ton zizi ? lui demanda Tracy.

— Comment le sais-tu ?

— J'aime pas ça.

— Tu en as déjà vu un ? Quelqu'un d'autre t'aime, alors ?

— Mon papa me montre le sien. J'aime pas ça.

— Ton papa ?

Le visage de Thomas se chiffonna. Il ne comprenait pas de façon précise ce que cela voulait dire, mais sa méfiance était éveillée.

— Quand papa me le montre, il me dit qu'il m'aime.

Un vieux souvenir remonta dans sa mémoire. Un souvenir paresseux. Son père parlait de quelque chose d'une voix monotone tandis que Thomas l'écoutait d'une oreille distraite, occupé par le spectacle d'un cerf-volant dehors. Quels étaient ses mots ? Les adultes ne devraient pas caresser les enfants. Ou avait-il déclaré le contraire ? En tout cas, ses parents le caressaient et le serraient dans leurs bras si souvent. Était-ce différent ? Ne l'était-ce pas ?

— Je ne te crois pas.

— Viens avec moi.

Tracy l'entraîna dans la maison et, passant devant leurs mères affairées, ils entrèrent dans le bureau. Il faisait frais et sombre dans cette petite pièce. Le mobilier massif en chêne foncé la rendait austère. Là, un doigt sur ses lèvres, elle dit à Thomas de rester debout tandis qu'elle fouillait partout, puis elle sortit un magazine.

— Papa dit qu'on fera bientôt ça.

Les zizis étaient bien plus gros que celui de Thomas.

Il resta bouche bée. Des femmes les tenaient entre leurs dents. Cela ne faisait pas mal ? Les femmes étaient nues. Certaines accroupies. Il se sentit mal.

— J'ai peur.

Tracy se mit à pleurer.

— Chut ! Viens, allons-nous-en.

Thomas avait envie de retourner dans le jardin, dehors, au soleil, là où les cheveux de Tracy pouvaient de nouveau briller comme de l'or.

Des larmes ruisselant encore sur ses joues, Tracy remit le magazine à sa place. Elle avait le nez qui coulait. Il lui donna son tee-shirt, comme son père le faisait parfois, pour qu'elle s'essuie. Puis ils ressortirent. Son petit vélo appuyé contre la barrière lui sembla un jouet très bête.

Ce soir-là, il en parla à son père. « Le père de Tracy lui a montré son zizi et va bientôt le mettre entre ses dents. Est-ce que ça fait mal ? »

Après cet incident, la police était venue, le père de Tracy avait été emmené. Sa mère pleurait, inconsolable, sur le perron, et Tracy courut vers Thomas, lui planta ses ongles dans le visage, lui tira les cheveux et lui donna des coups de pied puis avant d'éclater en sanglots. « Tu m'as pris mon papa. » Elle hurlait de tout son cœur, et son cœur à lui plongeait et se nouait. Chacun de ses « Tu m'as pris mon papa » le vidait de sa substance. Ce vide dura des semaines et des semaines. Il dura pendant les vacances d'été et tout le premier trimestre d'école. Elles déménagèrent.

Un jour, après leur départ, il trouva son père et sa mère penchés sur une autre sorte de magazine. L'article le plus important jamais écrit par son père venait d'être publié. Des années plus tard, Thomas apprit que, au moment où s'était produit le drame, son père enquêtait depuis des mois sur des pédophiles pour un reportage. Il avait creusé dans le passé de son voisin, avait interrogé certaines des précédentes victimes, présenté des arguments convaincants pour pouvoir enfin signaler l'homme aux autorités. Dans l'article, il avait changé les noms mais en avait fait le centre de l'histoire, relatant aussi son propre activisme. *L'écrivain engagé*. Ce travail lui valut des éloges, de la critique, des missions et une vie de voyages.

Et si Thomas n'avait rien dit à son père ? Si, comme le suggérait ce travail d'investigation, le père de Tracy s'attaquait aux plus jeunes, alors il aurait peut-être cessé avec le temps. Elle aurait refoulé ses souvenirs, aurait continué à vivre. Elle aurait des enfants, peut-être comme Thomas bientôt. Mais si son « vieux » avait encore été dans les parages, il aurait essayé de s'occuper de son petit-fils. Il aurait pu recommencer. Les délinquants récidivent. C'est ce qu'avait compris le père de Thomas quand il avait épinglé son voisin, privant Tracy de son papa.

Le père de Tracy. Le père d'Uma. Le sien. Des pères qui décident. Des pères qui possèdent leurs enfants. Qui les contrôlent. Vivent à travers eux. Leur refilent des gènes. Leur transmettent la maladie de Huntington. Abrègent des vies. Et aujourd'hui Thomas. Sur le point d'être père à son tour. Cette responsabilité. Ce pouvoir. Cette dévotion. Thomas va corriger le tir des pères. Il protégera mais ne contraindra jamais. Il enseignera mais n'entravera jamais. Et si c'était une fille ? La laisserait-il exister aussi ? Pourrait-il l'aimer sans vouloir la protéger trop ou trop peu ? Uma et lui pourraient-ils faire correctement ce que ses parents à elle ont si clairement foiré et ce que les siens ont traversé en trébuchant ?

Nous revoici dans le cabinet du docteur Tibby. Il nous fait entrer, nous serre la main. J'essaie de lire sur son visage, mais, comme la plupart des médecins, il est insondable.

— Bien. La bonne nouvelle, dit-il à Thomas, c'est que vous ne présentez pas la mutation génétique.

— Et la mauvaise ?

Je lui coupe la parole, plus agressive que je ne le souhaite :

— Vous m'avez dit qu'il n'y avait pas d'antécédents dans votre famille, fait-il avec un froncement de sourcils.

— Oui.

— Vous êtes porteuse d'un trouble récessif qu'on appelle chorée acanthocytose, mais ne vous inquiétez pas, il n'y a de danger pour aucun d'entre vous.

Il nous sourit tout à coup, comme pour nous rassurer.

— Qu'est-ce que vous voulez dire ?

— Eh bien, contrairement à la maladie de Huntington qui est dominante, celle-ci est récessive. Puisque votre mari n'est pas porteur, votre bébé ne court pas le risque de la développer même s'il peut être porteur. Avez-vous des cousins ?

— Presque cinquante.

— Il se pourrait qu'ils soient porteurs. Si un porteur en épouse un autre, un descendant sur quatre risquera d'hériter de la maladie. Tout le monde devrait subir un test. C'est une pathologie rare.

— Je pourrais l'avoir plus tard ?

— Non, il n'y a pas de danger.

— Mes cousins habitent en Inde, je ne sais pas s'ils ont accès à ces tests. Deux sont déjà mariés et auront sans doute bientôt des enfants.

— La maladie affecte le sang, elle peut entraîner de l'épilepsie, une dégénérescence neuronale et d'autres troubles qui ressemblent à la chorée de Huntington. Y a-t-il déjà eu un cas de maladie proche, d'un côté comme de l'autre de votre famille ?

— Non.

— Vous en êtes sûre ? Cinquante cousins, on parle d'une très grande famille.

— Oui. Il n'y a pas longtemps, j'ai eu du mal à les recenser tous.

— Si vous voulez leur rendre un service, faites faire le test à vos parents ; comme cela, vous saurez de quel côté cela vient. Il y a de bonnes chances pour que seulement l'un d'eux soit porteur.

— L'un de mes parents pourrait-il être atteint et ne pas le savoir ?

— Peu probable. La maladie se manifeste vers la trentaine, toutefois, dans certains cas, elle s'exprime jusqu'à soixante-dix ans. Un test de diagnostic moléculaire est requis. Le gène responsable, VPS13A, code pour la choréine, est une protéine que l'on trouve dans les cellules sanguines. Il n'existe pas de traitement mais on peut en contrôler les symptômes.

— Mon père est médecin.

— À leur place, je me ferais tester. Les traitements s'améliorent ; en médecine, il y a souvent des avancées soudaines.

Je hoche la tête.

— Si vous souhaitez que votre père m'appelle, je peux lui en parler, suggère le docteur Tibby.

— Merci.

— Allez, on va passer à l'échographie.

C'est maintenant que commence la partie difficile du rendez-vous. Nous ne voulons pas voir les mouvements du bébé ni entendre battre son cœur tant que je ne suis pas certaine à cent pour cent de poursuivre la grossesse.

Thomas a proposé que ce soit lui qui aborde le sujet. Je remue sur mon siège.

— Docteur Tibby, ce diagnostic génétique et le stress induit ont fait surgir des doutes.

— Au sujet du bébé ? demande le médecin à Thomas.

La question s'adresse seulement à lui ; le docteur Tibby est parti du principe que c'est Thomas, le maillon faible.

Thomas est si convaincant qu'en le regardant parler je suis tentée de penser cela également. Je me demande s'il m'a menti au sujet de ses envies. Est-il si bon acteur ?

Thomas opine du chef, le regard planté droit dans celui du médecin.

— C'est assez courant. Je dis bien aux couples qu'il faut qu'ils soient sûrs de leur choix. Cette décision changera votre vie car il n'y aura plus de retour en arrière possible.

— Peut-on fixer un nouveau rendez-vous dans quelques semaines lorsque nous serons absolument certains ?

— Oui, vous verrez cela avec la secrétaire.

Je panique à l'idée de quitter le cabinet ; une fois dehors, je ne pourrai plus avoir de réponses à mes questions.

— Si j'ai hérité cette chorée machin de mon père, les enfants de ses frères et ceux de ses sœurs sont-ils tout aussi susceptibles de l'avoir ?

— Oui, car le gène est porté par un autosome, non par un chromosome sexuel, X ou Y.

Nous remercions le docteur Tibby et nous nous levons. Je laisse Thomas s'occuper du prochain rendez-vous avec la secrétaire à la tête de crocodile et je vais l'attendre sur le trottoir. J'ai pris mon vendredi après-midi. Nous marchons vers l'ouest en direction de

Madison Square Park. Une fois arrivés, nous grimpons par un sentier sinueux. Le soleil est haut dans le ciel et Thomas suggère que nous nous asseyions une minute, mais le seul banc libre se trouve en face de l'aire de jeux pour enfants et je n'ai guère envie de m'y installer. Je prétends vouloir aller aux toilettes. En règle générale, quand je fais l'école buissonnière, on essaie de trouver un ciné ou on va à la Frick Collection, mais aujourd'hui, ni lui ni moi ne savons comment occuper notre soirée.

Le lendemain, nous sommes debout de bonne heure. Je suis dans la cuisine en train de préparer le café quand Thomas entre et me fait un câlin.

— Alors ?

— Je t'aime, lui dis-je en guise de réponse.

Sa question est restée suspendue en l'air. Il meurt d'envie de me demander ce que j'ai décidé mais il n'insiste pas.

Je suis d'une humeur noire. Il faut que j'aille chez mes parents dimanche et je sais que je ne prendrai pas de décision avant.

— Je vais dire à mes parents de se faire tester.

— Tu vas leur dire que tu es enceinte, donc ?

— Non, j'inventerai une excuse ; je leur raconterai peut-être qu'on m'a fait le diagnostic lors d'un contrôle de routine.

— Et ils vont te croire ?

Je réfléchis un instant. Non seulement ils sont tous deux médecins, mais en plus ma mère est redoutable lorsqu'il s'agit de comprendre les subtilités du système de santé. Elle tient la comptabilité de mon père et sait précisément ce qui est accepté, ou non, par telle ou telle assurance, et pourquoi. Elle devinera que le test génétique a été inclus dans un diagnostic prénatal.

— Non, il faut que je trouve autre chose. Il me faut une stratégie.

Thomas part à huit heures pour sa journée de formation d'agent immobilier. Je vais à la gym pour une petite séance de vélo elliptique puis je fais une lessive dans la buanderie de notre immeuble. J'appelle Sudha. J'ai besoin de son aide. Depuis qu'elle est installée aux États-Unis, nous sommes devenues encore plus proches.

Nous réfléchissons à la meilleure façon d'aborder le sujet. Des cousins de mon côté paternel, notre côté commun, nous énumérons ceux qui sont en âge de procréer et vivent pour l'instant à Rohtak, Hapur et Ghaziabad.

— Ce sont des gens aux revenus modestes sans accès à une médecine de pointe. Les meilleurs centres médicaux de Delhi sont chers et, à part le mari de Seema qui travaille pour le gouvernement et bénéficie de soins gratuits, les autres doivent payer. Et ils n'en ont pas les moyens, m'explique Sudha.

— Le coût de la vie est si élevé ?

— Écoute, l'année dernière, pour *Diwali*, il a été décidé qu'ils se réuniraient à la maison au lieu d'aller tous les uns chez les autres, comme de coutume. Tu sais pourquoi ?

— Non, pourquoi ?

— Chintoo a calculé que l'économie d'essence s'élèverait à quinze mille roupies.

Sifflement d'étonnement.

— De toute façon, poursuit Sudha, nous avons une carte maîtresse. Ma sœur.

— Radha ? Mais oui, bien sûr, pourquoi ne l'as-tu pas dit avant ! Elle est enceinte !

— Justement. Sa grossesse est récente et ce sera une

chance pour Radha de savoir si elle risque d'être porteuse du VPS13A.

Le mari de Radha a fini par quitter son poste au Cachemire, il est maintenant affecté au commandement général militaire près d'Indore. Quoique l'armée indienne ait de bons services médicaux, je doute que des tests génétiques si précis soient possibles.

La chorée acanthocytose. Prononcer ce mot me donne l'impression de parler avec une gouttière dans la bouche. Je le répète plusieurs fois de suite. Le *c* dur d'acanthocytose résonne et fend l'air comme une lame.

Dimanche matin, à l'aube, je me glisse doucement hors du lit tandis que Thomas dort encore, pour aller chercher ma voiture de location. L'air est printanier et je me sens emplie d'énergie positive, si bien que je me dis qu'il y a peut-être des solutions pour améliorer ma relation avec mes parents. En route, j'imagine ce que cela serait d'aller un jour les voir avec Thomas. Durant leur brève rencontre, ma mère l'a apprécié, mais si elle pouvait le connaître vraiment, elle l'adorerait. Tous deux passionnés de cuisine, ils pourraient s'échanger des recettes. Il prendrait plaisir à utiliser leur planche à découper massive et à cuisiner sur leur fourneau à six feux.

J'arrive dans l'allée en même temps que ma mère. Sa voiture est pleine de légumes bio et de fleurs de cerisier. Elle est allée au marché paysan.

Nous déchargeons les produits dans la grande cuisine à l'américaine. Mon père boit un café. Ma mère en réchauffe une tasse pour moi dans la cafetière indienne en acier luisant. Mon père s'empare d'un concombre sans pépins qu'elle a laissé traîner sur le comptoir.

Lorsque ma mère se retourne vers nous deux, il nous l'agite à la figure.

— Devinez où ça va ?

Et il fait mine de se l'enfiler dans le derrière.

— Espèce de tordu, va.

Il rit et grimpe l'escalier quatre à quatre.

Je pense parfois qu'il serait plus simple d'annoncer à mes parents que je suis homosexuelle. Pour certaines choses, ils se montrent libéraux. C'est eux qui m'ont emmenée à ma première Gay Pride. Ils m'ont fait regarder *Philadelphia* avec Tom Hanks. Mon père m'a acheté *And the Band Played On* pour me sensibiliser à la question du sida et à la discrimination homophobe. Ma mère m'a expliqué qu'il existe en Amérique une organisation de gays et de lesbiennes du sous-continent et que les minorités sexuelles ont des droits. Malheureusement, leur ouverture d'esprit s'arrête à leur porte. Ils se sont mariés par choix mais veulent un mariage arrangé pour moi. Et même si les fiançailles avec Anil sont tombées à l'eau, ma mère essaie toujours. Que je sois moi-même n'en finit pas de les frustrer.

Mon père est redescendu. En caleçon. Il s'empare de nouveau du concombre. Je détourne mon regard de sa poitrine et de ses multiples mamelons. Ses jambes sont toujours étonnamment minces mais, depuis la dernière fois, sa bedaine de buveur s'est encore étoffée.

— Alors, où ça va ?

— Arrête !

— Habille-toi, lui dit ma mère.

Et j'ajoute :

— Tu es dégoûtant.

Il a l'air content de lui. Il remonte l'escalier qui mène à la chambre principale en chantant et, arrivé sur le palier, se trémousse de façon exagérée puis disparaît.

— Ton père est de si bonne humeur ces temps-ci que je me demande s'il n'a pas une aventure.

— Encore ?

— Je ne sais pas, mais je ne prends aucun risque, poursuit ma mère. Il est assez bête pour donner son argent à n'importe qui. Je l'ai convaincu de faire un testament et je vais te donner procuration sur nos coffres-forts.

J'acquiesce d'un signe de tête.

— La semaine dernière, j'ai acheté quelques lingots, l'or grimpe toujours. Ils sont au coffre.

Nouveau signe de tête.

— Nous avons fait une erreur quand nous t'avons dit de quitter l'appartement de Manhattan. On peut toujours demander au locataire de le libérer quand son bail arrivera à expiration.

Je sens le rouge me monter aux joues. En quelques secondes, contrariété et colère m'envahissent ; je crains de ne plus pouvoir me contrôler. Ma mère a l'art de pousser le bouchon. Quand j'ai entendu cette expression la première fois après notre installation aux États-Unis, je n'avais pas la moindre idée de ce qu'elle signifiait. Mais on ressent exactement ce qu'elle évoque. Un instant, tout va bien et, l'instant d'après, le bouchon est poussé, c'est alors une décharge électrique qui vous traverse le corps, s'empare de vos muscles et les fait convulser. Je respire à fond et compte de dix à zéro.

— Je n'ai pas besoin que vous m'achetiez un appartement.

Ma voix est neutre, elle ne trahit rien.

— Penses-y, je peux venir y passer le week-end avec toi.

— Pour critiquer tout ce que je fais ? Non merci.

— Pourquoi es-tu si dure ?

Ma mère a-t-elle vraiment oublié ?

— C'est vous qui m'avez demandé de déménager.

Je ne vais pas plus loin. Inutile de ressasser. Lors de ma prochaine visite, elle se comportera comme si elle n'en avait jamais parlé. Mes parents sont souvent dans le déni de la réalité. Impossible de raisonner avec eux ; je dois laisser courir. C'est la seule chose que je puisse contrôler. J'ai appris cela il y a longtemps.

— On croyait que tu reviendrais vivre avec nous si on le louait, cet appartement. C'était l'idée de ton père.

— Laisse tomber. Je suis juste venue pour la journée, faisons en sorte que ce soit agréable.

Ma mère se met à pleurer. Envolée, la culpabilité que je ressens habituellement lorsque je la rends triste, envolé, ce sentiment que j'ai d'être la cause de son malheur. Je ne suis plus qu'agacement.

— Écoute, ou tu arrêtes tout de suite ou je m'en vais.

Elle cesse ses jérémiades.

Mon père revient, douché et habillé.

— J'ai faim. Qu'est-ce qu'on mange ?

— *Poori*.

Mon père allume la télé murale dans la cuisine et s'assied sur le tabouret du bar à côté de moi. Ma mère roule la pâte à *poori* qu'elle a préparée et jette un premier pain dans la friture.

Elle me le donne.

— Je n'ai pas très faim, sers-le en premier.

Mon père commence à manger. Il adore la cuisine que fait ma mère. C'est l'une des raisons pour lesquelles il ne la quittera jamais. Il déteste aller au restaurant manger une cuisine occidentale mais aime s'offrir de temps en temps un repas d'Inde du Sud. Il a besoin d'elle pour qu'au moins une fois par jour elle lui fasse des *rottis* et du *dal*. Ils se haïssent et, pourtant, quand ils se liguent contre moi, ils sont redoutables.

— Tu sais, tu devrais revenir vivre avec nous, dit mon père.

— J'ai un travail à Manhattan. Dans une banque, au cas où tu ne le saurais pas.

Je ne peux m'empêcher de me montrer sarcastique ; mon père n'a jamais accepté que je vive seule ni que je gagne ma vie.

— C'est rien qu'un boulot stupide. Arrête-le et viens vivre ici.

— Non.

— Pourquoi ? Qu'est-ce qu'il a de si important, ce poste ?

— Tu sais quoi…

Je vais me lancer mais, vaincue avant même d'avoir vraiment commencé, je lui dis : « Oublie. »

— Eh, mais ta fille est vice-présidente adjointe, tu devrais la traiter avec un peu de respect.

Je suis étonnée par la réaction de ma mère. Pas par celle de mon père. Pour toute réponse, monsieur ricane.

Plus tard, alors que je m'apprête à repartir, mon père me raccompagne jusque dans l'allée et me demande de venir passer le week-end prochain en entier.

— Dhiraj viendra de Chicago. On peut lui offrir une vraie pause, le sortir. Peut-être l'emmener à Atlantic City.

— Je t'ai déjà dit que je ne voulais plus le revoir.

Ma lèvre supérieure tressaille.

Ma mère se tourne vers moi, paniquée.

— Je te jure que j'allais t'en parler. J'attendais d'être sûre qu'il viendrait, plaide-t-elle.

— Tu es encore fâchée contre lui ?

Il y a de la surprise dans la voix de mon père.

— La question est plutôt qu'il a essayé d'agresser ta fille et que, toi, tu n'es pas en colère contre lui.

Je m'installe dans la voiture, claque la portière puis m'éloigne sans un regard pour eux. Ce n'est que lorsque j'entre sur l'autoroute que mes épaules se détendent. Je desserre les lèvres. Je les ai mordues si fort que j'ai le goût du sang sur la langue.

Thomas m'écoute raconter ma journée et hausse les épaules. Il est impatient, nerveux. Il ne comprend pas pourquoi je suis toujours incapable de régler mes problèmes avec mes parents et de passer à autre chose. Comment lui faire comprendre ? Si, à vingt-huit ans, je n'arrive pas à être moi-même, alors comment être mère ?

Thomas revient de Brooklyn en métro. Après avoir râlé, ses copains du théâtre ont fini par accepter de fixer les répétitions à huit heures, comme ça, il a le reste de la journée pour faire visiter des appartements.

— On répète tôt le matin ou j'abandonne, c'est simple.

Il relit la nouvelle version des actes II et III que Sam a écrite. Sam est bon. Le texte est plus incisif. Ça se bouscule dans la tête de Thomas, signe que le dialogue est désormais intelligent.

Sa relation avec Uma est-elle un extraordinaire coup de chance ? Contingente, comme le dit Jana à propos de son aventure avec James ? La bonne phéromone au bon moment, des chemins qui se croisent au hasard d'une soirée ? L'impression, fausse, qu'Uma était bien ce qu'elle paraissait être : une jeune pousse, pleine d'entrain et d'insouciance, avec en réserve plus d'amour et de chaleur que toutes les autres rencontrées avant. Elle est enjouée et aimante, mais, s'il l'avait vraiment connue, s'il avait été au courant des complications familiales, s'il avait su qu'elle avait toujours du mal à être elle-même, qu'elle faisait des efforts mais en vain, en seraient-ils là ? La vie est comme un manteau qu'on accroche sans grande réflexion à la première patère qui dépasse du mur.

Les premières semaines de leur histoire, il se réveillait seul dans le lit et l'appelait. Elle sortait une minute plus tard de la salle de bains. Il comprit bien après qu'elle passait un coup de fil à sa mère. Un coup de fil quotidien. Ça aurait dû être une mise en garde mais il ne fit pas attention à ce signe.

On lui avait appris qu'il fallait respecter les différences. Les différences culturelles étaient sacro-saintes. Son père avait voyagé dans le monde entier pour faire des reportages. Sa dernière mission : les enfants volés. Ce fut au retour d'Uluru, après toute une série d'entretiens avec les aborigènes, que son avion s'écrasa. D'autres cultures, d'autres façons de faire les choses, d'autres systèmes économiques, d'autres principes, tout cela valait le monde occidental. À maintes reprises, l'homme blanc avait imposé sa vision du monde et l'histoire lui avait montré ses erreurs. Face aux révélations d'Uma, Thomas avait réagi de la seule manière possible à ses yeux : s'efforcer de la connaître mieux encore. Il s'était plongé dans des livres sur l'Inde, lui avait proposé une excursion au temple de Queens (elle avait refusé de l'emmener au temple d'Edison car il se trouvait dans le New Jersey, l'État où vivaient ses parents), il avait acheté des tickets pour des représentations de danse *odissi* et *bharatnatyam* et s'était inscrit sur les *mailing lists* de toutes les galeries d'art indien. Il avait renoué avec d'anciens amis indiens et avait cherché des facteurs culturels capables d'expliquer le mystère que posaient les parents d'Uma. Il n'en avait trouvé aucun. Pendant ce temps, lorsque sa mère l'appelait au milieu d'un repas, Uma perdait l'appétit. Et la nuit, elle sanglotait parce que son père lui avait fait une remarque blessante au téléphone.

Ils étaient déjà profondément engagés dans leur relation de couple quand Thomas finit par trouver le courage de protester :

— Je n'ai pas l'impression que tous les parents indiens sont comme les tiens. Mon ami Pavan, par exemple…

Uma rit. *Mon cœur, mais les miens sont fous. Ils sont fous, méchants, horribles. Ça n'a rien à voir avec le fait qu'ils soient indiens. Ils m'ont tellement isolée que ça m'a pris du temps, même à moi, de le comprendre.*

C'était donc ça. Le relativisme culturel qu'il avait pratiqué avec tant d'industrie et de conscience n'avait rien donné. Bien sûr, qu'il l'aimait. Mais l'amour, était-ce tout ?

À l'arrêt de la 2e Avenue, une grand-mère juive, accompagnée de deux garçons en kippa et d'une petite fille dans une poussette, monte dans la rame. Le docteur Chand Ram et Mrs Sahni seront les grands-parents de son petit. Trait inéluctable et permanent de sa vie. Si Uma ne réussit pas à couper le cordon avec ses parents, l'avenir de l'enfant en sera affecté. D'une certaine manière, c'est toute la vie de Thomas qui depuis ces dernières années est touchée. Uma fait de son mieux pour garder le moral, ne pas laisser les folies maternelles et les insultes paternelles l'atteindre. Elle a fait des progrès. Une championne, son Uma. Mais est-ce suffisant ? D'un point de vue égoïste, ne serait-ce pas mieux pour lui si sa compagne avait des migraines, des humeurs, des caprices qui soient de son fait et non de celui de ses parents ? Si Sahni ceci et Chand Ram cela n'avaient aucun impact sur les moments où lui, Thomas, riait ou baisait, sur ce qu'il faisait le dimanche ou sur la question de garder ce bébé.

Il remonte les marches de la station 23e Rue dans une espèce d'hébétement. L'air est chaud. Les rues fourmillent de New-Yorkais à la bonne humeur contagieuse. Des touristes sourient. Un homme, mince et nerveux, ôte sa veste pour montrer à sa compagne ses avant-bras musclés. Elle balance un peu la tête et sa longue chevelure noire brille. Son cul est rebondi et fier. Ils flirtent. Ils semblent sortis d'un monde étranger. Thomas a été cet homme. Un homme, tout simplement. Un homme qui rencontrait des femmes, les courtisait. Qui est tombé amoureux. Et le voici aujourd'hui père potentiel d'un enfant potentiel, et c'est à tout le monde de décider, sauf à lui. Chand Ram et Sahni ont plus d'influence sur son avenir que lui-même.

La porte de l'appartement, un troisième étage sans ascenseur sur la 7e Avenue, est fermée à clef. Le bâtiment est miteux et le hall empeste. Il appelle Johnny Melbourne.

— Je n'arrive pas à mettre la main sur le gardien, et les clients seront là dans cinq minutes.

— Bavarde avec eux et je vais essayer de trouver un numéro par le biais du syndic.

Deux jeunes Coréens arrivent. Le garçon, qu'il a déjà rencontré à l'agence, est en stage dans une entreprise de Wall Street. Son amie, toute jeune, n'a guère plus de dix-huit ou dix-neuf ans.

— Je crois que le gardien vient de sortir. Il a les clefs, il ne devrait pas tarder à arriver.

Il fait mine de passer un coup de fil depuis son mobile car cela lui semble la chose appropriée. Au bout de quelques minutes, il les laisse et redescend jeter un œil à l'entrée du bâtiment. Il ouvre la porte et sonne à tous les interphones. Quelqu'un répond, la sonnerie incessante se transforme en grésillement.

— Vous êtes le gardien ?

— Il ne vit pas ici. Vous vendez quelque chose ?

La voix est celle d'une vieille dame.

— Non, madame.

Thomas rappelle Johnny mais c'est la boîte vocale qui se déclenche.

Il remonte l'escalier et hausse les épaules.

— Désolé. Je ne sais pas où il est passé.

La fille, plus d'une demi-tête de moins que Thomas, se tient les mains sur les hanches. Avant qu'elle puisse se lancer dans une tirade, Thomas s'excuse de nouveau.

— Je suis navré, je ne sais pas ce qui se passe avec ce gardien. L'agence vient de m'informer que d'autres appartements correspondant à vos critères sont sur le marché. On peut les voir en une fois. Je vous rappelle pour reprendre rendez-vous.

— Vous croyez qu'on peut faire ça plus tard dans la journée ? demande le garçon.

— J'espère, j'ai votre numéro.

Au moment où Thomas est sur le point de rentrer dans le métro, Johnny Melbourne l'appelle.

— Désolé. Je n'avais pas le numéro de ce type dans mes fiches.

— Mais alors pourquoi me demander de faire visiter cet appartement ?

— Pas de visite, pas de vente.

— Mais enfin, puisque c'était fermé à clef, tu fais comment pour visiter ?

— Parfois, c'est ouvert.

Thomas se mord la langue. Cela ne sert à rien de discuter.

— Et ensuite ?

— Il y a un appartement dans l'Upper East Side que tu dois aller prendre en photo et un autre à faire visiter près d'Inwood.

— Si tu es d'accord, je vais d'abord aller à Inwood, puisque je suis déjà dans le West Side.

— Je t'ai envoyé un texto avec le numéro du client. Le gardien est responsable de trois immeubles. Il n'a pas de téléphone mais en général il se trouve dans l'un des bâtiments.

— Envoie-moi les adresses.

— Saute dans le métro, tu les auras à la sortie.

Dans les deux premières bâtisses, point de gardien. Thomas tombe sur un ouvrier occupé à faire des travaux de rénovation dans la dernière. Et, miracle, le type a le numéro du gardien. Thomas le note, puis appelle. Mais ce monsieur s'occupe d'une urgence dans l'appartement de sa sœur à Washington Heights : si Thomas peut sauter dans un métro et venir à vingt blocs de là où il est, il lui remettra les clefs.

Sur le lieu du rendez-vous, on lui dit de descendre au sous-sol. Salle profonde et sombre où sont entreposés de grands récipients pleins d'eau. Il trouve un interrupteur et allume la lumière. Partout dans les citernes, des tortues et encore des tortues.

— Éteins, ou elles vont devenir folles, lui ordonne une voix.

Thomas recule vers l'entrée de la salle où parvient une faible lueur. Le gardien apparaît, il cherche en tâtonnant dans un énorme trousseau.

— C'est dans quel immeuble, ta visite ?

— Celui qui est près du pont, à Inwood.

— OK, celle-là.

Il lui tend une clef et suggère à Thomas de penser à lui.

— Si le client signe, je te donnerai une part. T'en dis quoi ?

— Ça me va. (Il lui serre la main.) Quand t'as fini, tu déposes les clefs ici. Salut.

Depuis le métro, Thomas doit encore traverser un pont qui enjambe une rivière. L'appartement n'est pas dans Manhattan mais dans Marble Hill, et pour aller dans le Bronx, il y a ce pont bizarre. Cela fait un bail qu'il vit à New York et pourtant il n'a jamais soupçonné l'existence d'un tel endroit. Il localise l'immeuble et, incrédule, monte les étages. On ne peut pas vraiment parler de hall d'entrée et l'escalier tombe en ruine ! Il trouve la clef et ouvre. Par endroits, la moquette verte est déchirée et les ampoules ont disparu, mais l'appartement est immense. Ses pièces débouchent sur d'autres, certaines donnent sur le fleuve, d'autres sur des arbres. Une autre encore domine le toit plat d'une bâtisse trapue, enduit d'un bitume noir et brillant. Son téléphone se met à vibrer.

C'est Johnny Melbourne.

— Pourquoi cet appart est-il répertorié à Manhattan alors qu'il se trouve dans le Bronx ?

— Mais il est à Manhattan, à Marble Hill.

— Impossible, j'y suis. Je viens de traverser le pont.

— Tu as traversé la Harlem River, la 225e Rue est encore dans Manhattan. Le Bronx commence à la 231e.

— Ah, c'est pas vrai !

— Le cours de la Harlem River a été retracé en 1897.

— Le type arrive à quelle heure ?

— Il ne viendra pas, il a trouvé un autre truc.

Une fraction de seconde, Thomas est déçu, mais il décide de sortir son appareil photo et d'immortaliser quelques-unes des vues. Il rédigera l'annonce une fois au bureau. Si ses finances tournent mal, Uma et lui pourront toujours emménager ici et avoir un endroit pour le bébé. Il peut enlever la vieille moquette et poser un parquet. Repeindre toute la maison et petit à petit rénover la cuisine. Six mois de travail. Six mois de bon travail, éreintant mais honnête, et il pourrait transformer ce trou en un appartement décent pour sa famille. Cela dit, ce serait toujours un coin paumé.

L'appartement qu'il photographie ensuite se trouve dans l'East Side. Dans un immeuble avec tous les services. Le concierge lui en refuse d'abord l'entrée, mais Thomas parvient à l'amadouer et le type lui indique le bureau de location de l'immeuble. Une femme blonde dirige l'affaire.

— Voyez-vous, on n'encourage pas les courtiers immobiliers. Ils sont les bienvenus s'ils nous amènent des clients et on leur verse un mois de loyer si un contrat de location est signé, mais vous ne pouvez pas l'inclure dans votre portefeuille.

— Ce n'est pas mon but. Mon client ne visitera que s'il voit des photos, il chapeaute un gros fonds spéculatif et n'a pas le temps.

Thomas improvise. Il finit par laisser percer de l'exaspération dans sa voix afin que la femme cède.

Il l'examine et sourit. Elle a la vingtaine. Une costaude. Avec des boutons qu'elle a essayé de dissimuler sous du maquillage. Il lui sourit de nouveau, de son sourire le plus expressif et le plus charmeur. Cela doit marcher. Et ça marche. Elle l'autorise à se promener dans l'immeuble. Un F4 et deux F3 sont à louer, ils jouissent de vues différentes.

— Puisque je suis ici, je peux aussi voir les studios ? lui demande-t-il, sourcil levé et sourire en coin.

— Bien sûr, pourquoi pas ? Lâchez-vous, tant que vous y êtes.

Il prend l'ascenseur jusqu'à l'appartement libre du dernier étage puis redescend pour en visiter d'autres.

Il note les éléments intéressants de chaque appartement et fait bien en sorte que chaque série de photos commence par une photo de la porte et de son numéro. L'un des trois pièces, orienté plein sud, est une vraie merveille. En ce début d'après-midi, il est inondé de lumière et les deux chambres, dont le sol est en bambou, sont de bonne taille. Dans la cuisine, les plans de travail en granit luisent et tout l'électroménager en acier reflète l'appartement aussi précisément que des miroirs. Les meubles de la salle de bains sont si jolis que Thomas a envie de les caresser. La fenêtre du salon donne sur la ville, et une fois de plus il tombe amoureux de Manhattan. Déesse cruelle pour ceux qui n'ont pas les moyens, déesse qui ouvre grand ses cuisses pour révéler à ceux qui peuvent dépenser sans compter ses secrets dorés.

Thomas fait ensuite un tour rapide de la piscine et de la salle de jeux. Au deuxième étage, il y a celle des enfants, ainsi que la salle de gym et la buanderie. Dans l'ascenseur qui redescend, il est en compagnie d'une nounou philippine et de deux garçonnets blancs.

De retour au bureau de location, la jeune femme, Bonny, lui tend quelques fiches avec le montant du loyer pour chaque appartement.

— D'habitude, je ne fais pas de copies mais j'ai décidé de vous faire une faveur.

— Merci, vraiment. Je reviendrai bientôt avec le client. Je suis certain qu'il va adorer. Je peux vous appeler pour fixer un rendez-vous ?

— Quand vous voulez, dit-elle en lui tendant sa carte avec un clin d'œil.

Avant qu'elle ait le temps de lui demander la sienne, il la remercie et s'en va.

Johnny Melbourne lui a laissé un message à propos

d'un autre appartement à faire visiter. Et un autre message pour annuler le premier. Il le rappelle.

— Bon, j'ai pris les photos. Je peux rédiger les annonces sur mon ordi de la maison ou faut-il que je vienne au bureau ?

— Tu peux le faire de chez toi. Si quelqu'un a besoin d'une visite, je saurai te trouver.

Thomas rentre dans son studio et file sous la douche. Dans ce sous-sol plein de tortues, il aurait pu choper n'importe quoi : des germes en provenance des Galapagos, des microbes sous-marins, des moisissures toxiques. Toutes sortes de cellules qui vivent en en infectant d'autres, les vidant de leur énergie vitale. Des cellules qui voudraient s'emparer de son bébé qui se forme, se divise et se subdivise dans le ventre d'Uma. Il se savonne pour éliminer de son corps la crasse des couloirs du métro new-yorkais et des halls d'immeuble putrides. Il se frotte vigoureusement l'entrejambe, s'excusant mentalement auprès de la fille qu'il a manipulée au bureau de location, avant de comprendre qu'il n'a fait que ce qu'il devait faire. Il ne regrette ni les petits mensonges qu'il a racontés pendant la journée ni ceux qu'il a laissés planer. Il agit comme il le doit pour s'en sortir et, quand bien même il préférerait agir différemment, il n'a pas vraiment le choix.

Uma et lui sont au beau milieu du dîner qu'il a préparé, pâtes à la primavera accompagnées d'une salade de pousses d'épinards aux noix et aux endives, quand son téléphone se met à vibrer. Peut-il se rendre au croisement de la 37e avec la 3e Avenue pour rencontrer un Allemand ? Le type s'est lassé de son agent immobilier et, au désespoir, a appelé Johnny Melbourne.

— Quand ?

— Tout de suite, bien sûr. Il y est déjà.

Thomas attrape un crayon, un morceau de papier et note les adresses des deux appartements.

— Et les clefs ? Inutile que je m'y pointe si je ne les ai pas.

— Bonne nouvelle, l'agence qui gère les deux immeubles est la même et, en général, c'est pas fermé à clef.

— Pas fermé ? T'en es bien sûr ?

— Oui, tu attends que quelqu'un sorte et tu entres. Pense à prendre un bon de visite pour le client. Il n'est pas passé par le bureau et n'a rien signé.

Après avoir cliqué sur « imprimer » sur son ordinateur, Thomas avale deux bouchées de son plat puis enfile ses chaussures.

— À cette heure-ci ? demande Uma.

— Désolé. Ne m'attends pas. Je ne sais pas combien de temps ça va prendre.

Et au moment de sortir, il dépose un baiser sur la tête d'Uma.

Ernst paraît sérieux avec ses lunettes cerclées de noir. Une fille à l'accent du New Jersey l'accompagne. Ils se serrent la main.

— Rien de tout ce qu'il a vu ne lui plaît, se plaint-elle.

— Ces agents sont tellement peu organisés. Ils n'ont jamais les clefs et vous font attendre. Vous les avez, vous, j'espère, dit-il.

— C'est ouvert.

Thomas part d'un grand pas vers l'entrée, l'air sûr de lui. Il sonnera chez les deux cents résidents s'il le faut, mais il sait déjà qu'Ernst ne va pas apprécier, alors il accélère et marche très vite pour arriver le premier et appuyer sur les sonnettes avant que l'autre ne comprenne son petit stratagème. À son grand soulagement, un homme sort de l'immeuble juste au moment où il approche de l'entrée.

— Hé, bonjour, lui dit-il en attrapant la porte qu'il tient ouverte pour les deux autres.

Dans l'ascenseur, il sort la fiche d'accord de confidentialité.

— Il faut que je la lise d'abord, déclare Ernst qui, dans l'ascenseur en mouvement, suit chaque ligne de son doigt.

La fille du New Jersey observe la scène l'air impatient. Thomas la surprend à rouler des yeux.

— Ces contrats sont tous identiques. Dépêchons-nous. Mes parents attendent, il est déjà vingt heures.

Ernst hésite et regarde le document.

— Désolé, mais je ne peux vous faire visiter si je n'ai pas en main le papier signé. D'habitude, on fait ça au bureau, et Johnny a fait une exception pour vous parce que vous êtes pressé. J'étais en train de dîner et je lui rends service en venant ici.

Ernst lui jette un coup d'œil rapide. L'ascenseur s'arrête, ils en sortent. Ernst signe et tend le contrat.

— Votre budget est serré pour un deux pièces. Il y a un ascenseur dans l'immeuble, vous aurez vraisemblablement du mal à trouver ça dans votre gamme de prix.

— Grimper les escaliers ne me gêne pas.

Thomas enclenche la porte, qui s'ouvre. Ils entrent et, avec précaution, il allume le plafonnier. Ça marche. L'appartement est intelligemment conçu. Il est plus petit que le studio de Thomas, mais une demi-cloison sépare le salon et la cuisine du coin repos sans bloquer la lumière des fenêtres.

Ernst mesure longueur et largeur en marchant, posant soigneusement un pied derrière l'autre.

— C'est bien plus sympa que tout ce que nous

avons vu jusqu'à présent, commente la fille. L'entrée est propre, le métro proche. Tu veux dire oui maintenant, Ernst ?

— Laisse-moi regarder les toilettes.

Dans la salle de bains, il ouvre et referme le robinet. Tire la chasse d'eau et essaie la douche. Il revient dans la cuisine, ouvre le gaz, puis le robinet de l'évier. Satisfait.

— Johnny m'a dit que vous pouviez me faire visiter un autre appartement.

— Il n'est pas aussi beau.

Thomas n'en a en fait aucune idée mais il n'a pas envie que le type lui file encore entre les doigts. Il se fait tard. Il aimerait bien qu'il signe l'autre formulaire qui concerne les questions de solvabilité et qu'il donne un dépôt de garantie, même minime. D'après Johnny, une fois que les gens ont versé un acompte, très peu font marche arrière.

— J'aimerais quand même le voir.

— Bien sûr.

Thomas éteint les lumières, ils prennent l'ascenseur, se retrouvent dehors et se dirigent vers l'autre immeuble, à deux rues de là. En chemin, Ernst et son amie se parlent à voix basse. Visiblement, ils se disputent. Il hésite et la fille est fatiguée.

Le deuxième appartement se trouve dans une bâtisse plus petite. D'après les noms à l'interphone, il n'y a que quatre appartements. Sans vergogne, Thomas appuie sur toutes les sonnettes. Quand Ernst lui lance un regard réprobateur, il hausse les épaules.

— Trop juste pour passer prendre les clefs pour vous. Je dînais avec ma femme.

Ernst opine du chef.

Thomas sent que son visage s'est empourpré. Sa

femme ? Pourquoi a-t-il menti aussi facilement ? Uma et lui ne sont pas mariés. Devraient-ils se marier ? Peut-être bien.

Personne ne répond à l'interphone. Thomas réessaie. Si les locataires sont jeunes, à coup sûr ils sont sortis boire en ville jusqu'à tard.

— On dirait qu'on n'a pas de chance. Vous voulez prendre une décision pour l'autre appartement ?

Thomas connaît la réponse avant même d'avoir fini de poser la question. Il n'y a plus d'élan ; l'autre appartement devient abstrait. À cette minute, seule la frustration de ne pouvoir passer derrière cette belle façade de brique rouge est bien réelle. La fille aussi a renoncé. Thomas ne peut compter sur elle pour conclure l'affaire. Il a recours à l'unique option qui lui reste : l'agressivité.

— Je peux vous faire visiter demain matin, mais l'autre sera déjà parti. Il n'y a même pas d'ascenseur, ici.

— Je m'en moque.

— Vous vous en moquerez moins lorsque vous commanderez des meubles. Ça coûte toujours plus cher de se faire livrer quand il y a des escaliers. Et les livreurs s'attendent à de plus gros pourboires. Faut bien songer à quatre cents dollars de surcoût dans l'histoire.

— L'autre immeuble est trop moderne. Je veux un endroit avec du caractère.

— Je comprends.

Thomas se souvient que les gens n'aiment pas perdre ; on a décerné un Nobel à Daniel Kahneman dont les travaux l'ont prouvé.

Thomas se décontracte, il veut donner l'impression du gars détendu, indifférent. Ernst n'est sans doute pas une exception à la règle. La peur de perdre est souvent deux fois plus grande que le désir d'un bénéfice.

— Si demain vous avez perdu les deux appartements, ne me reprochez rien. Un collègue a déjà un acompte sur celui-ci.

Ernst semble contrarié. Il ne maîtrise pas bien la pression. Johnny lui a raconté que ce gars avait été embauché dans une banque à la salle des marchés des dérivés sur actions pour aider les traders. C'est un mathématicien. L'une de ces personnes pour qui la vie est une série de jolies petites rangées où tout s'additionne et se soustrait. L'une de ces personnes qu'au lycée Thomas enviait de vivre dans un monde de belles réponses. Un monde de réponses, tout simplement. Car, dans celui de Thomas, il n'y en avait jamais.

Au bout de quelques secondes de débat intérieur, Ernst se décide.

— Non, je ne le fais pas.

Il parle d'un ton obstiné, comme s'il piquait une colère, mais un air de triomphe se peint sur son visage. Il a dépassé son aversion psychologique pour la prise de risque en parvenant à accorder un poids égal aux risques et aux avantages.

La jalousie de Thomas se transforme déjà en quelque chose de plus fort. Il sent que cela monte. Un sentiment proche de la haine. Cet homme a le pouvoir de lui donner des choses dont il a sacrément besoin : un chèque de commission, une première affaire. Mais Thomas ne lui accordera pas ce pouvoir. Il ne laissera pas cet Ernst l'atteindre. Il pense à Uma, au bébé, à son père, à cet arc de temps qu'est, et que sera, sa vie. Il accepte le présent, tout ceci n'est que temporaire.

— Cool, mec. Je rentre chez moi. Juste un conseil :

si t'apprends pas à te décider plus vite, au boulot ils te mangeront au petit déj !

Ernst ouvre la bouche mais Thomas est déjà en train de traverser la rue, sans attendre que le feu soit au vert et en évitant un taxi.

Sa femme. Pourquoi l'a-t-il appelée comme ça ?

Au moment de partir à l'école, mes parents s'étaient querellés. Je détestais les journées qui commençaient mal car je croyais que la suite serait également mauvaise et, ce jour-là, ma théorie fut confirmée. J'étais soulagée de quitter la maison et pourtant j'éprouvais, enfoui en moi, ce sentiment familier d'angoisse. Quelques semaines auparavant, Shanya et moi nous étions fait un nouvel ami en cours d'arts plastiques, un garçon nommé Eddie. Il venait du Texas et était une sorte de métis avec les traits d'un Blanc mais avec une peau d'un beau brun éclatant. Nous nous asseyions souvent côte à côte, nous adorions tous deux le dessin. Ce jour-là, Shanya était absente. Eddie et moi étions ensemble pendant le cours. À la pause déjeuner, il m'entraîna à la cantine. J'étais heureuse d'avoir de la compagnie. J'étais timide, et si personne ne m'adressait la parole, je ne parlais pas non plus.

— Tu dessines vraiment bien, tu sais, me déclara-t-il.

— Merci.

Tout en mangeant, nous parlâmes de Mr Richard, notre professeur d'arts plastiques. Plus tard, Eddie voulait devenir scénographe. Moi, je savais qu'il faudrait que je m'engage en médecine.

— Mes parents sont médecins et ils veulent que je suive leur voie.

— Les miens pensent que je dois faire ce qui me rendra heureux.

Je ressentis une pointe de jalousie.

La sonnerie annonça le cours d'après. Nous nous levâmes.

— Tu es sympa mais je ne sais pas comment tu peux être si laide, me dit-il d'un ton désinvolte tout en ramassant son plateau.

Laide. Laide. Ce mot résonnait dans mes oreilles. Mon cou et mon visage s'empourprèrent d'une honte brûlante. Eddie s'était déjà éloigné. J'avais les mains toutes tremblantes et mon plateau vacillait ; dessus, le verre faisait un bruit de hochet. Je me rassis et posai ma main à plat sur la table, elle se contractait toute seule.

Même si mille horreurs m'arrivaient à la maison et même si j'avais appris à me contrôler, je fus prise au dépourvu. Il me fallut tout mon courage pour ne pas fondre en larmes. Je me concentrai sur ma respiration, la plus lente possible jusqu'à ce que mes mains cessent de trembler, et sur mes pas, un à la fois pour arriver à bon port avec mon plateau. Je voulais n'être plus que haine à l'égard d'Eddie pour cesser de souffrir, mais plus j'essayais, plus j'étais ébranlée. À coup sûr, il avait raison. J'étais laide et il était sympa de s'asseoir à côté de moi et de me faire de gentilles remarques au sujet de mes dessins.

À mesure que la journée s'écoulait, je commençais à m'engourdir. Sentiment familier, sentiment que je maîtrisais bien. Le temps que je rentre à la maison à pied, j'étais presque devenue un zombie. Je ne redoutais même plus de retrouver ma mère. Comme elle ne répondit pas immédiatement, je sonnai à la porte avec impatience. Elle avait pleuré. Ses cheveux, lâchés, pendaient sur son visage. Je la suivis dans l'appartement et jetai mon sac à dos dans le petit salon. Je n'avais pas faim et j'étais contente que ma mère ne soit pas déjà dans la cuisine à remplir mon assiette de nourriture.

— Tu ne vois donc pas ce qu'il a fait ?

— Quoi ?

Je jetai un coup d'œil au téléphone rouge pour voir si quelque chose s'était passé. Objet inanimé, certes, pourtant je m'attendais à ce qu'il se déplace et parle. Oui, il se trouvait à sa place habituelle. S'il n'avait ni bougé, ni disparu, ni fait de petits, alors on ne pouvait rien me reprocher.

— Mais tu ne vois pas ?

Elle prit le rabat brodé de son sari, le pallu, *et le laissa tomber par terre tout en éclatant en sanglots. Là, debout, seulement vêtue de son corsage et du bas de son sari, elle me montra une zébrure qui courait sur le côté de sa clavicule jusque sous le corsage et une autre marque de coup sur le ventre. Les raclées avaient commencé.*

Depuis la salle de conférences, je fais passer un entretien en visioconférence à une candidate pour nos bureaux de Seattle. Entre le moment où elle parle et celui où je l'entends, il y a un décalage. Je vois ses lèvres bouger, s'arrêter, puis le son me parvient. Dans l'équipe, nous sommes pour la plupart basés à New York mais nous avons des représentants sur la côte ouest. Je les plains quand, le lundi matin, nous faisons notre téléconférence de sept heures. Un jour, un gars a oublié de désactiver son micro et on l'a entendu tirer la chasse d'eau. Antonia, une de nos représentantes de Seattle, est partie travailler pour un client. Pour la remplacer, nous avons déjà fait passer des entretiens à dix-huit candidats, mais aucun n'a fait l'affaire. Sans jamais se plaindre, Margaret, notre responsable administrative, en organise de nouveaux et les programme sur nos agendas. La fille dont le visage apparaît à l'écran s'appelle Wendy. Elle a mon âge. Elle a travaillé auparavant pour un de nos clients mais s'est arrêtée quelques années pour devenir mère. Elle donne cette information au passage. Les règles pour mener un entretien sont strictes et je les connais : pas de questions sur la situation familiale ni sur les intentions de maternité. Elle m'a sans doute dit cela pour que nous sachions que, dans un avenir proche, elle ne se fera pas la malle pour avoir des enfants. Je ne prends pas en compte ce renseignement et la presse de questions pour savoir ce qu'elle connaît de notre système breveté de classification des entreprises et de notre méthodologie pour élaborer notre index.

Plus tard, Adam, mon patron, et deux de mes collègues viennent à la table et nous échangeons nos impressions. Nous l'avons interrogée à tour de rôle et voulons être certains, avant de lui payer l'avion jusqu'à New York pour lui parler en personne, que c'est bien notre candidate définitive. Aujourd'hui, un billet d'avion gâché est inexcusable. J'aime bien Wendy, et je la soutiens. Elle aura besoin d'une formation minime, ce qui, vu la longueur de nos journées et le décalage horaire, n'est pas négligeable. Dès que le responsable de l'informatique l'aura formée aux quelques logiciels maison et à leurs bizarreries, elle sera opérationnelle. Betty et Kevin pensent la même chose. Nous regardons Adam. La décision finale lui revient même si c'est nous qui portons sur nos épaules le poids du bureau de Seattle. Nous avions aussi apprécié deux autres candidats mais il les a tous deux démolis.

— Je crois que vous avez raison. Il se pourrait que ce soit le bon numéro.

— Dieu merci ! fait Kevin.

— De plus, c'est du 85-60-85, ajoute-t-il en faisant un clin d'œil à Kevin.

— Euh ? Pardon ?

— Tu vois bien ce que je veux dire.

Betty et moi échangeons un regard. J'ai envie de faire une remarque mais Adam n'est mon chef que depuis six mois, et dans deux mois les bonus seront fixés. Assez tôt pour qu'il se souvienne d'une réflexion négative et qu'il m'en tienne rigueur.

— Je ne sais pas, Adam, je ne regarde pas mes collègues de cette manière.

La gestuelle de Kevin est expressive : haussement d'épaules, bras ouverts et paumes tournées vers le ciel.

En fait, Adam n'a pas encore pigé que Kevin est gay. Ce monsieur Je-me-permets-tout, bête et inconscient, baisse encore dans mon estime.

— Voyons, Kevin.

Adam lui adresse un nouveau clin d'œil.

— Ah, zut, j'ai dit à un client que je l'appellerais à trois heures, j'ai déjà cinq minutes de retard.

Et je sors de la salle en courant.

— Moi aussi, faut que je me sauve ! déclare Betty qui se hâte de me suivre.

Betty et moi partageons un bureau. Assises à nos tables de travail, nous nous regardons, incrédules.

— Mais quel culot, ce mec ! s'exclame-t-elle.

— Un salaud, surtout.

— Je le signale au DRH dès que nos bonus sont annoncés.

— Et je l'aurai sacrément à l'œil quand Wendy viendra suivre sa formation ici.

— Kevin a sans doute eu raison de ne rien lui dire. Je ne serais pas étonnée qu'en plus il soit homophobe.

Quelques minutes plus tard, nous entendons Napoléon longer le couloir en tonnant. On s'interroge du regard. Il y a une crise. Des têtes passent à la porte des bureaux, des corps à mi-hauteur apparaissent derrière leur box. Ricky est petit et colérique, d'où son surnom ; c'est le grand patron, le chef de notre département.

— Qui s'occupe de Trident ? hurle-t-il presque.

Je sens ma gorge se serrer.

— Moi, dis-je en chuchotant.

— Alors, tout de suite dans la salle de conférences. Et les assistants, *idem*. Et tous ceux qui jugent pouvoir être utiles.

Je cours à mon bureau, sors les données de mon client et fais défiler mes notes à toute allure. Rien. Rien. Ils dirigent l'un de nos plus gros fonds indiciels mais ils n'ont acheté aucun de nos produits récemment, ils n'ont pas de problèmes d'assistance technique en attente et ils n'ont pas non plus changé de gérant de portefeuille. J'avais retenu mon souffle, je respire de nouveau.

— Ça va aller, me rassure Betty avec une petite tape dans le dos.

J'attrape bloc-notes et stylo et je fonce.

— Le client a l'intention de changer son indice de référence, m'annonce Ricky.

Il a le visage tout rouge. Il éternue bruyamment, sort un grand mouchoir blanc et se mouche. Je bloque ma respiration. Je ne peux pas me permettre d'être malade, j'ai trop de travail. Et puis il y a le bébé, si je le garde.

— Uma !

— Je n'ai rien vu venir. Personne n'a parlé de quoi

que ce soit. En tout cas, c'est certainement une décision qui vient de chez eux et de très haut, dis-je avec audace.

— Je rencontre les membres de leur conseil d'administration demain avec le chef de notre division européenne. J'ai besoin de savoir s'il y a la moindre critique qu'ils peuvent nous balancer, un truc dont ils sont mécontents. Rien n'est anodin.

— Jay, l'un de leurs gérants, a appelé aujourd'hui pour se plaindre de la dernière repondération, mais je crois qu'il exprimait son point de vue personnel, explique Diedra, qui partage avec Rino, l'autre assistant technique, le box en face de mon bureau.

— Autre chose ?

Ricky nous regarde à tour de rôle.

— J'ai de bons contacts, bien disposés. Si, d'une manière ou d'une autre, vous pouvez faire venir Duane Peter, le directeur de l'équipe des gérants indiciels chez Trident, à la réunion du conseil, vous aurez un allié.

Ricky note l'information.

— Je vois ce beau monde demain à huit heures. Vous êtes censés être tous présents en stand-by.

Nous sortons en file indienne.

Au milieu de la nuit, je me réveille en nage.

— Qu'est-ce qui se passe ?

Thomas cherche l'interrupteur à tâtons.

— Je ne veux pas avoir une panne de réveil.

— Enfin, il n'est que trois heures du matin.

— Je viens de me souvenir de quelque chose.

— Ah ? Et quoi ?

— Trident. Il faut que je me connecte à Citrix.

— Maintenant ?

— Oui.

Depuis qu'il a lu un livre sur la responsabilité personnelle et le réchauffement climatique, Thomas coupe chaque nuit le compteur de l'appartement. Il sort du lit, remet sur secteur puis allume le plafonnier. La lumière est comme un coup de couteau dans mes yeux, que je protège de mes mains. Il se traîne jusqu'à l'ordinateur, se penche et branche la prise. Puis j'entends l'ordinateur qui se remet en marche avec un gros bruit de cloche. Je le rejoins, les épaules rentrées pour me tenir chaud.

— Assieds-toi, je vais t'apporter quelque chose.

Il revient avec un châle dont il m'enveloppe.

Je me connecte à ma base de données à distance et fais défiler mes notes. Cela fait des années que je note en détail chaque conversation téléphonique et je suis désormais submergée par un trop-plein d'informations, comme si je pataugeais dans un marécage épais et boueux. Je finis par trouver ce que je cherche. Il y a un an, avant de s'en aller, Jorge Merino m'avait dit d'un ton désinvolte : « En plus, les gars, on en a marre, de votre boutique, le coût des données ne cesse d'augmenter et votre repondération nous rend dingues. Votre approche, comparée à celle de vos deux concurrents, est trop pédante. » J'avais dit cela à Ricky mot pour mot et j'avais écrit dans mes notes : « Envoyé un courriel à Ricky le 14 mai. »

J'adresse à Napoléon un courriel qui cite le précédent et je fais un copier-coller de mes notes. Est-ce suffisant ? Faudrait-il que je lui écrive un texto au cas où il n'aurait pas le temps de regarder ses mails avant la réunion ? Il est trois heures quarante-trois à l'horloge de mon ordinateur. Son visage lorsqu'il est en colère, ce qui lui arrive souvent, me revient en mémoire. Me revient aussi en mémoire sa tête quand il se vante. Il n'est pas du genre à trop parler de lui, mais, lorsque ça arrive, c'est en général pour se vanter du nombre d'heures qu'il passe au travail et du peu de temps qu'il consacre à ses enfants. Il n'était pas là pour la naissance de son premier fils à cause d'une réunion importante à Londres ; il part au bureau avant que ses enfants ne soient réveillés et rentre tellement tard le soir qu'ils dorment déjà. En fait, il ne les voit pas de la semaine.

Je décide de lui envoyer un SMS, j'espère que son téléphone est allumé, que ça lui bousille son sommeil. Je méprise son dévouement au travail et ses priorités. Je le méprise de vouloir que nous renoncions à notre vie comme il a renoncé à la sienne. Je le méprise de penser que tout le labeur qu'il fournit pour une entreprise commerciale a une quelconque valeur intrinsèque. Mon père se lève en pleine nuit parce que ses patients ont une crise cardiaque. Il bosse six jours par semaine, se lève tôt et rentre tard parce qu'il passe voir chacun de ses malades. Il sauve vraiment des vies. Le travail de Napoléon ne sert qu'à une chose : l'enrichir.

Je caresse mon ventre. En colère contre moi-même d'avoir pensé au boulot au milieu de la nuit. Certains soirs, mon angoisse est telle que je pense à toutes les choses que je dois faire le lendemain et les compte mentalement.

Thomas est en train de lire au lit.

— Je vais l'éteindre, ne te penche pas.

Il saute hors du lit en un mouvement fluide et, hop, arrive près de l'ordi. Je me recouche. Il me rejoint et m'effleure le cou.

— Tu n'auras plus à faire ça encore longtemps, me promet-il avec un baiser sur ma nuque.

Cela a dû se passer juste avant que j'atteigne l'âge de la puberté. Dans mon souvenir, c'était un dimanche après-midi d'automne. Le temps s'était rafraîchi après une brusque averse et ma tante était venue déjeuner avec son mari. Ils venaient de partir. Mes grands-parents étaient montés dans leur chambre pour une sieste tardive. Ma mère tripotait le bouton de la radio et, entendant une chanson en anglais, elle augmenta le volume.

— Tu te souviens ? demanda-t-elle à mon père tout en se levant et en se mettant à onduler très légèrement.

Ses yeux et ses lèvres dansaient avant que son corps ne s'anime entièrement.

— Le bon vieux temps, lui dit-il, soutenant son regard.

Le malaise qui logeait dans mon esprit depuis des semaines se dissipait à les voir ainsi ensemble. Trop jeune, je n'étais pas en mesure de comprendre pourquoi il y avait une boîte de bindis *coincée entre les sièges arrière de notre voiture. Ça avait attiré mon attention car ma mère ne portait jamais de* bindis *autocollants. Tous les matins, elle ouvrait sa petite boîte en argent qui contenait de la poudre rouge. Elle trempait son annulaire dedans puis diluait la poudre avec une goutte d'eau. Elle portait le doigt à son front et traçait entre ses yeux, quelques centimètres au-dessus de ses sourcils, un cercle parfait. J'aimais beaucoup la regarder faire.*

— Fais-moi une cassette avec cette musique, dit ma mère qui n'avait cessé de danser.

Mon père était, à cette époque, grand et mince. Il vint prendre ma mère par la taille. Elle mit sa main dans la sienne, glissant ses doigts fins et pâles dans les siens, plus sombres. Je souris à mes parents.

Une semaine plus tard, ma mère était tout excitée à l'idée de sortir un dimanche après-midi.

— Je savais qu'il tenait toujours à moi, il était simplement trop occupé, déclara-t-elle.

Elle me coiffa à la va-vite et voulut absolument que je passe un pantalon repassé de frais.

— Où on va ?

— Au marché. Le type de chez Whitecap nous a fait la cassette !

C'était un jeune gars qui avait récemment acheté ce magasin dans notre centre commercial. Il louait des films sur VHS et vendait des cassettes. Si celles-ci étaient importées et coûtaient cher, il les copiait et les vendait au rabais.

Papa nous emmena en voiture au marché. On ne se rendait jamais nulle part à pied, même pour aller chez ma tante à quelques rues de chez nous.

Le vendeur regarda mon père et lui demanda :

— L'enregistrement des Bee Gees, c'est bien ça ?

— Oui.

— Monsieur, la dame que vous avez amenée hier est déjà passée.

— Quelle dame ? s'étonna ma mère.

Sa voix transperça le fond musical. Le gars se ratatina derrière son comptoir.

— La dame qui accompagnait monsieur.

Il montra du doigt une jeune fille qui marchait un peu plus loin ; elle n'était guère plus âgée que moi. Il cligna rapidement des paupières comme s'il avait reçu quelque chose dans l'œil.

— Vous êtes sûr que c'est elle ?

Ma mère se pencha par-dessus le comptoir et lui agrippa le bras. Les sourcils du jeune homme tressaillirent violemment.

— Oui, madame.

Ma mère sortit en courant.

— Espèce d'imbécile ! s'exclama mon père.

— Je... je... je suis désolé, monsieur. Jamais je n'aurais pensé...

Je fis semblant de m'intéresser aux cassettes, je ne voulais pas croiser le regard de mon père. Je vis que la plupart n'avaient pas de vraies jaquettes, ce n'étaient que des copies, toutes avec des autocollants identiques. Je jetai un coup d'œil à mon père. Il avait l'air plus agacé que gêné.

Ma mère revint. Elle s'empara brutalement de la cassette des Bee Gees et tira la bande hors de la bobine. Comme celle-ci ne se dévidait pas assez facilement, elle mit le petit doigt dans l'une des deux petites roues où tournait la bande et essaya de tirer en même temps.

— Ma... madame ça, ça ne ma... marchera plus, si vous faites ça !

— Qui s'en soucie ? Notre vie est gâchée !

À ces mots, elle tira sur la bande avec encore plus de force. Et à mesure qu'elle la sortait de son étui, celle-ci se gondolait et devenait mince comme un cheveu. Mais elle ne rompit pas.

— Assez de cinéma, dit mon père qui posa un billet de cinquante roupies sur le comptoir et s'en alla.

Ma mère le suivit. Je la suivis. Quasiment certaine que si j'étais restée avec le type de chez Whitecap, ils n'auraient peut-être rien remarqué pendant des heures.

La semaine au travail fut si infernale que, jusqu'à aujourd'hui, vendredi soir, penser à la grossesse était exclu. Thomas a préparé un repas très élaboré et, bien que tout à l'heure j'aie eu envie de manger, ma faim a disparu. J'avale quelques bouchées de son ragoût aux courgettes et aux tomates et j'attends. Il est un peu agité comme s'il souhaitait en parler, de cette grossesse.

— Tout va bien ?

— Oui, j'espère pouvoir mettre en location un des nombreux appartements que j'ai fait visiter. J'y vais à fond. Allez, mange.

— Je n'ai plus faim. Quelque chose te préoccupe ?

— Rien qui ne puisse attendre la fin du repas, lance-t-il avec un sourire.

J'aimerais savoir ce qu'il a en tête mais le peu d'appétit que j'ai s'envolera s'il m'en parle. Je me sens nerveuse. Lorsqu'il me dit « Mange » avec insistance, c'est parce qu'il sait ce qui va se passer. J'ai gâché d'innombrables repas à cause de mon anxiété et je suis anxieuse à l'idée d'être anxieuse. Le mieux, j'en ai bien conscience, est de faire comme si tout était normal et de poursuivre.

Thomas part à la cuisine, revient avec le risotto aux asperges et me sert. La première bouchée est si délicieuse que j'en avale finalement plusieurs, avant que l'anxiété ne reprenne le dessus.

— Désolée, il faut que j'aille aux toilettes. C'est encore cette colopathie qui fait des siennes.

Il hoche la tête. J'observe son visage pour voir s'il est contrarié, mais rien ne s'y lit.

À mon retour, il est occupé à débarrasser, puis il apporte deux poires pochées et les pose sur notre table basse. Il ne me demande pas de manger.

— Vas-tu me dire à quoi tu penses ?

— Tu retournes voir tes parents dimanche ?

J'acquiesce.

— J'ai ma formation d'agent immobilier demain.

— Je sais.

— Tu ne pourrais pas y aller demain, comme ça on aurait le dimanche ensemble ?

— Tu sais ce qui se passe si je débarque le samedi. Ils me font la vie dure pour que je reste tout le week-end, et ça, pas question.

— Dis non, tout simplement.

— L'ambiance devient désagréable.

— De toute façon, elle n'est jamais agréable pour toi.

Je ressens le poids écrasant de la semaine qui vient de s'écouler. Je hais devoir rendre des comptes à un patron comme Adam. Je hais cet effroi qui envahit tous les muscles de mon dos quand je pense aux humeurs de Ricky. Je hais les matins où je me réveille avec l'angoisse sourde d'avoir oublié quelque chose de terriblement important qui coûtera à l'entreprise un million de dollars en flux de revenus car mon erreur a des répercussions sismiques, tout ça parce que des microévénements sont liés à de plus grands. Je suis enceinte. Mes parents ne le savent pas. Comme si ces horribles sentiments de devoir et de culpabilité n'étaient pas déjà destructeurs, Thomas se tient devant moi avec ses attentes et ses exigences. Je me sens piégée. Incapable de trouver un moment dans ma vie qui soit libre de toute angoisse.

— Désolé, je n'aurais pas dû insister. J'ai été tellement pris cette semaine que tu m'as manqué et j'avais envie de passer du temps avec toi.

Il me tapote l'épaule et se lève. Il s'affaire, tire les rideaux, baisse les stores, inspecte les quelques petits pots dans lesquels il a planté du basilic et de la menthe. Il ne veut pas de scène, et il abandonne.

Je me reprends. Je vais à la salle de bains me démaquiller et mettre ma crème de nuit.

Quand je me couche, Thomas est déjà au lit avec un livre. Il me sourit mais je sais qu'il est enfermé dans son propre cocon. Bien que contrariée, je m'endors en un rien de temps.

Au réveil, Thomas est déjà douché et habillé.

— Tu ne prends pas de café ?

— J'ai déjà bu le mien. Il en reste dans la cafetière.

— Merci. Tu rentres à quelle heure de tes cours ?

— Avant vingt heures, j'espère. Il faut que je passe au bureau et que je fasse visiter quelques apparts.

Mon cœur se serre un peu. Cette longue journée s'annonce solitaire.

— J'espère que tout ira bien.

— Écoute, il faut que je te dise quelque chose.

— Oui ?

Il regarde le réveil posé sur ma table de nuit comme pour vérifier s'il a assez de temps pour ce qu'il a à me dire. La panique m'envahit.

— Demain.

— Thomas…

Il m'interrompt d'un geste, paume de la main en l'air.

— Je viens avec toi. Ce n'est pas négociable.

— Mais Thomas, tu sais…

De nouveau, ce geste.

— Si tu ne veux pas m'emmener, je viendrai avec une autre voiture. Tu dois leur demander de se faire dépister pour que tu puisses prendre ta décision. Je n'entrerai pas dans la maison. Ils n'ont même pas besoin de savoir que je suis là. Je me tiendrai dans les parages au cas où quelque chose tournerait mal. Je ne fais pas confiance à ton père, ni à ta mère, d'ailleurs.

— Thomas, s'il te plaît, au moins…

— Je t'accompagne demain ou je déménage à l'hôtel ce soir.

— J'ai besoin de temps.

— Tu as eu des années. Si tu ne peux pas affronter tes parents maintenant, tu ne le feras jamais. J'ai été très patient mais désormais il y a le bébé. Tu ne peux plus fuir les problèmes.

— On peut en reparler ?

— Tu as la journée devant toi pour digérer tout ça et prendre une décision.

Je ne suis pas bien réveillée et j'ai déjà la migraine. Il me faut un café.

Thomas va sortir une feuille de l'imprimante. Il revient, la pose sur mes genoux et, du doigt, me montre quelque chose.

— Si je me tiens dans les petits bois derrière la maison, tes parents ne pourront pas me voir, mais moi, je devrais avoir vue sur cette partie de la maison. C'est la cuisine, là, à l'arrière ?

Je fais oui de la tête.

— Je te suggère de réfléchir à la manière dont tu souhaites gérer la chose. Je veux bien être totalement caché. Simplement, je ne veux pas que cet homme porte la main sur toi.

Mon père ne m'a jamais frappée.

— Tu sais qu'avec moi il n'est pas violent.

— Tu n'as jamais été enceinte auparavant, si ?

Hochement de tête.

— Je sais qu'il est capable d'être violent et je ne prends pas de risque.

— Thomas, s'il te plaît…

— Uma, je ne vais pas laisser ces gens décider si, oui ou non, nous aurons ce bébé. Une fois ce problème réglé, tu pourras décider ce que tu veux et je respecterai ta décision.

J'imagine Thomas en train de rôder dans les bois. La carte Google ne rend pas bien compte de l'endroit. Il y a parfois des crottes de cerf sur le sol. Les bois sont pleins d'étranges odeurs, certaines agréables, d'autres putrides. Si mes parents voient sa tête dépasser, ils appelleront la police.

— Mais c'est insensé, Thomas.

— C'est ta relation avec tes parents qui est insensée. Seulement, aujourd'hui, tu es enceinte de moi ; alors, ça me concerne.

Je suis encore assise sur le lit. Il me prend les pieds et se penche pour les embrasser.

— On pourra en parler davantage ce soir. Maintenant, je dois y aller. C'est difficile, certes, mais si tu peux déjà imaginer que c'est possible, alors ça le deviendra.

Avant que j'aie le temps de répliquer quoi que ce soit, il disparaît.

Mon père vivait en Amérique et nous attendions le moment de le rejoindre. Je pensais qu'il était allé à New York, pourtant, lorsqu'il nous appelait, deux fois par mois, il ne cessait de parler du Bronx. J'avais cherché sur ma carte de l'Amérique, mais je ne le trouvais nulle part, ce Bronx.

Tous les matins, vers les quatre heures, j'entendais le vrombissement d'une mobylette ; le bruit était très proche de la maison, comme si l'engin était garé à notre porte. Une nuit, je décidai de rester éveillée aussi longtemps que possible pour mener mon enquête. Croyant que je dormais, ma mère avait quitté la chambre. J'essayai de ne pas m'assoupir, mais le sommeil m'emporta et je me réveillai en sursaut juste au moment où j'entendis vrombir le moteur de la mobylette. La nuit suivante, j'étais plus déterminée encore ; j'attendis que ma mère quitte la pièce puis m'aspergeai le visage d'eau froide, et, assise dans mon lit, dans le noir, j'attendis. Une heure plus tard, ma mère s'avança dans l'entrée. Je sortis me cacher derrière les rideaux et l'observai. Elle fit entrer un homme. Cette nuit-là, je ne dormis pas. Facile car il y avait des soupirs, des murmures et d'autres bruits qui montaient de la chambre d'à côté, et je tendais l'oreille pour les saisir. Au petit matin, j'entendis bouger et me cachai de nouveau derrière les rideaux. Il était seul dans la véranda. Un bel homme. Sans moustache, contrairement à mon père. Je regagnai ma chambre sur la pointe des pieds. Quelques minutes plus tard, ma mère entra et vint s'allonger à côté de moi.

Le matin, comme à son habitude, elle me baigna. J'avais beau avoir onze ans, elle continuait à me savonner puis à me rincer avec des tasses d'eau. Elle m'obligeait à écarter mes grandes lèvres avec mon doigt et me nettoyait la vulve. Avant le départ de mon père, elle les écartait elle-même, mais désormais elle semblait distraite et souvent pressée bien que le temps ne lui manquât pas. J'aurais aimé me laver et m'habiller moi-même. Je voulais aussi que ma mère m'aime. Bien sûr, elle me faisait mes petits plats préférés, veillait à ce que je sois toujours soignée, mais elle ne parlait que d'elle-même, de ses parents, de ses frères et sœurs et de son mari. Elle ne m'interrogeait jamais sur mes amis de l'école. Je n'en avais qu'une. Parfois, je m'asseyais dans son dressing et caressais ses saris en soie lisse. Si je n'avais pas craint d'abîmer leurs plis parfaits, je les aurais dépliés un par un et m'en serais parée, m'enveloppant de leur douceur légère et soyeuse.

Ma mère ne parla pas de l'homme qui venait la voir la nuit. Elle ne faisait que se plaindre de la jeune fille que nous avions vue devant Whitecap. Un jour, Jeet, le plus jeune de ses frères, vint à la maison et lui chuchota des choses. Plus tard dans l'après-midi, elle sortit ma robe rose et me fit ôter jean et tee-shirt.

— Où on va ?

— Chez cette pute. Elle essaie d'obtenir un passeport. Pourquoi a-t-elle besoin d'un passeport, hein ?

Je savais que nous allions nous aussi en avoir un

parce que nous partions rejoindre mon père à l'étranger. Ma mère m'avait emmenée au marché pour faire des photos d'identité.

— Elle va en Amérique, comme nous ?

— Oncle Jeet a un ami au commissariat. Ils ont reçu un avis du service des passeports pour vérifier son adresse. Si ton père pense qu'il peut l'avoir sous le coude là-bas, il se trompe totalement.

Je ne sais pas si c'est mon oncle qui a dit à ma mère où vivait cette jeune femme, toujours est-il qu'en moins d'une heure, après avoir été introduites de mauvaise grâce par ses parents, nous étions assises dans leur salon, en train de leur parler et de boire le thé. Ma mère avait insisté pour qu'elle soit là avec nous.

— Nous allons aux États-Unis retrouver mon mari. Vous voyez ma fille ? Elle va vivre avec son père. Elle a besoin de son père. Vous comprenez ?

Ma mère jeta un regard mauvais à la fille, que celle-ci lui rendit sans sourciller. En revanche, ses parents détournèrent les yeux et regardèrent le sol. Leur maison était petite, modeste. Je savais qu'ils étaient bien plus pauvres que nous : nulle voiture dans l'allée, juste un scooter. Ma mère dominait la pièce.

— Je vous le demande gentiment mais je pourrais faire en sorte que ça aille mal pour vous. Si elle dégage, je ne ferai rien. Sinon vos voisins sauront précisément le genre de famille que vous êtes. (S'adressant à la fille :) Dans un an, ton père va prendre sa retraite de son poste de fonctionnaire, il se pourrait bien qu'il le fasse la honte au front, si ses collègues apprennent que sa fille est une pute.

La fille éclata en sanglots. Ses parents paraissaient penauds.

Ma mère se leva, je la suivis. Je remarquai que même

si elle avait mis du sucre dans son thé, remué avec une cuillère et porté la tasse à ses lèvres plusieurs fois, elle n'en avait en fait pas bu une goutte. La tasse était toujours pleine à ras bord.

Elle posa lourdement les mains sur mes épaules ; lorsqu'elle reprit la parole, j'en sentis tout le poids.

— La prochaine fois qu'il t'appelle, tu raccroches sans rien dire. C'est clair ?

La fille fit oui de la tête.

Nous sortîmes.

Après le départ de Thomas, il me faut des heures pour me calmer. Je veux appeler Sudha mais il est trois heures de moins, chez elle. Je fais la lessive, plie nos vêtements, nettoie la cuisine. Après avoir préparé à manger, Thomas range trop vite. Je prends mon temps. Je réorganise tout dans les placards afin que les récipients en verre dans lesquels nous mettons les restes s'empilent correctement. J'ordonne leurs couvercles en plastique du plus petit au plus grand. J'enlève les brûleurs de la gazinière et fais partir toutes les traces d'huile et de curcuma collées à la plaque en inox. J'aime nettoyer ; cela me donne un sentiment de contrôle.

Certaines des casseroles qu'utilise Thomas ont perdu de leur éclat. Je prends du bicarbonate de soude et les récure jusqu'à ce qu'elles brillent. Je m'épile les jambes et les aisselles et mets un nouveau vernis sur mes ongles. Et quand je prends ma douche, je frotte entre les carreaux avec une vieille brosse à dents que je garde exprès. J'y reste un long moment. L'eau dégouline sur mon crâne, puis sur mon nez, ma bouche, le bout de mes seins, mon nombril et enfin sur mes orteils. Ma tête se vide.

Lorsque je finis par sortir de la douche, ma peau a

pris une couleur prune. Je m'habille, vérifie l'heure : je peux enfin appeler Sudha.

— Je t'ai réveillée ?

— Oui.

— Ah ! désolée, je croyais que tu étais une lève-tôt.

— Certes, mais cinq heures et demie un samedi matin, c'est plus que tôt.

— Excuse-moi.

— T'as une minute ?

— Bien sûr.

J'entends des froissements au bout de la ligne. Sudha a mis le haut-parleur. Craquements du plancher. Elle marche pieds nus.

— Qu'est-ce qui se passe ?

Je l'entends faire pipi, puis tirer la chasse d'eau.

— Écoute, lève-toi tranquillement, je vais attendre.

Je mets moi aussi le haut-parleur et, après avoir trouvé le plumeau dans le placard à balais, je commence à faire la poussière sur les étagères. J'évite de me plier en deux pour atteindre le bas de la table et les pieds des chaises. Il faut que je revoie le docteur Tibby et que je lui demande ce qui m'est permis et ce qui m'est interdit.

Une machine démarre bruyamment à l'autre bout de la ligne.

— C'est quoi, ça ?

— Je me suis acheté une machine à expresso.

Quelques minutes plus tard, son ton a changé, elle paraît moins dans le cirage.

— Bon, alors, dis-moi tout.

Son naturel est tellement enjoué. Je l'imagine très bien assise en tailleur sur son sofa, dans sa position favorite, ses longs cheveux bouclés attachés en arrière, son visage tout sourires.

— Sudha, il veut venir avec moi à Toms River demain.

Pendant quelques secondes, silence complet puis le bruit d'une gorgée.

— Tu devrais le laisser faire.

Nous occupons les deux heures qui suivent à envisager la scène sous tous les angles possibles. Sudha et moi imaginons que cela se passera comme ci, puis comme ça. Sudha connaît bien le quartier ; lorsqu'elle est arrivée aux États-Unis, elle est restée quelques semaines chez nous avant de commencer son cycle de doctorat en Californie. On parle de détails, des différents lieux où Thomas peut se cacher, de l'endroit précis où il faudrait le déposer et de l'itinéraire dans les bois derrière la maison. Sudha se rappelle que nos voisins vont en général à l'église le dimanche matin. Un élément que j'avais totalement oublié.

— Ne te laisse pas accabler par cette histoire en la voyant comme quelque chose qui va radicalement bouleverser ta vie.

— Mais c'est un bouleversement.

— Uma, Thomas a raison, c'est le bébé qui est le tournant.

— Tu crois qu'il a raison de vouloir intervenir dans ma vie ?

— Qui est le père du bébé ?

Je suis prise de court. Avant que je puisse répondre, elle continue comme si sa question était anodine.

— Tu sais pourquoi Ritu est morte, n'est-ce pas ?

— La fille d'oncle Ashok ?

— Elle avait une liaison avec le mari de Sarla.

— Sarla, sa sœur aînée ?

— Oui. Et Ritu est tombée enceinte.

— Je croyais qu'elle était morte dans l'explosion d'une bonbonne de gaz à la maison.

— Hum, c'est ce qu'ils ont raconté à la police. Sarla et sa mère l'ont brûlée.

— Tu ne penses tout de même pas que je vais croire que sa sœur et sa mère l'ont tuée. Notre tante et notre cousine ! Tu regardes trop de films hindis !

— C'est pourtant vrai. Tout le monde le sait. Dire que la police n'a rien soupçonné…

— Pourquoi a-t-il fallu qu'elles la tuent ? Elle aurait pu se faire avorter.

— Elle n'a pas dû leur dire assez tôt. Qu'est-ce qu'elle aurait fait d'un enfant avant le mariage ? De son beau-frère, qui plus est ! En tout cas, notre famille sort tout droit d'un mauvais film ou de la rubrique faits divers du journal local.

— Je crois que cette passion autodestructrice est dans les gènes, dis-je d'un ton grave.

— Reprenons depuis le début. Qui est le père ?

— Thomas.

— Qui t'a fait vivre sous son toit ces cinq dernières années ?

— Lui.

— Qui aimes-tu plus que tout ?

— Lui.

— Et tu penses que ça ne le concerne pas ?

Avec une patience dont elle seule est capable, Sudha continue à me parler, m'amadoue, rit avec moi, plaide et persiste jusqu'à ce que je cède.

Vers dix-huit heures, j'ai hâte que Thomas soit de retour. Je lui envoie un texto : « Tu peux sauter quelques appartements et rentrer à la maison ? OK pour demain. »

Il a passé la semaine à courir d'un bout à l'autre de la ville avec des clients. Je ne suis pas sûre que ça en vaille la peine. S'il avait fait de l'intérim dans un bureau, il aurait gagné cinq cents dollars, mais au bout de cette semaine fatigante, rien n'est tombé dans son escarcelle. Je ne fais pas confiance à Johnny Melbourne. Je crois qu'il lui refile des clients dont on ne peut rien espérer.

Ma mère a-t-elle un jour aimé mon père comme j'aime Thomas ? Étaient-ils juste un jeune couple qui essayait de joindre les deux bouts ? Ont-ils eu à un moment la certitude que cette tornade de sentiments les emporterait à travers leur quotidien les trente ou quarante ans qu'ils auraient à vivre en tant que couple ? Que s'est-il passé pour que tout aille ainsi de travers ? Comment puis-je savoir que Thomas et moi ne sommes pas pareils ? Et si nous nous plantions, nous aussi ? Et si je devenais le genre de mère qu'est ma mère ?

Chorée acanthocytose. Des globules rouges, rouges comme le téléphone qui a gâché notre vie en Amérique, rouges comme les roses qui ont gâché notre vie en Inde, des globules qui se couvrent de spicules. Comme les épines du rosier. Leurs membranes perdent de leur souplesse à cause d'une mutation. Le docteur Tibby m'a dit qu'il s'agissait d'un trouble récessif, mais j'ai lu des articles et j'ai trouvé que, dans un cas au moins, la transmission est autosomique dominante, ce qui signifie que, bien que Thomas ne soit pas porteur, mon sang épineux pourrait transmettre la mutation à l'enfant. Je pourrais tout à coup avoir des crises d'épilepsie, souffrir de dégénérescence musculaire, de démence, puis mourir prématurément. Je suis certaine que c'est du côté paternel que vient ce sang malsain.

Peu de temps après l'une des pires journées de ma vie, ce même jour où Eddie m'avait demandé pourquoi j'étais si laide et où ma mère m'avait montré les traces de coups sur son corps, des collègues de mon père nous avaient invités à une soirée indienne. Ma mère devait porter un sari. Les hématomes s'étaient étendus. Il avait fallu que je passe une heure à lui mettre du fond de teint pour les cacher. Tandis que nous nous tenions sous la lumière crue de la salle de bains, elle m'avait raconté que ces marques venaient de la ceinture en cuir marron de mon père.

Lors de la soirée, celui-ci but tellement qu'il fit une chute dans les marches du salon. À quelques centimètres sur sa droite, il y avait le coin d'une table en verre et, à sa gauche, Adil, le fils, âgé de quatre ans, de notre hôte. J'étais à l'autre bout de la pièce, essayant de me fondre dans le décor, lorsqu'il tomba. Je vis la scène de loin et, alors même qu'il basculait, je souhaitai que sa tête heurte la table en verre. Il la manqua.

Ma mère insista pour qu'un de leurs amis nous reconduise chez nous. Le lendemain matin, un dimanche, à la table du petit déjeuner, ce fut entre mes parents un affrontement hystérique ; mon père répétant que ma mère l'avait humilié en demandant à son ami de nous raccompagner et ma mère hurlant en retour qu'un jour il nous tuerait tous. Nous habitions encore dans le New Jersey et je n'avais nulle part où me réfugier. Je n'avais pas la permission de sortir seule de la maison sauf lorsque je prenais le bus scolaire. Je me souviens d'être allée dans la salle de bains et d'avoir fait couler de l'eau au lavabo en essayant de me concentrer sur ce bruit. Mais le flot et le bouillonnement ne couvraient pas les bruits aigus et réguliers des gifles en provenance du salon ni les cris perçants qui les suivaient.

Quelques semaines plus tard, un soir où j'étais assise par terre dans un coin de ma chambre les bras croisés sur mes genoux remontés, la tête dans les avant-bras, j'attendis qu'il arrête. Les bruits étaient différents, cette fois, comme s'il s'y prenait avec le dos de la main. Mon père portait une grosse bague avec une pierre, j'espérai qu'il l'avait ôtée. Dès que les coups cessaient, ma mère le narguait. « Tu n'oseras pas de nouveau me frapper au visage, hein ? Tout le monde verra ce que tu fais à ta femme. Je n'aurais jamais dû m'attendre à mieux d'une racaille comme toi. » Refrain qui revenait en boucle. Il recommençait. Il la frappait, elle criait. Et le film repassait.

Tout à coup, on sonna à la porte.

— Tu ferais mieux d'y aller, lui dit mon père.

— Tiens donc ?

Elle rajusta le pallu *de son sari et s'attacha les cheveux en une queue souple. Elle se regarda dans la glace pour vérifier qu'elle avait une allure correcte.*

— Va avec ta mère, m'ordonna-t-il.

En quelques secondes, ils pouvaient passer de la guerre à un front commun et je n'y comprenais plus rien.

Un homme blanc imposant, en uniforme de policier,

se tenait à la porte. Je me mis à compter les objets accrochés à son ceinturon. Menottes, pistolet, matraque, portable, bloc-notes, couteau, clefs… Ma mère tira brusquement sur ma main.

— Ne dévisage pas le monsieur.

— Tout va bien ?

L'homme était grand, bien bâti. Il avait l'air propre, gentil.

Ma mère lui adressa son plus charmant sourire.

— Mais oui, bien sûr, pourquoi ?

— Vos voisins nous ont appelés. Ils ont cru qu'il y avait une bagarre.

— Non, voyons ! Nous regardions un film indien un peu violent.

— Vous êtes sûre ?

Le policier ne semblait guère convaincu. Il me regarda. J'aurais aimé avoir le courage de parler. Comme si ma mère craignait que je ne le fasse, elle écrasa mes doigts entre les siens.

— Tout va bien, répéta-t-elle avec un nouveau sourire.

— Eh bien, madame, dans ce cas, baissez le son.

Stressée par la journée à venir, je me réveille à cinq heures du matin. Comme s'il lisait dans mes pensées, Thomas m'attire vers lui et me serre fort. Derrière la fenêtre, il fait encore noir.

— Crois-moi, ça se passera bien. Je ne m'en mêlerai pas. Je serai juste un observateur en retrait. Je veux être là au cas où les choses iraient mal.

Je soupire.

— Je vais faire le café, propose-t-il.

D'un bond, il sort du lit et va jusqu'à la cuisine d'un pas si furtif que je n'entends pas craquer le plancher.

Je gémis et enfouis mon visage dans l'oreiller. J'ai mal dormi. Demain, c'est de nouveau lundi. Il me faut vingt heures de sommeil pour compenser.

Thomas apporte le café et nous nous recouchons. Nous passons une nouvelle fois en revue les images de Google Earth sur ma tablette. Il vérifie la topographie grâce aux différents modes d'affichage. « À la lisière du bois, il y a des arbustes. Si je me tiens là avec les jumelles, je pourrai vous voir dans la cuisine », explique-t-il. Il ouvre le tiroir de la table de nuit et sort d'un geste théâtral les jumelles d'occasion qu'il a achetées sur Craigslist.

Si mes parents vont dans le salon, il peut se positionner dans une autre clairière et, de là, les observer. Arriver jusqu'à cette partie boisée derrière la maison implique de traverser la propriété des voisins et le risque d'être surpris, mais Thomas a confiance ; à moins que les voisins ne soient sur leur perron, il y parviendra sans se faire surprendre, c'est sûr. Le départ sera plus compliqué. Il lui faudra traverser leur jardin à toute allure et se cacher dans l'allée pendant qu'ils me raccompagneront à la porte. Puis il devra attendre que je m'éloigne et qu'ils rentrent avant de ressortir. Si, à un moment ou à un autre, mon père entend un bruit ou se retourne, on est cuits. Nous n'avons répété ni histoires ni prétextes. Thomas redit avec une assurance démesurée qu'il se débrouillera. Je suis trop anxieuse pour argumenter. Je n'arrive pas à retrouver la sérénité que j'ai ressentie à la fin de ma conversation avec Sudha. Comment ai-je pu me laisser convaincre ?

Thomas branche son iPod au port USB de la voiture. Nous écoutons deux épisodes de *Radiolab*, son émission préférée. Impossible de me concentrer. Après un interminable trajet durant lequel il a quand même pu admirer le paysage, nous arrivons. J'arrête la voiture avant de tourner dans le chemin qui mène chez mes parents et le regarde.

— Je sais que c'est difficile, mais souviens-toi, s'il devient violent, tu cours.

J'opine du chef.

Il sort de la voiture d'un bond, je tourne dans la petite rue et me gare dans leur allée.

Thomas dépasse lentement les maisons des voisins jusqu'à celle des Smith. Il entre et, à belles enjambées tranquilles, traverse leur jardin. Il meurt d'envie de courir mais ne souhaite pas éveiller de soupçons. Il arrive au bois et s'y enfonce jusqu'à ce qu'on ne le voie plus. Puis il avance vers la maison des Sahni et, une fois repérés les arbustes en lisière du jardin, il s'accroupit dans une position assez confortable et sort ses jumelles. Personne en vue.

Il reçoit un message d'Uma. « Papa se douche. Rien avant 10 min. »

Il se relève, marche dans le bois, urine contre un arbre et revient à son poste d'observation. Uma et son père sont assis sur des tabourets au comptoir de la cuisine. Mrs Sahni lui tourne le dos. Quand elle finit par se retourner, il voit qu'elle a une assiette à la main. Il a faim.

Nouveau texto : « C'est maintenant. »

Son corps se raidit. Aux jumelles, il ne voit que des formes qui se déplacent dans la cuisine. Uma est, semble-t-il, en train de parler. Ses parents ont la tête penchée vers elle. Il garde les yeux rivés sur elle, attentif au moindre signal. Si les choses s'enveniment, elle lèvera la main bien haut puis l'abaissera et remontera ses cheveux.

Rien.

SMS de Thomas : « Appelle, laisse le téléphone dans ta poche pour que j'entende. »

Il voit Uma qui regarde son téléphone. Le sien vibre. Il répond, met le haut-parleur. Il entend un son assourdi tandis qu'elle le glisse dans la poche de son jean.

Mrs Sahni : Mais ils peuvent se tester eux s'ils le veulent.

Uma : On ne les trouve pas en Inde. Je croyais que tu aimais bien Radha. Elle est enceinte. Si la maladie vient du côté paternel, alors elle pourrait être porteuse.

Chand Ram : De toute façon, c'est récessif. Il y a plus de chances de se faire renverser par une voiture à Delhi que d'hériter de ce trouble.

Uma : Oui, mais nous sommes porteurs et pourrions en fait développer la maladie. Il existe un cas où le schéma est dominant. J'aimerais savoir.

Mrs Sahni : Quelle perte d'argent ! L'assurance ne remboursera rien, à moins que ça ne fasse partie d'un test prénatal.

Chand Ram : Tu es enceinte ?

Mrs Sahni : Tu es enceinte ! Mais comment ?

Uma : Calme-toi. Je ne suis pas enceinte.

Thomas tape des pieds par terre. Il n'en revient pas. Le moment est parfait. Qu'est-ce qu'elle attend pour leur dire ? Pourquoi la mère de son futur enfant leur ment-elle ainsi ? Il sent ses pieds se contracter et il avance d'un pas. Il devrait y aller et cracher le morceau. Il agrippe un buisson. Se retient.

Mrs Sahni : Vaudrait mieux que tu sois morte !

Uma : Tu préférerais que je sois morte ? J'en reviens pas.

Mrs Sahni : Tu ne nous as apporté que des soucis.

On veut ton bonheur, c'est tout et, toi, tu refuses de nous écouter.

Uma : Parce que t'as été si heureuse que ça ?

Chand Ram : C'est qui, ce salaud ? Je vais le tuer.

Mrs Sahni : Putain. Salope.

Chand Ram : Pute. Conne.

Uma : Ça suffit !

Mrs Sahni s'est mise à pleurer, hystérique.

Uma : Arrête ! C'est toi qui couchais avec ce type à Delhi quand papa est parti.

Mrs Sahni pleure encore plus fort.

Chand Ram : Ta mère a jamais été qu'une pute.

Mrs Sahni : Salaud ! Cette gamine que tu baisais était à peine plus âgée que ta propre fille. Et ça, c'était après cette longue histoire avec l'infirmière.

Uma : Quelle infirmière ?

Mrs Sahni : Demande à ton père. Il la voyait tous les jours. J'ai dû prévenir le mari.

Chand Ram : Ah, c'est toi qui as tout raconté ?

Mrs Sahni : Et comment j'aurais fait sinon pour que ça cesse ?

Chand Ram : Et le mec a cassé la fenêtre de ma voiture. Une voiture toute neuve !

Mrs Sahni : Et je te parle pas de cette fille à la réception de la clinique ou encore de l'autre à l'université !

Thomas voit Chand Ram qui se lève. Uma reste assise, calme, trop calme. Il faut qu'elle se sauve. Il laisse tomber les jumelles et fonce.

Dans sa course, il les perd de vue, mais une fois qu'il s'est approché de la cuisine, ils sont de nouveau dans son champ de vision. Il se baisse et continue à avancer rapidement. Il saute par-dessus la balustrade de la terrasse et tire la porte grillagée près de la cuisine. Chand Ram s'approche de Mrs Sahni le poing brandi.

Elle a cessé ses cris et le regarde la mâchoire pendante. Thomas d'un bond se retrouve entre eux et abaisse la main de Chand Ram de toute la force dont il est capable, déséquilibrant du coup l'homme, qui se rattrape au bord de la table. Thomas est aux côtés d'Uma, il la pousse derrière lui et la protège de son corps.

— Vous ? s'exclame Mrs Sahni.

— Tu le connais ? Mais putain, vous êtes qui, vous, d'abord ?

Le regard de Chand Ram va de sa femme à Thomas.

— Votre fille est enceinte et je suis le père. Nous vivons ensemble. Et ça fait cinq ans que nous sommes ensemble.

Thomas a le souffle très court. Il a mal aux poumons dès qu'il parle.

C'est fait. C'est fini.

— Sortez de ma maison.

— On s'en va, déclare Uma, la voix chevrotante et les mains tremblantes.

Ils reprennent le chemin du retour, en silence.

Nous avions rejoint mon père en Amérique. J'avais commencé l'école. Je m'étais fait des amies. Laurinda, qui avait le droit de venir chez moi, et Shanya, qui ne l'avait pas. Un jour, en rentrant de l'école, je remarquai un téléphone rouge dans le salon.

— Pourquoi avons-nous un téléphone en plus ?

— Ton père l'a acheté afin de pouvoir entendre les conversations sur la ligne principale.

Et ma mère fondit en larmes.

— Il m'a obligée à l'appeler. Et a écouté la conversation.

Jamais auparavant ma mère ne m'avait parlé de cet homme. Je supposai qu'il s'agissait de l'homme à la mobylette qui lui rendait visite et partait au petit matin.

— Il n'a rien dit de compromettant pour moi, alors, du coup, ton père lui a parlé directement et lui a annoncé qu'il était au courant.

Je me mis à haïr ce combiné rouge. Je me sentais responsable.

Ce soir-là, mon père ne rentra que très tard et je dînai seule avec ma mère. Après le repas, je la vis assise par terre dans la cuisine, son sari relevé sur ses cuisses. Elle fit chauffer la lame d'un couteau et effleura l'intérieur de sa cuisse avec. Elle eut une grimace de douleur. Je l'observai pendant quelques minutes puis partis dans ma chambre.

Quelques semaines plus tard, les coups commencèrent.

Je suis sous le choc. Je n'étais pas prête. Je n'arrive pas à croire que Thomas ait pris la situation en main. Je suis en colère contre lui. Et quand je retrouve un peu le contrôle de moi-même, nous commençons à nous disputer.

— Je suis arrivé parce que je croyais que ton père allait lui faire du mal.

— Je te l'ai déjà dit, il ne la bat plus. Ils sont vieux, ils ne font que s'asticoter, se disputer.

— Uma, il avait la main levée et si tu t'en étais mêlée, tu aurais pu être blessée.

— Je n'interviens jamais.

— Oui, mais je ne voulais prendre aucun risque.

— Pourquoi leur as-tu tout raconté ?

— On était déjà dans la merde ; alors, il fallait attendre quoi ? Je ne cède pas notre vie à ces salauds.

Ses narines se dilatent, se gonflent. Le dégoût l'emplit. Il méprise mes parents.

Mon petit téléphone, celui que je garde pour communiquer avec mes parents, sonne.

Dès que je réponds, ma mère se met à hurler.

Je raccroche.

Nous avons franchi le Holland Tunnel et entrons dans New York. Elle rappelle.

— Ne crie pas, lui dis-je aussitôt.

Flot d'invectives. Je raccroche.

— Tu peux le mettre en vibreur ? me demande Thomas, les dents serrées.

Avant même que je puisse modifier mes paramètres,

le téléphone sonne une nouvelle fois. Je coupe et laisse l'appel passer sur la boîte vocale.

Tandis que nous remontons l'axe ouest à une allure d'escargot, j'écoute son message : elle promet de ne plus hurler et veut que je la rappelle.

Je m'exécute.

— On devrait envisager un avortement. Si tu quittes Thomas, on te donne l'appartement.

— Tu veux dire comme avant ?

— Non, on inscrira ton nom sur l'acte de propriété.

Je lui raccroche au nez.

— Elle refuse de considérer que quelqu'un puisse faire partie de ma vie. C'est comme si rien ne s'était passé aujourd'hui. Tu comprends pourquoi je ne voulais pas leur en parler.

— Écoute, Uma, au moins ils sont au courant. Et désormais tu es libre de décider si tu veux ce bébé.

— Je ne prends plus aucun de ses appels. Il n'y a pas de dialogue possible. Je savais qu'ils réagiraient comme ça.

Le temps que nous garions la voiture, ma mère a rappelé onze fois. Thomas a fait le décompte des appels.

Il cherche la clef de l'appartement lorsque de nouveau l'appareil vibre.

— Quinze !

Il sifflote, puis me caresse la main.

— Dis-lui qu'il n'y aura plus aucune négociation tant qu'ils n'auront pas fait le test génétique. N'est-ce pas ce que tu souhaites ?

Je suis son conseil. Cela m'assurera un moment de répit avec Thomas mais également avec mes parents.

Avoir pensé à Thomas en même temps qu'à eux, les avoir mis dans le même panier me choque terriblement.

— Il est tard. On se fait livrer quelque chose ? Une pizza pâte fine si tu en as envie.

— Je n'ai envie de rien. Après ce qu'il s'est passé.

— Je n'ai pas eu le choix. Tu n'as pas faim ? On n'a rien mangé aujourd'hui.

— Là, maintenant, tout ce que je veux, c'est réfléchir et dormir. Tu t'es conduit comme un salaud.

En quelques secondes, je pète un câble. Tout ce que j'ai gardé en moi durant le pénible trajet du retour jaillit. Des paroles dures. Des mots qui ne peuvent être ravalés. Abruti. Enfoiré. Connard. Des mots qui sortent tout droit de la bouche grossière de mon père. Des mots que je n'avais même pas conscience de posséder.

— Je vais te laisser réfléchir à tout ça.

Il quitte l'appartement.

Je ne sais pas combien de temps j'ai dormi lorsqu'il rentre. J'entends la porte de la salle de bains se refermer, la douche couler. J'attrape mon téléphone sur la table de nuit, appuie sur une touche et jette un coup d'œil à l'écran. Trois heures du matin.

Thomas se glisse dans le lit et m'attire à lui. Je sens son haleine. Il a bu. Je me dégage. Il me tourne le dos et, au bout de quelques minutes, je l'entends ronfler. Impossible de me rendormir tout de suite. Quand le réveil sonne, je titube jusqu'à la douche ; je redoute la semaine qui s'ouvre. Thomas ronfle encore lorsque je m'en vais.

Nous étions prêts à quitter Jersey City pour nous installer à Toms River. À passer d'un deux pièces exigu à une grande maison ; pourtant, je n'y trouvais aucun motif d'enthousiasme. J'appréhendais d'avoir de nouveaux voisins. J'avais déjà subi ici la honte que me faisait ce père alcoolique. À divers endroits de l'appartement, il avait causé des dégâts. Avant de battre ma mère, ou après, il se tapait violemment la tête contre le mur. Remords ou colère, je n'ai jamais su. Il se précipitait tête en avant si fort qu'il y avait des trous dans la cloison. Ma mère avait accroché des cadres et des miroirs afin de les dissimuler. La veille du déménagement, il fallut les colmater. L'ouvrier engagé par mon père arriva un samedi matin alors que j'étais à la maison. Lorsqu'il entra, je sentis monter en moi une nouvelle vague de honte. La nouvelle maison et les nouveaux voisins seraient cette honte multipliée par dix. À Jersey City, j'avais fait beaucoup d'efforts pour me rendre invisible ; l'idée de devoir tout recommencer m'épuisait déjà.

La maison de Toms River était plus grande que celle que nous avions en Inde et elle était éloignée des bâtisses voisines. Après notre emménagement, je compris que personne ne pourrait entendre ce que ferait ou dirait mon père.

J'y eus une chambre à moi. Cela se produisit presque par accident. Le jour où nous déballâmes nos cartons, je me mis tout simplement à ranger mes vêtements dans la chambre à côté de celle de mes parents. Personne ne m'y avait autorisée. J'avais le cœur battant de peur. Mais ils ne remarquèrent même pas mon petit stratagème, trop occupés à se quereller au sujet du type de porte à installer dans le garage.

Je passais de plus en plus de temps dans ma chambre, porte fermée, de la musique hurlant dans mon casque pour ne plus les entendre. Je n'avais pas d'amis à inviter chez moi. Les élèves de ma nouvelle école se connaissaient depuis des années et j'étais l'étrangère. Je traînais avec une ou deux filles tout aussi invisibles que moi.

Un soir, je tapais du pied au rythme d'une chanson des Pet Shop Boys quand tout à coup la porte de ma chambre s'ouvrit. Je sentis que quelqu'un était là et je me retournai brusquement. Je vis que mon père criait et compris à travers la musique les mots « Dépêche-toi ». Jamais auparavant je n'avais vu de la panique dans son regard.

J'enlevai mes écouteurs et sortis en courant.

Pliée en deux, par terre, ma mère se tenait le coude et hurlait.

— Il faut aller à l'hôpital, c'est une fracture, déclara mon père.

La prenant par la taille chacun d'un côté, nous l'aidâmes à se relever. Elle ne voulait pas nous donner son bras indemne agrippé au bras cassé, de sorte qu'elle dut se retourner et se mettre à quatre pattes pour se redresser lentement. Les jambes de mon père, pressées contre son corps, la soutenaient.

Nous attendîmes à l'entrée que mon père sorte la voiture du garage.

— Salaud, siffla ma mère entre ses dents, il ne recule devant rien.

Je l'aidai à entrer dans la voiture puis m'installai à l'arrière. Tandis que mon père conduisait, je pleurais en silence. Un jour, je m'en irais.

J'appelle Sudha depuis le bureau. Je lui raconte ce qu'a fait Thomas, lui explique que je me sens en colère, et humiliée. J'ai le sentiment qu'il a outrepassé ses droits, dépassé les limites de mon cercle intime.

— Tu veux venir me voir ? Tu as besoin d'un break ? Je peux venir si tu préfères, propose-t-elle.

— J'aimerais vraiment.

C'est la seule personne de la famille qui me veut

du bien. Mais comment la recevoir dans un si petit appartement ? Lors de sa précédente visite, Thomas était parti chez sa mère pour que nous ne soyons pas trop à l'étroit, puis il était revenu à temps pour un brunch à trois avant que Sudha ne reprenne son avion. Je ne crois pas que ce soit possible en ce moment. Son examen d'agent immobilier approche et il essaie de conclure une première affaire.

— Je vais chercher des billets.

À la cafétéria, j'achète une salade et reviens à mon bureau. Entre deux bouchées, je prends des notes, réponds aux appels, faxe des copies de contrats, rédige mon rapport hebdomadaire de ventes et peaufine un PowerPoint pour une réunion à venir. Lorsque je vais me faire un thé à la cuisine, Ricky entre. Il est de bonne humeur. Il sourit, se sert un café et s'en va en sifflotant. Puis c'est au tour d'Adam, le cuistre, d'entrer. Il me regarde puis scrute ma veste. De haut en bas, ça me gêne terriblement. Je fais comme si je ne voyais pas son regard.

— Bonne journée ? demandé-je.

— Fais « Aah ».

— Pardon ?

— Montre-moi tes dents.

J'ai tellement l'habitude d'obtempérer et je suis si incapable de dire non que je m'exécute.

— Tu devrais te brosser les dents davantage du côté droit, sur l'incisive, me dit-il le doigt pointé vers ma bouche.

Je quitte la cuisine sans un mot, les oreilles rouge vif et brûlantes de honte. Assise à mon bureau, je respire lentement plusieurs fois, puis j'appelle Thomas.

— Ça va ?

Je n'aime pas l'entendre dire ça. Le « va » sonne abruptement et me donne l'impression de déranger.

— Qu'est-ce que tu fais ?

— Je révise pour l'examen.

— Tu as fait visiter des appartements ?

— Non, plus tard dans la journée.

— Quand ? Où ? Des trucs sympas ?

— J'en sais rien.

Thomas ne me parle toujours pas. Il reste poli, faisant le minimum nécessaire pour que nous puissions nous retrouver le soir. Je veux que tout rentre dans l'ordre, c'est la seule condition pour que je ravale ma colère ; mais ce scénario, Thomas ne l'accepte pas. Il m'amène toujours à céder, me force à lui pardonner. C'est sa façon à lui d'avoir toujours raison et je suis trop faible pour lutter contre ça.

— Des documents rigolos ?

— « Les laboratoires de méthamphétamine peuvent présenter des dangers. Au cas où vous penseriez être dans une maison qui a été utilisée comme tel, prévenez les autorités immédiatement », lit Thomas.

— Je t'aime.

— On se voit ce soir, Uma. Au revoir.

Je raccroche, vaincue.

Les yeux clos et le visage face au soleil, Thomas attend son client devant un immeuble dans le Lower East Side. Cette fois, Johnny Melbourne lui a promis que la situation serait différente. Le client arrive. Thomas sonne à l'interphone qu'on lui a indiqué, on lui ouvre. Le père et le fils, propriétaires du bâtiment, occupent un petit bureau au rez-de-chaussée. Ils donnent une poignée de main à Thomas et à Matt, son client. Ari, le fils, les conduit jusqu'au cinquième.

L'appartement a été refait ; c'est minuscule, mais, dans le soleil de l'après-midi, il brille. La lumière se réfléchit sur le parquet en bois dur ciré et sur le plan de travail en inox de la cuisine Pullman. La porte de la douche vient d'être posée et le carrelage est si propre qu'on pourrait le lécher.

— L'emplacement est parfait. Je le prends, déclare Matt après un coup d'œil plus que rapide.

— Super. Vous prenez une bonne décision, répond Thomas.

— Félicitations ! Allons signer les papiers en bas, suggère Ari.

Assis à côté de Matt, Thomas complète les formulaires et vérifie tout deux fois. Tandis que le client remplit encore d'autres papiers, Ari lui demande un chèque certifié.

— Vos facilités de crédit ne sont pas extraordinaires mais nous acceptons votre dossier avec une caution de deux mois.

Matt hésite.

— La plupart des loueurs sont bien plus stricts. Avec une marge de crédit faible, vous rencontrerez forcément le même problème, chuchote Thomas à l'oreille de Matt.

Ce dernier marmonne puis demande une calculatrice. Au bout de quelques minutes, il lève les yeux et acquiesce.

— Génial ! Alors on peut signer tout de suite.

J'habitais dans l'appartement que m'avaient acheté mes parents. Je sortais avec Thomas depuis presque un an et je commençais lentement à me sentir mieux dans ma peau. Si ma mère hurlait trop au téléphone, je sautais un week-end à Toms River. Si mon père m'insultait, je répliquais. Ils parvenaient encore à me blesser mais il y avait désormais une couche d'amour protectrice tout autour du noyau profond de mon être.

Un matin, j'eus un appel de ma mère. Elle voulait que je prenne ma journée.

— Ton père est à New York. Je lui ai dit que je viendrais passer la journée avec toi.

— Pourquoi débarque-t-il ici en semaine ? Que s'est-il passé ?

— Je ne peux pas tout te raconter au téléphone, mais c'est vraiment important.

À midi, je partis aux toilettes pour en sortir dix minutes plus tard, feignant de ne pas me sentir bien. Un quart d'heure après, je fis mon cinéma devant toute mon équipe. Je déclarai à Nick, mon patron de l'époque, que j'étais malade et qu'il fallait que je rentre.

— Ne travaille pas de chez toi. Repose-toi et ça ira mieux, me conseilla-t-il.

Je marchai jusqu'à l'appartement pour profiter du

soleil et, en attendant que ma mère se pointe, j'y passai l'aspirateur.

Elle arriva hors d'haleine et hystérique.

— On est dans la panade, on a besoin que tu nous aides.

— Que s'est-il passé ?

— Un patient a poursuivi ton père en justice. On risque la fermeture. J'ai passé ces deux derniers jours avec le comptable. Il faut que nous gelions nos avoirs.

— Ça n'a pas de sens.

Elle se mit à pleurer.

— C'est ça, tu ne nous aimes pas ! On se saigne aux quatre veines pour entretenir cet appartement, pour toi, et tu te moques de savoir si on vit ou si on meurt.

J'étais immunisée contre les hyperboles de ma mère. Je gardai mon calme.

— En quoi tout ça est-il lié ? Bien sûr, que je suis ennuyée. Mais geler vos comptes, ça n'a pas de sens ! S'il s'agit d'une affaire médico-légale, le tribunal pourrait peut-être vouloir à un moment donné que le compte du cabinet soit gelé. Vous devriez consulter un autre expert-comptable. Il est bien trop tôt pour réagir comme si la crise était déjà là.

— Uma, c'est une urgence. Il me faut toutes tes économies pour nous sortir de là. On a passé en revue toutes les options possibles. C'est la seule qui fasse sens. Bien évidemment, on te remboursera jusqu'au dernier centime. Tout ce qui est à nous est à toi. J'espère que tu ne nous hais pas au point de vouloir nous laisser dans le caniveau.

La tête dans les mains, ma mère s'était remise à pleurer. Elle m'attira tout contre elle.

— Mais je n'ai rien. Je gagne en un an ce qu'il gagne en un mois !

Mon père ne reconnaissait pas vraiment mon emploi. Quand j'avais dit pour la première fois à ma mère ce que je gagnais, cinquante mille dollars par an, il m'avait entendue et avait pouffé de rire.

— Ça nous aidera, je te l'assure ! Je sais que tu ne vas pas me décevoir.

Combien de fois dans ma vie m'étais-je imaginé que je finirais un jour par avoir quelque chose dont ma mère aurait besoin ? Quelque chose de valeur. Combien de fois avais-je souhaité qu'elle voie en moi un être entier et pas simplement son prolongement ou un pion dans leur jeu ? Une voix intérieure me dictait de refuser. Elle me mettait en garde contre une nouvelle manipulation, plus sournoise, que je n'avais pas anticipée.

— Uma, la banque va fermer !

— Il te faut l'argent là, tout de suite ?

— Oh, ma chérie ! J'aimerais tant ne pas avoir à te le demander.

Nous nous précipitâmes à la banque, je parlai à un gérant. Un chèque de banque d'un montant de quatorze mille dollars fut établi au nom de ma mère et je fermai mon compte d'épargne. Il me restait huit cents dollars sur mon compte courant.

Lorsque, plus tard dans la journée, je racontai toute l'histoire à Thomas, il hocha la tête, incrédule.

— Tu aurais tout de même pu garder de l'argent pour toi.

— Tu ne peux imaginer la culpabilité que je ressens.

— Bon, enfin, vont-ils continuer à rembourser le prêt pour l'appartement ?

— Elle n'en a pas parlé.

J'ai acheté un billet d'avion pour aller à San Francisco le week-end et demandé un jour de congé pour convenance personnelle le lundi afin de me remettre du vol de nuit. Je suis trop épuisée pour rentrer à sept heures du matin et aller directement au travail. Je veux parler à Sudha. Lui déballer ma colère contre Thomas. Me vider l'esprit. Et surtout je veux partager avec elle mon angoisse au sujet de VPS13A et des risques que j'ai d'être l'unique cas souffrant de chorée acanthocytose même si je n'ai qu'un exemplaire du gène. Mon anxiété me prédispose à l'hypocondrie et ma technique pour y faire face, c'est d'en parler. Je n'ai pas verbalisé mes angoisses avec Thomas ; nous avons déjà assez de soucis comme ça.

Je lui envoie un texto pour lui annoncer que je ne serai pas là ce week-end. Sa réponse n'aurait pu être plus brève : « OK. » Le froid qui s'est installé entre nous passe même par le satellite. Je sais qu'il attend que je me décide au sujet du bébé. Maintenant que mes parents sont au courant, il ne voit pas quel obstacle il peut y avoir. Pourquoi est-ce que je refuse de dire oui, tout simplement ? La vérité, c'est qu'il avait raison. Je viens seulement de le comprendre ; j'ai des doutes au sujet de cet enfant à cause de ma propre enfance. Cette histoire de mutation génétique m'a fait perdre tout bon sens. Le vrai problème n'est pas tant la forte probabilité d'avoir la maladie que ma soudaine prise de conscience vis-à-vis de mes gènes. Nous transmettons notre corps physique à nos enfants ; le mien m'a été transmis par mes parents. Je suis une partie d'eux-mêmes. Et rien de ce que je peux faire ne peut changer cette donne. Dans mon sang, dans la forme de mon nez, dans ma capacité à faire remuer mes orteils, ma mère est omniprésente. Je ne m'appartiens pas, je lui appartiens. Si toutes ces années j'ai été incapable de résister à ses attaques, comment puis-je être certaine de ne pas devenir la mère qu'elle a été ? Et si toutes mes bonnes intentions et mon amour ne pouvaient gagner le combat contre la force acharnée du passé ?

Le téléphone sonne. C'est Thomas, il ne rentrera pas avant minuit. Il y a des restes au réfrigérateur que je peux réchauffer.

Je décide de rester tard au bureau et de traiter mes e-mails afin que ce soit plus simple à mon retour. À ce poste, la charge de travail croît de façon exponentielle. Depuis la crise, nous manquons de personnel. Je me retrouve à faire des choses que je ne faisais plus depuis que je suis ici pour la simple raison que les assistants sont débordés. Je propose à Kevin de l'aider dans la présentation qu'il se dépêche de terminer. J'importe sur Excel des données sur nos indices hybrides européens et lui prépare un graphe coloré. Je passe une heure avec Timothy à l'étage du dessous à revoir les modifications juridiques apportées au contrat d'un client. Pragmatique, je prends le point de vue du client afin de pouvoir faire avancer la négociation. Il cède sur deux points. Je lui faxe le contrat modifié et m'offre encore le luxe d'appeler certains de mes clients au Canada pour garder le lien et vérifier qu'ils sont satisfaits de nos services. Le temps que je finisse d'entrer mes notes dans la base de données, il est plus de neuf heures. Je meurs de faim. Kevin est le seul de mon étage à être encore au travail. Je jette un œil dans son box.

— Envie de manger un morceau ?

— C'est drôle que tu me le proposes, j'allais justement t'envoyer un e-mail. Fernando rentre tard ce soir.

— Thomas pareil.

— Allons-y, alors. Le japonais au coin de la rue ou l'italien un bloc plus loin ?

— Et l'indien bon marché deux pâtés après ?

— Assurément mieux pour mes finances !

Nous parlons d'Adam et de toute la haine que nous ressentons pour lui. Depuis son arrivée, l'atmosphère au bureau s'est dégradée. Kevin a peur qu'Adam réagisse mal lorsqu'il se rendra compte de son homosexualité. Bien qu'il n'ait pas fait de *coming out* officiel, il ne se cache pas non plus et la plupart d'entre nous sont au courant.

— Fernando songe à repasser des entretiens pour bosser en Espagne. Cela m'attriste mais je ne peux lui en vouloir. Depuis qu'il a été licencié, personne ne le contacte. En ce moment, qui a envie de parrainer un visa ?

— *Idem* pour Thomas, des dizaines de candidatures et aucun entretien, pourtant il est américain. C'est juste que le marché de l'emploi est vraiment épouvantable.

— Comment vous vous débrouillez ? J'imagine que pour Thomas ce n'est pas évident.

— Dieu merci, il est propriétaire de son appart. S'il fallait en ce moment que nous payions un loyer, ce serait un vrai défi. Je n'arrête pas de le lui dire, et je crois que ça l'aide.

— J'ai aussi beaucoup de chance car le loyer est plafonné.

— Absurde tout de même qu'avec les boulots qu'on a, on soit obligés d'y réfléchir à deux fois avant d'aller dîner dans New York. La plupart des citoyens, les habitants de cette ville inclus, ne gagnent qu'une petite partie de ce que nous pouvons espérer dans la finance.

— Tes parents ne peuvent pas te donner un coup de pouce ? Je croyais qu'ils étaient médecins.

— Oui, Kevin, mais mon père est un salaud.

— Ah… et pourquoi ?

Je lui raconte le problème avec mon cousin Dhiraj

et l'indifférence de mon père. Les autres histoires, les coups, les mensonges, je ne peux les partager, même avec un ami. Thomas est la seule personne en dehors de la famille à connaître la vérité.

Après le dîner, nous nous embrassons à l'entrée du métro puis nous partons chacun de notre côté. À la maison, je regarde mon compte en ligne et j'établis le budget du mois. Même si mon assurance a couvert la plus grande partie du test prénatal et de l'échographie, j'ai eu plus de mille dollars à ma charge et ma franchise est élevée. Jusqu'à présent, on s'est débrouillés avec un seul salaire sans trop de mal, mais nous avons eu la chance de ne pas avoir de frais de santé. Maintenant, cela pourrait être une autre paire de manches. Lorsque j'ai terminé, Thomas n'a toujours pas fait signe, alors je me couche.

J'étais rentrée d'Inde depuis seulement quelques mois. Anil avait rompu les fiançailles comme nous nous y attendions. Quand nous en parlions avec mes cousines, nous disions le « fiasco du fiancé », et nous pouffions de rire au téléphone. Je devais être bientôt diplômée. Je revenais de Rutgers pour le week-end lorsque ma mère m'annonça qu'elle avait une surprise. Un garçon venait me voir, un garçon qui vivait en Amérique et appartenait à la caste de ma mère. Et... qui était déjà médecin.

— Il est un peu plus âgé que toi. Point positif, il a terminé son doctorat de sorte qu'il peut tout de suite s'associer à papa.

— Mais moi je n'ai pas encore fini.

— Il attendra. Et ça ne l'embête pas de vivre ici. Je vais enfin pouvoir aménager un bel appartement au sous-sol. On pourra choisir la décoration ensemble.

Ma mère avait tout prévu. Elle m'aida à mettre un sari jaune au corsage assorti, me mit du fond de teint et du maquillage, puis s'en alla dans la cuisine faire frire des pakodas *épicés. Je m'installai à l'ordinateur pour travailler mon CV, déterminée à passer autant de temps que possible au bureau de recrutement de l'université le reste du trimestre.*

Sameer était aussi grand que mon père mais pesait deux fois plus que lui. Une expression maussade se peignait sur son visage, un visage si potelé que ses lobes d'oreille protubérants s'étaient épaissis de façon anormale. Il décrivit son activité médicale à mon père d'une voix un peu essoufflée, même après être resté assis un moment. Il devait être, pensais-je, hypersensible et sans doute faire de l'apnée du sommeil. Lorsque ma mère apporta les pakodas, *il en remplit généreusement son assiette. Mon père mangea également tandis que ma mère et moi, assises en silence, suivions poliment la discussion.*

— Ma clientèle me rapporte environ un million par an. Une fois que vous m'aurez rejoint, je peux accepter d'autres types d'assurance, et en deux ans nous devrions atteindre les deux millions.

— Monsieur, j'ai bien réfléchi à la question de votre caste. Elle pose bien sûr problème mais je suis décidé à l'accepter. Néanmoins, il faut que je sois sûr que mes parents l'acceptent aussi.

Mon père fit la grimace. Sa caste était pour lui un point sensible. Je craignis un instant qu'il ne baisse le regard. Intérieurement, je soutenais mon père comme je ne l'avais jamais fait auparavant. Qu'il montre donc à Sameer la porte ! Ce fut ma mère qui intervint :

— L'offre pour la clientèle est très généreuse. Nous

nous attendons en retour à ce que notre gendre n'ait pas de réserves à ce sujet.

Notre salon était un marché où s'appréciaient offres et enchères. Malgré l'opulence des sols en marbre et des canapés inclinables en cuir, j'avais l'impression d'être une tête de bétail que s'échangeaient deux tribus nomades.

— Il faudra que j'aie la bénédiction de mon père. Et mes parents viendront en Amérique dès que je gagnerai plus. Si ça les dérange, je ne peux exiger d'eux qu'ils vivent ici, conclut Sameer.

Mon père se releva brusquement du canapé.

— Eh bien, tout est dit.

Pourvu qu'il ne lui serre pas la main, à ce type.

Il ne le fit pas.

Alors que nous étions en train de ranger, ma mère me regarda et marmonna :

— À quoi d'autre peut-on s'attendre ?

— Si tu ne jouais pas à la marieuse, il n'y aurait pas de problème.

— Il te faut un mari, Uma. Bientôt, ce sera trop tard.

— Je suis encore à la fac ! Et puis il existe un site indien de mariage en ligne pour les jeunes qui se moquent, eux, de ces histoires de castes.

Je n'avais pas vraiment l'intention de m'y inscrire. J'avais jeté un œil à ce site qui ne valait pas mieux que les annonces des journaux indiens classant les futurs mariés par castes. Ce site offrait des menus déroulants permettant des combinaisons allant de « ingénieur du Gujarat cosmopolite, divorcé et végétarien » à « brahmane bhadralok intellectuel, originaire de Calcutta ». Faire semblant de rencontrer des hommes sur ce site, pensais-je, me donnerait peut-être une marge de manœuvre de quelques mois, le temps que je trouve un emploi qui m'assure une indépendance financière.

Thomas a repris les répétitions. Moment de répit après ces heures où il doit battre le pavé en compagnie de petits morveux qui cherchent à se loger pour la première fois au cœur de New York sans avoir le budget nécessaire, le cash pour une provision, ni d'antécédents de crédit.

Ils répètent l'acte III : Jana, qui vit en France depuis un an, est de retour à New York pour une conférence. James accepte à contrecœur de dîner avec elle. Lorsqu'elle arrive, elle se tamponne le contenu d'une petite bouteille sans étiquette derrière les oreilles, au creux des poignets et sur le haut de ses épaules arrondies qui luisent comme des globes sortant de sa robe fourreau sans manches.

— Pourquoi as-tu hésité au téléphone ? Tu n'avais pas envie de me revoir ?

— Quand tu es partie, j'ai souffert. Je t'ai pardonné de m'avoir plaqué.

— James, je ne t'ai pas plaqué. Je suis simplement partie un an. Les gens s'en vont. Ils reviennent.

— Qu'essaies-tu de me dire ?

— Nous sommes des voyageurs dans l'espace, dans le temps.

— Je ne suis pas un voyageur dans ma propre vie. Je suis comme une planète. Je pourrais errer dans le temps et dans l'espace, mais je suis ancré. Je suis incapable de vivre comme ça.

— Ce ne sont que des mots. Ne nous laissons pas engluer dans ces mots.

— Mais ils sont révélateurs.

— Là, tout de suite, je ne voyage pas non plus, je suis avec toi. Fixe comme tu l'es.

Jana sourit et se rapproche.

— Je t'ai aimée, Jana.

— Tu fréquentes quelqu'un ?

— J'ai commencé à sortir avec une fille il y a quelques semaines.

— Ça ne peut sûrement pas effacer ce que nous avons vécu pendant deux ans.

— C'est différent. Le temps suit son cours, il avance, te dépasse.

— Le temps est statique, c'est nous qui bougeons. Je suis à un point fixe dans le temps comme tu l'es dans l'espace. Je n'ai pas cheminé loin de moi, James.

Elle lui fait une caresse sensuelle sur l'avant-bras.

— Jana !

— Nous sommes scientifiques. Capables de tenir à distance l'intime et de séparer notre corps de nos sentiments. Physiquement, n'étions-nous pas merveilleusement bien ensemble ?

James soupire.

— Lorsque j'étais ton étudiante, nous séparions bien corps et esprit. Nous pourrions le refaire.

— J'étais ton tuteur pour ta thèse, pas ton prof. De toute façon, c'est différent. Je suis avec quelqu'un, maintenant.

— Inutile qu'elle le sache.

— Mais *moi*, je le saurai.

— Depuis quand cèdes-tu si peu à tes désirs ?

— Je veux me remarier.

— Tu le peux.

— Je croyais que tu serais transformée. Que tu baignerais dans le parfum et ressemblerais à une Parisienne. J'ai eu du mal à te trouver un cadeau qui surpasse le parfum français.

James sort une toute petite bouteille et met un bâtonnet sous le nez de Jana.

— Qu'est-ce que c'est ?

— De l'huile de santal.

— Humm, je resterai toujours américaine. Et puis, je ne marche pas aux parfums, je fonctionne aux phéromones. Le parfum, c'est pour les « nez », les phéromones, pour le cerveau.

— Oui, nos cerveaux complexes. On en sait tant au sujet de leurs petits constituants, et pourtant…

— … et pourtant on ne peut jamais espérer tenir nos désirs entre nos mains. Ils nous échappent ; ils sont inépuisables, infinis.

— Une affaire de quelques kilos au-dessus de mon cou, maintenus par ma colonne et mon crâne.

— Le mien fait que je te désire, James. Je pense à toi quand je suis seule dans mon lit. Je pense à comment nous faisions l'amour.

Dick, le metteur en scène, applaudit.

— Bravo.

Thomas et Anita applaudissent.

— Sam, ton scénario prend forme, dit Anita.

Il sourit. Thomas le saisit par l'épaule et le secoue.

— C'est bon, vraiment bon, s'enthousiasme-t-il. J'avais besoin de ça aujourd'hui. J'en ai assez de vivre ma propre vie. Étonnant ce pouvoir qu'a l'art, sans cesse renouvelé, de tout simplement te tirer de ta condition.

— Tu vas bien ? lui demande Anita.

— Oui, oui, ça va. Ça ira. Buvons un café.

Thomas verse dans les tasses le café de la Thermos qu'a apportée Sam. Il leur distribue les cartes de visite de l'agence immobilière.

— Si vous entendez parler de qui que ce soit désireux de vendre ou de louer un appartement, je suis l'homme de la situation !

— Donne-moi quelques cartes en plus. Je vais travailler à la caisse de la coop alimentaire, j'en distribuerai, propose Anita.

— Tu es un ange !

Vendredi matin, j'emporte ma valise au bureau et je pars de bonne heure pour attraper l'avion. Avant de monter à bord, je reçois un message de ma mère. « Le temps presse pour un avortement sans risque. Appelle-nous ! On a besoin de savoir à combien de semaines tu en es. » Aucune mention des tests génétiques qu'ils sont censés faire. J'efface le message.

Entre Thomas et mes parents, j'ai l'impression que mon corps ne m'appartient plus. Ils attendent des choses différentes de moi. Je suis devenue une matrice. Je ne suis sans doute pas juste avec Thomas mais, depuis dimanche dernier, il est impossible. Je préférerais qu'il fasse pression ouvertement, qu'il me harcèle pour que je garde l'enfant, qu'il parvienne, avec un mélange d'agressivité et de séduction, à me convaincre et qu'il me brosse un tableau idyllique d'une vie à trois : notre petite fille sautillant en robe rose et nous tenant chacun par la main. Tout plutôt que cette guerre froide, sans paroles, où il reste en retrait, essayant d'être neutre afin que je puisse décider seule. Je préférerais même qu'il menace de me quitter si je ne garde pas l'enfant.

Cela faisait déjà quelques années que mon père battait ma mère ; nous vivions à Toms River, j'étais encore au lycée. J'avais grandi, pris des kilos. Je n'étais plus la fillette maigrichonne, filiforme, arrivée d'Inde. Nous venions de finir le dîner et ma mère débarrassait.

Ils s'étaient disputés pour une bêtise. Je n'y prêtais guère attention, je regardais un film sur la chaîne indienne. La musique était magnifique. J'admirais les danses chorégraphiées lorsque le hurlement de ma mère retentit dans la pièce. Je me retournai pour les regarder et vis la jambe de mon père la frapper comme s'il shootait dans un ballon. Elle était par terre et, avec le bout de sa chaussure, il la frappait dans le dos. Elle essaya de se relever mais il la prit par les cheveux et la tira sur le sol.

Je sautai par-dessus le canapé et me précipitai vers eux, me jetant de tout mon poids contre lui pour l'éloigner d'elle. Surpris, il vacilla. Je n'avais jamais réagi auparavant.

— Arrête, espèce de salaud !

Alors qu'il perdait l'équilibre, je fis levier avec mon corps et le poussai. Il tomba. Il se retourna pour me regarder, les yeux emplis de peine et du sentiment d'avoir été trahi.

En un éclair, ma mère se releva et me gifla. Douleur cinglante sur mes gencives.

— Ne refais jamais ça ou je te tue.

Était-ce après moi qu'elle hurlait ?

Mon père se hissa laborieusement sur le tabouret à côté du bar. Il porta avec précaution la main au bas de son dos et gémit.

— Tu t'es coincé quelque chose ? demanda ma mère qui clopinait vers lui.

— Tu as un baume ? De la glace ?

Ma mère, les yeux sur moi, s'attendait à ce que je

l'aide. Je quittai la pièce, montai l'escalier quatre à quatre et m'enfermai dans ma chambre.

Thomas est sorti dans le Lower East Side. Le monde entier semble s'y être donné rendez-vous, se répandant sur le trottoir. Vendredi soir. Thomas se le répète : *On est vendredi soir.* Il ne sait plus quand il a prononcé cette phrase pour la dernière fois. En tout cas, pas depuis qu'il a perdu son emploi. À part de petits rôles au théâtre, il a mené une vie d'une fadeur abrutissante, alternant quête de boulot et séances de gym, refusant de dépenser l'argent qu'il n'avait pas. Grâce au théâtre, il a évité la dépression. Les cinq cents dollars dus au premier contrat signé, ce n'est rien, mais il peut tout de même dépenser de l'argent qu'*il* a gagné. Il a besoin d'une pause.

Le bar est bruyant. Les gens sont debout dehors, verre de vin ou bière à la main. Il retrouve Peggy et Kim, deux filles de l'agence qui l'ont rencardé sur les soirées du vendredi soir. Il y a aussi trois types croisés à l'agence. Poignées de main et présentations. Rires autour de lui. Les gens parlent des contrats qu'ils espèrent bientôt boucler. Ils assurent à Thomas que le marché reprend. Le lendemain, il a encore une journée de cours. Il pourra ensuite passer son examen et envoyer paître Johnny Melbourne.

— L'année dernière, explique Kim, je n'ai conclu qu'une vente. Qu'une seule.

— Oui, mais tu t'es fait quarante-cinq mille dollars, ajoute Peggy en pouffant de rire.

— C'est vrai. C'est vrai.

— À nos ventes ! s'exclame l'un des gars en levant son verre.

Melbourne a la réputation d'être le pire courtier

immobilier junior avec qui travailler. Chacun d'entre eux a son lot d'histoires « Johnny Melbourne » à partager. Peggy et l'un des mecs bossent pour un certain Javier qu'ils adorent. Ils promettent à Thomas de le lui présenter dans la semaine. D'habitude, la licence est envoyée quelques semaines après l'examen, il pourra alors voler de ses propres ailes. Kim a une exclusivité pour un appartement dans l'Upper West Side à un million de dollars, Peggy s'occupe de locations. Pablo, un autre employé de Javier, obtient des mandats exclusifs de location de la part de plusieurs propriétaires de Harlem. Jared a déjà décroché suffisamment de contrats pour devenir assistant courtier.

— Tu choisiras un territoire, tu verras si tu es meilleur à la vente ou à la location, avec les clients haut de gamme ou entrée de gamme, les jeunes ou les gens d'âge mûr, lui conseille Peggy.

Dernière recrue de l'agence, elle s'est adaptée très vite.

— Une fois que tu as eu une ou deux affaires, la pression se relâche, tu perdras moins de temps à battre le pavé et tu passeras plus de temps à travailler tes contacts, explique Jared.

— En gros, il faut que tu fasses comme si tu gérais ton propre business. C'est pour toi que tu travailles, conclut Kim.

— Belle phrase à se répéter quand ça ne marche pas bien avec un client, dit Thomas.

— Oui, absolument, sourit Peggy.

Elle a des dents parfaitement implantées, un visage et un nez étroits. Elle porte une élégante jupe à la mode et un somptueux chemisier en soie souple.

Sans gêne, Kim s'approche un peu plus de Thomas,

lui effleure l'avant-bras puis, basculant son poids d'une jambe sur l'autre, s'accroche à lui et se penche.

— Désolée, dit-elle en riant, j'avais un caillou dans mon escarpin.

Après quelques verres, ils quittent le bar. Les filles veulent aller danser. Jared et Thomas acceptent de les accompagner en boîte.

Quand est-il allé dans un night-club pour la dernière fois ? Impossible de s'en souvenir. Ils arrêtent un taxi et s'y engouffrent.

— Quel âge avez-vous ? demande-t-il à la cantonade.

Ils ont tous autour de vingt-cinq ans. Thomas ressent un pincement de jalousie.

— Et toi ? demande Peggy.

— Trente-cinq.

— Oh, là, là ! c'est vieux, s'amuse Kim.

Personne n'a jamais dit ça à Thomas. Il sait qu'il fait jeune encore. Il est en forme, n'a pas un seul cheveu blanc, fait attention à sa peau et boit peu. Les gens ne devinent pas son âge.

Arrivés à Union Square, ils font la queue devant un night-club. La nuit est fraîche, les filles se serrent contre lui et contre Jared qui dépose sa veste sur les épaules de Peggy. Thomas n'a que sa chemise sur le dos.

Une fois entré, il se dirige tout de suite vers la piste de danse. Musique assourdissante, corps en nage qui glissent les uns contre les autres et dégagent une chaleur dont il a quasiment oublié l'existence. Une fille lui sourit et s'approche ; elle essaie de couler sa jambe entre les siennes mais vacille et perd l'équilibre. Visiblement, elle a trop bu.

Peggy, Kim et Jared le rejoignent. Jared bouge d'avant en arrière maladroitement. Thomas lance un sourire à Peggy qu'il attrape et fait tourner. Il fait la même chose avec Kim. En quelques minutes, il se retrouve pris en sandwich entre elles. Peggy et lui se collent et se trémoussent ; Kim, derrière lui, les mains autour de sa poitrine, le pelote. Son cœur bat au rythme de la musique. Chanson après chanson, bras et jambes ondoient, frôlés dans l'obscurité par les corps anonymes qui les entourent. Le trio bouge comme s'il ne faisait qu'un.

— Les filles, il va falloir que j'y aille, finit-il par dire.

— Reste encore un peu, le supplie Peggy avec une moue.

— Non, j'ai ce foutu cours demain matin.

— Réfléchis, Thomas, nous sommes deux, susurre Kim, la bouche proche de la sienne.

Thomas regarde dans la direction de Jared, qui s'est trouvé une jolie brunette.

— La prochaine fois, peut-être. Merci !

Il leur serre la main et s'en va.

Il est deux heures du matin. Après avoir traversé la 14ᵉ Rue, Thomas remonte Broadway jusqu'à Madison Square Park, puis longe le parc et s'engage dans la 5ᵉ. Une fois chez lui, il se déshabille et se couche. Il enlève l'oreiller d'Uma afin de pouvoir mettre le sien au milieu et d'occuper toute la place.

Sexy, les filles ! Il aurait sans doute pu emballer l'une comme l'autre. Son sexe est dur. La bouche de Kim. Ronde et généreuse. Ses lèvres pulpeuses. Et Peggy… Visage étroit, nez étroit, et un con sans doute tout aussi serré. En quelques minutes, il éjacule. Il cherche à tâtons un mouchoir en papier et s'essuie. Sommeil de loir.

Le message d'Uma, annonçant qu'elle est bien arrivée et qu'il lui manque, ne lui parvient que le lendemain matin. Il se réveille trop tard et n'a plus le temps de prendre une vraie bonne douche. Il ouvre le robinet et reste sous l'eau quelques secondes, puis il s'habille et court pour arriver à l'heure.

— Thomas ne m'a donné aucune nouvelle depuis mon départ. Il est cinq heures du soir sur la côte est, ce qui veut dire qu'il est toujours furieux contre moi.

— Uma, il faut que vous preniez cette décision ensemble.

D'après Sudha, Thomas devrait passer en revue mes peurs point par point et nous devrions en débattre tous les deux. Dans l'avion du retour, je vais en faire la liste. Cela m'aidera à mieux me comprendre moi-même. Ce week-end, j'ai lavé tout le linge sale de ma famille avec Sudha.

— Je ne m'étais jamais rendu compte, me dit-elle, que ton père était si violent. Un autre de ses frères, le plus jeune, est aussi assez épouvantable.

— Tu veux parler de Chota Chachcha.

— Oui, fait-elle.

— Quand il était à l'université, il a passé une nuit au poste pour avoir tabassé un type dans une baraque à thé. Mon père a dû graisser la patte aux flics pour l'en sortir. Pinky, tu sais, celle qui s'est suicidée, c'était sa fille.

— Elle n'avait que dix-huit ans, n'est-ce pas ?

— Oui. Horrible. Juste après les examens. Elle avait peur de les rater, c'est ce que tout le monde a dit. Son père la battait. Ton père a déjà levé la main sur toi ?

— Non. Juste sur ma mère.

En parler me donne la sensation de trahir mes parents. Mon estomac s'est noué.

— S'il te plaît, pas un mot de tout ça, à personne, me mets-je soudain à l'implorer.

— Mais non.

Elle me serre dans ses bras. Depuis mon arrivée, elle m'a si souvent serrée fort dans ses bras !

— Tu as envie de quoi ce soir ? On sort dîner ou tu préfères rester ici ?

— Sortons.

— Ça ne t'embête pas si on fait un peu les magasins d'abord ? Il faut que je me trouve une robe. Ce type que je viens de rencontrer m'a invitée à dîner et je veux un truc sexy !

— Comment s'appelle-t-il ?

— Mike.

Le lendemain, nous allons au laboratoire où travaille Sudha. Du matériel encombre les couloirs. Je la suis prudemment, craignant de renverser et de casser quelque chose.

— C'est du verre trempé. Inutile de paniquer.

Les recherches de Sudha portent sur une mutation génique liée à la maladie d'Alzheimer.

— Faut-il de grandes connaissances en biologie pour comprendre ce que tu fais ?

— C'est l'histoire de trois chromosomes et de trois mutations. Chacun pouvant causer la formation de protéines anormales.

— Et cette chorée acanthocytose ? Si tu fais le test et que tu n'es pas porteuse, Radha peut-elle tout de même l'être ?

— Oui, on en saura plus si ton père n'est pas porteur, car cela signifiera que ça vient du côté de ta mère.

— Donc, te faire tester n'élimine pas tout soupçon pour Radha ?

— Si tu n'as pas hérité de ton père, les chances que Sadha soit porteuse de ChAc sont infimes car la maladie est très, très rare.

— Plus de gens trouvent la mort dans des accidents d'avion ou de la route. Mon père a donc raison.

— Plus de dix mille personnes meurent chaque année rien que pour conduite en état d'ébriété.

— Ouh, changeons de sujet, dis-je, déprimée.

— Viens, je t'emmène voir une collègue. Elle m'aide à faire ces tests en échange d'une faveur. Je t'ai portée volontaire toi aussi.

Barbara collecte des échantillons d'ADN pour sa thèse de doctorat. Elle recherche certaines mutations dans les populations d'Asie du Sud et du Sud-Est et elle a besoin d'échantillons de la diaspora indienne. Il lui en faut beaucoup pour des raisons de statistiques. En échange, Barbara a proposé de nous laisser cartographier nos ancêtres en entrant nos données dans une sorte de machine à chercher des aïeux. Cela nous permettra de trouver d'autres parents et d'établir le mélange des différents groupes ethniques que notre sang possède. À la différence de Sudha, retrouver des parents éloignés ne m'intéresse pas. Barbara propose de me tester pour la ChAc en même temps que Sudha, l'occasion de vérifier le résultat du docteur Tibby.

Dimanche, alors que nous engloutissons les œufs de notre brunch, mon petit Nokia rouge sonne. Je ne réagis pas. Sudha tique.

— C'est ma mère.

— Tu veux la rappeler ?

— Non, elle va encore me demander la date de mon avortement.

— Tu devrais peut-être lui consacrer un petit moment et lui parler. Maintenant qu'elle est au courant pour Thomas, elle sera peut-être plus réceptive.

J'ai raconté tant de choses à Sudha ce week-end. Elle connaît désormais l'étendue de la violence de mon père, du masochisme de ma mère, mais je sais qu'il lui est malgré tout impossible de comprendre le fonctionnement de mes parents. Cela a pris cinq ans à Thomas, et encore, le comprend-il ? Il accepte juste qu'ils puissent dire et faire n'importe quoi, n'importe quand, de façon arbitraire.

— Ils ne reconnaissent jamais leurs torts. Ils m'ont jetée de l'appartement qu'ils avaient acheté pour moi en s'attendant à ce que rien ne change.

— Je peux peut-être essayer, propose Sudha.

— Elle sera d'accord avec ce que tu diras rien que pour gagner ton approbation et ensuite ce sera retour à la case départ.

Mon téléphone sonne de nouveau.

— Tiens, dis-je à Sudha en lui tendant l'appareil.

Elle répond en hindi ; ma mère et elle se parlent souvent en hindi. J'ai presque oublié la langue de mon enfance, mais Sudha, qui a vécu bien plus longtemps que moi en Inde, la parle couramment.

— Mais tantine, quel est le problème avec ce Thomas ? Tu as toujours voulu qu'Uma s'installe et se marie, et voici justement un garçon avec qui elle peut réaliser ça, maintenant.

Sudha fronce les sourcils tout en écoutant ; une minute plus tard, elle raccroche.

— Alors ?

— Il n'est ni médecin ni indien ! Je peux peut-être demander à mes parents de les raisonner.

— Laisse tomber. Le mieux pour moi est de les ignorer. Impossible de sortir victorieux d'un débat avec eux puisqu'ils sont sourds à toute raison.

Elle a l'air contrariée. Qui dit problème dit solution, et si elle n'en trouve pas, ça la frustre. Elle change de sujet à contrecœur et propose que nous prenions la voiture pour aller nous promener sur la plage.

Plus de vingt ans se sont écoulés depuis cet événement, mais le souvenir reste intact. En riant, mon père me demande au petit déjeuner si j'ai fait ma grosse commission. Je hoche la tête. Cela fait trois jours que je ne suis pas allée à la selle. J'ai neuf ans. Il me dit alors qu'il n'a pas le choix. Il m'attrape par le bras et le tient si haut que l'articulation de mon épaule se fatigue. Aux toilettes, il veut que je m'accroupisse et me badigeonne le derrière de savon. Un savon vert à l'odeur aigre, à base de feuilles de margousier. Que mon père passe la main là est très désagréable, mais cela me fait aller.

Après ces humiliations répétées, j'appris à mentir. Je lui disais que j'avais fait. Parfois, j'étais constipée six ou sept jours de suite. Quand j'ai commencé à sortir avec Thomas, je n'utilisais jamais ses toilettes. Ce ne fut qu'un an plus tard, lorsque nous fûmes obligés d'emménager ensemble, que je n'eus plus le choix. Je me retins pendant une semaine.

J'essayai d'occuper le moins d'espace possible. Il me fallut des mois avant de pouvoir sentir que cet espace était aussi le mien. Et plus de temps encore pour que je m'achète de nouvelles chaussures, de nouveaux habits et que je m'installe. Un jour, Thomas rangea un placard et nous portâmes à l'Armée du Salut de grands sacs remplis de vieux vêtements. Au fil des années, nous avons appris à jeter sans états d'âme. Chaque fois que j'achète de nouveaux habits, Thomas ressort les plus anciens et nous nous débarrassons d'autant d'articles que nous en avons acheté. Il a aussi rempli de livres quelques boîtes en carton pour faire place aux miens sur l'étagère et il a donné les siens au Housing Works Bookstore.

Je suis tout de suite tombée amoureuse de lui. Nous avions flirté au cours d'une fête. Le lendemain, il m'invitait à dîner. Et nous avons commencé à sortir ensemble. J'ai longtemps passé sous silence le peu d'expérience que j'avais avec les hommes. La première fois, j'enlevai ma culotte uniquement après m'être glissée au lit, protégée par les couvertures. Et je continuai pendant des semaines. Je craignais de le voir faire demi-tour et s'en aller si je lui disais quoi que ce soit à propos de mes sentiments. Je me tus. Je me donnais à lui sans rien lui demander jusqu'à ce qu'il soit prêt. Et un jour, il me déclara : Je crois que je t'aime. Du Thomas tout craché ! Il croyait qu'il m'aimait, qui dit « croire » ?

J'ai presque oublié la tension qui régnait entre nous avant mon départ pour la Californie. J'arrive tôt le lundi matin et découvre qu'il est déjà parti pour les répétitions. Il m'a laissé un mot. Je me fais une tisane à l'anisette et prends une douche. Un peu plus tard, ma tasse à la main, je pousse le couvre-lit et m'assieds, calée contre le mur. Les draps sont lavés de frais, leur odeur est engageante. Alors que je m'y coule, je me demande comment il a trouvé le temps de faire une lessive. Pourquoi a-t-il fait ça ?

Parfois, je sens Thomas devenir fébrile. Alors, je ne m'accroche pas. Je le laisse faire ce dont il a envie. Quand je flaire qu'il n'est pas d'humeur, j'essaie de sortir après le bureau afin qu'il ait de l'espace pour lui. Puis, quelques jours plus tard, il se calme. A-t-il été agité lorsque je suis partie ? Est-il sorti ? A-t-il flirté avec d'autres femmes ?

Je ne parviens pas à m'imaginer avec un autre

homme. Je n'ai pas hésité à le dire à Thomas. Parfois, il rit, blague et prétend que nous ne devrions pas parler de l'avenir, mais je lui réponds en énumérant précisément les choses que je redoute. Je lui dis qu'il est libre de rompre s'il n'a pas envie d'être avec moi, et c'est, assez bizarrement, ce qui semble le retenir auprès de moi. Thomas est du genre à éprouver le besoin de sentir qu'il peut prendre son envol et exister, que rien ne l'attache. Je ne lui en veux pas. J'aime ressentir cela aussi. Son désir d'enfant m'a prise au dépourvu ; jamais je n'avais pensé qu'il souhaiterait se retrouver ainsi au pied du mur. Un peu idiot de ma part de ne pas avoir saisi l'évidence : cela irait bien à Thomas de préparer une petite fille ou un petit garçon pour l'école. Il s'occuperait du petit panier-repas de l'enfant tout comme il le fait pour moi.

Mon esprit vagabonde. Lorsque j'étais très jeune, je croyais que les dragons chinois soufflaient dans la bouche des femmes un feu sacré qui les rendait enceintes. Je ne pense pas avoir entendu cette histoire, je crois plutôt l'avoir inventée un jour où, dans un restaurant chinois de Delhi, j'avais vu un dragon tout rouge en peinture. J'imaginais la bête, flammes jaillissant de sa gueule, qui s'approchait d'une femme ; terrifiée, celle-ci courait, cherchant à tâtons un objet avec lequel elle pût frapper le dragon. Je m'endors dans le lit qui vient d'être fait.

— Puis-je te revoir ? Quand repars-tu à Paris ?

— Je suis ici pour passer des entretiens. New York me manque.

— Et tes recherches sur les phéromones ? Quelqu'un ici va-t-il financer tes travaux ou vas-tu retourner à l'étude du bulbe olfactif comme nous autres ?

— Tu es amer !

— Tu m'as brisé le cœur quand tu es partie. Et pourquoi ? Ça m'a perturbé que tu aies nourri ces idées qui n'étaient pas scientifiquement défendables.

— Mais elles le sont.

— Aurais-je loupé une de tes publications ?

— Je n'ai encore rien publié mais je suis en train de tester quelque chose.

— Tu n'as donc pas de résultats probants ?

— Si, en fait, et j'en suis plutôt contente. Ce que j'ai développé fonctionne au-delà de mes espoirs les plus fous.

— Alors, beauté magnifique, partage-le.

— James, tu es là à côté de moi et tu bandes pour la deuxième fois en une heure.

— Ça marche ? demande Sam.

Dick a un rictus, il plisse le nez. Un sifflement aigu sort de ses lèvres. Il réfléchit.

— Je crois que je préférerais quelque chose de plus subtil, fait remarquer Thomas.

— J'ai bien aimé, dit Anita.

— Il faut que je réfléchisse encore, reprend Dick. Ta dernière version était si différente que j'ai même du mal à les comparer.

— Et c'est scientifiquement correct ? s'interroge Thomas.

— Cela dépend de qui tu crois. Une fois que nous aurons finalisé tout le texte, je le ferai relire par quelques scientifiques.

Le groupe se sépare et quitte le local de répétitions.

Avant de redescendre dans le métro froid et humide, Thomas regarde le ciel bleu. Il déteste cette station ; il faut marcher le long de couloirs qui n'en finissent pas. Il cligne des yeux pour les adapter à la faible lumière.

Veut-il un enfant ou veut-il un enfant d'Uma ? Quand il s'agit d'examiner ses propres sentiments, il lui arrive parfois de se montrer bête. Veut-il rester avec cette femme, lui appartenir pour le demi-siècle à venir et partager avec elle son matelas, ses rêves et ses craintes ?

Son comportement à l'égard d'Uma ces dernières semaines a été, il en est certain, irréprochable, quoique un peu froid. Il avait besoin de cette distance ; tant qu'elle hésite, il lui est impossible de s'impliquer davantage. L'enfant, si enfant il y a, doit être désiré par l'un comme par l'autre. Mais au fond, il en veut un, même sans elle. Il n'a pas envie de disparaître. Sa mère a rangé quelque part son empreinte de pied de bébé. Si Uma et lui ont un petit, il en fera une.

La répétition a regonflé Thomas. Sur le chemin du retour, il songe à la façon dont James désire Jana. À la façon dont lui, Thomas, dans le rôle de James, désire Jana, jouée par Anita. Il n'envisage pas une relation avec Jana. En tant qu'acteur, il s'est toujours imaginé avec le visage d'un autre homme. Un homme blanc, les cheveux courts légèrement ondulés. Un autre lui sans traits particuliers, juste un profil. Et lorsqu'il pense à ses rôles, Thomas habite cet autre corps et sort du sien. Ce qui lui donne suffisamment de recul pour observer cet autre individu dans l'espace, ce corps qui bouge, se tient droit ou non, se penche, se contorsionne. Ainsi que la distance nécessaire pour améliorer son art.

Quand il entre dans l'appartement, la valise d'Uma est derrière la porte. Il se fait tout petit pour pouvoir passer et va à la salle de bains se laver les mains, puis il s'approche du lit et regarde Uma dormir. Il ne veut pas la déranger.

— Ne t'en va pas, gémit-elle.

— Je te croyais endormie.

— Non, j'étais juste assoupie en t'attendant. Viens me faire un câlin.

Thomas se penche au-dessus du lit.

— Non, couche-toi ici un instant.

Uma soulève la couette et attire Thomas vers elle.

Thomas soupire. Il n'est pas d'humeur. Il songe à une excuse polie quand il sent qu'Uma a pris son pouce dans sa bouche et qu'elle le suce. Il envoie valser ses chaussures.

— Tu m'as vue hier dans un bar, tu voulais me parler, commence-t-elle.

— Mais t'étais avec un autre type.

— Hum, j'étais entrée avec lui, mais alors je t'ai vu ; et puis le gars est sorti s'acheter des clopes.

— Je suis venu vers toi.

— Je t'ai caressé la queue.

— J'ai bandé.

— J'avais du mal à me contrôler, je mouillais.

— Mais le type est revenu.
— Je suis partie avec lui.
— Je vous ai suivis.
— Je suis allée chez lui, je savais que tu nous regardais depuis une fenêtre.
— Tu le chevauchais.
— Il m'excitait.

Dans leur monde imaginaire, Uma et Thomas se transforment. Uma porte une jupe ras les fesses. Elle fait le tapin sur le trottoir d'un coin glauque de la 7e. Elle danse sur la barre verticale. Thomas porte un costume, braguette ouverte, pénis à l'air ; une inconnue l'a dans sa bouche, une bouche chaude, si chaude. Thomas jouit, tel du liquide en fusion jaillissant d'un volcan, les gouttes nacrées de son sperme tachent les longs cheveux noirs d'une femme sans visage qu'il vient de rencontrer dans la cage d'escalier du bureau.

Nous roucoulons et babillons. Thomas me serre bien fort dans ses bras. Parfois, le plaisir donne la sensation de retenir tout son corps au bord d'un précipice, mais d'autres fois, comme aujourd'hui, il ressemble à des sons, ou des odeurs, il imprègne coins et recoins, il engloutit tout.

— Tu crois que ça ne sera plus pareil si nous avons un bébé ?
— J'espère bien que si.
— Je meurs de faim.
— Voyons voir ce que je peux te concocter.

Thomas se lève, sa chemise lui pend sur les fesses, des bouclettes de poils noirs collent à ses cuisses en sueur. Je le suis dans la cuisine. Il tranche deux avocats et jette les noyaux dans l'évier. Lave de la laitue et coupe une endive. Dans un bocal, il mélange du vinaigre balsamique, des échalotes émincées et de la moutarde de Dijon. Et pour finir, il écrase une tête d'ail dans la sauce.

Installés à la table, nous mangeons d'abord en silence.

— J'ai peur d'avoir cette maladie. Des cas de transmission autosomique dominante existent.

— Je crois que j'ai trouvé le même site Internet que toi. Dans un cas comme ça, l'un de tes parents devrait être porteur. Mais ni l'un ni l'autre ne manifestent de signes d'épilepsie ou de dégénérescence neuronale, que je sache ! Et ils ont largement dépassé l'âge typique du début de la maladie.

— Pourquoi suis-je aussi angoissée ?

— Parce que tu essaies de te détourner de la vraie question : veux-tu ce bébé ou non ?

— Quelque chose me retient. Je veux que mes parents fassent ce test.

— Tu me fais confiance ?

— Que vas-tu faire ?

— Fais-moi confiance, c'est tout.

Thomas quitte la table et revient avec mon sac à main.

— Donne-moi ton Nokia. L'appareil parental !

— Tu vas les appeler ?

Je sens la panique monter en moi. Des ondes me parcourent. Je ferme les yeux pour endiguer la vague qui enfle.

— Fais-moi simplement confiance, juste cette fois.

Je suis de nouveau avec mes parents. Enfant. Toute petite. Il se passe des choses qui m'affecteront, mais comment ? Je ne le sais pas vraiment. Tout peut exploser à n'importe quel moment et je dois me préparer. J'entends la porte d'entrée se refermer. Thomas vient de sortir. Je commence à compter !

Cent, deux cents, trois… À huit cents, il est de retour.

— Qu'est-ce que vous vous êtes dit ?

— Rien d'important.

— Tu ferais mieux de me dire ce que tu viens de manigancer, que je sois prête quand ma mère va m'appeler.

— Elle n'appellera pas. Allons nous promener dans le parc, il fait beau.

Je regarde par la fenêtre, oui, le soleil brille. Il est environ quatorze heures, le moment de la journée où le soleil illumine Madison Avenue. Nous pouvons marcher vers le sud sans que les immeubles nous fassent de l'ombre. Soudain, je me remémore ce que vient de faire Thomas et de nouveau une vague d'angoisse me prend à la gorge.

— Je n'ai rien fait. Viens ici, me dit-il d'une voix détendue, lisant dans mes pensées.

Il m'attire contre sa poitrine et me caresse les cheveux. Je sens les battements lents et réguliers de son cœur. Je me concentre sur eux jusqu'à ce que je retrouve un état normal.

Nous nous tenons par la main et allons vers l'entrée nord-est du parc. Nous en faisons plusieurs fois le tour puis nous observons les chiens dans l'espace canin jusqu'à ce que l'odeur devienne insupportable. Thomas m'offre un thé au bar de l'autre côté de la rue, que nous revenons boire sur un banc.

— Tu te rappelles la première fois où tu m'as emmenée ici ?

— Oui, tu m'as raconté quelque chose à propos des arbres.

— C'était déjà l'automne et la plupart étaient dépouillés. Leurs branches se détachaient clairement sur le ciel. Je t'ai demandé quel âge ils avaient et tu as répondu sans doute une centaine d'années.

— Je crois que ce parc en est devenu officiellement un à la fin des années 1800.

— J'ai toujours aimé ces arbres. Il n'y en a pas trop et chacun ressort bien.

— Avant de te connaître, je traversais ce parc, en direction de Lower Manhattan, juste pour la vue qu'on y a du Flatiron.

— J'ai tant de souvenirs, ici. Lorsque j'ai emménagé chez toi, tu te rappelles, on a acheté du vin et on est venus le boire sur un de ces bancs.

— Quand j'ai été viré, j'y suis entré et je me suis assis pendant quelques heures. Ça a été long de digérer la nouvelle.

— Ah ? Avant que tu ne m'appelles ?

Thomas fait oui de la tête.

— Oh ! mon amour, tu gardes tellement de choses secrètes.

Je me penche vers lui et l'embrasse. Il ne parle pas souvent du fait qu'il n'a plus de travail, mais de temps en temps, j'entrevois sa souffrance.

L'odeur si prégnante de ce savon vert me fait penser à mon père et à l'Inde. Un savon qui collait aux mains et colorait tout ce que je touchais – le seau, le robinet, la tasse – en vert. Il laissait la peau sèche et fripée, le dessus des mains blanc. C'est en Amérique que j'ai découvert les produits Dove, les laits pour le corps, des shampoings qui sentaient le fruit de la passion et des après-shampoings qui rendaient mes cheveux raides et épais soyeux et doux au toucher. Brillants. Aujourd'hui, on peut se procurer ces articles de luxe en Inde.

Après avoir été qualifiée de laide par Eddie, j'avais appris à hydrater ma peau et à me faire des brushings parfaits. J'utilisais une mousse parfumée à la noix de coco pour discipliner mes boucles. Lorsque Thomas et moi sommes allés en Inde, j'emportai mon sèche-cheveux de voyage et l'adaptateur. Thomas se moqua de moi : nous descendions dans des hôtels pouilleux et portions des pantalons cargo crasseux mais je passais du temps à me pomponner.

Pour cuisiner, ma mère utilisait des récipients en cuivre. Un couple de gitans venait chez nous tous les deux, trois mois. Ils allumaient dans l'allée un petit feu avec des brindilles et des pierres pour faire chauffer ces pots et les lustraient avec un produit. Lorsque mon père rentrait, ma mère lui disait que le kalai *avait été fait. C'est le seul souvenir d'un jour normal que je garde de mon enfance. L'Inde est désormais pour moi l'amertume de ce savon vert que j'ingurgitais parfois lorsque je me lavais le visage. Et mes parents sont comme les pépins d'une orange amère.*

Et le rosier rouge… C'est mon grand-père, mort quelques mois après, qui l'avait planté. La plante avait prospéré. Ma mère lui avait prodigué eau et soins jusqu'à ce qu'elle fleurisse. Chaque semaine, en hiver, elle cueillait quelques fleurs pour le cabinet de mon père. Invariablement, les épines lui écorchaient la peau et la faisaient saigner. C'est avec ces roses que mon père la séduisit, l'autre, son étudiante, cette fille d'à peine vingt ans. Il gagna son cœur avec la passion cramoisie de ces pétales, si doux au toucher, telle une jeune peau. Il lui murmurait des messages d'amour sincère et passait la journée à rêver de cette fille. Le soir, il achetait du lait au magasin Mother Dairy et s'en retournait à ses devoirs d'époux.

Ma mère, dont la colère bouillonnait comme de la lave, ne valait en fin de compte pas mieux. Elle ramassa les rudiments de leur fragile vie et lui porta l'estocade finale. Dans la nuit souterraine, elle accueillit l'homme à la mobylette qui parlait le langage du corps. Il alimenta brièvement ses rêves jusqu'au jour où elle dut faire nos valises.

Mon père boit, ma mère nargue. Mon père frappe, ma mère gémit. Mon père hurle, ma mère crie. Ils sont menottés tels des prisonniers décrivant des cercles sans fin. La bête qu'a été leur vie commune s'éveille toutes les vingt-quatre heures en soubresauts et secousses frénétiques, gagnant un jour d'existence en plus. Ils se sont sans cesse trahis et leur trahison ressemble aux vents hurlants du désert qui transforment une roche en sable. Ils hurlent, hurlent et hurlent dans mes oreilles même lorsque les arbres restent immobiles.

Je n'arrive pas à manger. Je macère dans mon angoisse. Ma mère ne m'a pas appelée. Mon père, de toute façon, m'appelle rarement. Mes entrailles sont malades et nouées d'inquiétude. Que leur a dit Thomas ?

Les journées sont interminables. Elles s'allongent et s'allongent, comme de l'élastique, comme du chewing-gum. J'en oublie même le prochain bonus qui sera annoncé le mois prochain. La nuit, lorsque je demande à Thomas ce qu'il a dit à ma mère, il me répond de cesser d'y penser. Je redoute que notre vie ne devienne semblable à celle de mes parents. J'ai peur que Thomas n'aille trop loin et ne me blesse, sans retour en arrière possible.

Dans le métro, il sort de son sac à dos le manuel de l'agent immobilier et relit les cent questions qui concluent le chapitre sur la fraude hypothécaire. Il quitte la station Delancey Street et fait visiter un appartement au jeune Coréen et à sa copine qui n'ont toujours pas trouvé l'endroit de leurs rêves. La jeune femme est sèche et revêche ; elle n'a pas encore vingt et un ans et pourtant des tas de plis amers entourent ses lèvres. L'appartement, situé dans un ancien taudis, est exigu et sombre. La cabine de douche entourée d'un rideau en plastique moisi est dans la cuisine. L'unique fenêtre se trouve dans la chambre à coucher où l'on ne peut mettre qu'un lit une place. Il n'y a rien d'autre qui soit dans leur budget.

— Sinistre ! s'écrie la fille.

— Vous trouverez mieux, plus spacieux et plus clair, si vous cherchez du côté de Harlem.

Le type opine du chef.

— Je crois que je vais prendre ça, déclare-t-il à son amie.

— T'es fou ! Tu ne peux absolument pas vivre dans ce trou. Je ne viendrai jamais !

Thomas passe dans la chambre et se tient près du rebord de la fenêtre pour ne pas avoir à entendre les récriminations de la fille.

— Qu'est-ce qu'il y a comme offres à Harlem ? Il faut que je monte très au nord ? s'enquiert le jeune homme qui passe la tête par la porte de la chambre.

Thomas se retourne et le regarde.

— On peut sans doute vous trouver quelque chose dans le Harlem hispanique, côté East Side, au niveau de la 118ᵉ. Si vous préférez le West Side, vous pouvez aller à Washington Heights.

— Spanish Harlem ! Mais ce n'est pas là que les gens se font poignarder ? s'inquiète le type.

— On trouve les statistiques criminelles de chaque commissariat en ligne. Si vous le voulez, je peux vous envoyer le lien vers les données de chacun des arrondissements où vous avez visité des appartements, réplique Thomas.

Réponse standard. Ne pas s'impliquer dans des débats sur les quartiers. Ne pas attiser les flammes des préjugés raciaux. S'en tenir aux faits.

Le gars acquiesce d'un signe de tête.

— Bien, si vous ne souhaitez pas le prendre, il faut que je me sauve.

Thomas les pousse tous deux hors de l'appartement. Il dévale l'escalier, les laissant en plan.

Quelques minutes plus tard, son téléphone vibre. Il le sort. C'est le couple qu'il vient de quitter. Il ignore l'appel et continue de marcher. Le vibreur retentit de nouveau.

— Bonjour.

— Comment osez-vous nous faire perdre notre temps ? On vous a donné nos critères et vous nous faites visiter ce trou. Vous nous prenez pour qui ? Je vais faire un rapport sur vous à votre patron.

La fille continue à vomir sa haine pendant quelques minutes encore. Thomas tient le téléphone à distance et poursuit sa marche.

— Répondez-moi ! Répondez-moi ! hurle-t-elle.

Thomas raccroche.

Nouvelles vibrations.

— Je ne vais pas vous parler, passez-le-moi, dit Thomas avant qu'elle ne puisse en placer une.

Le type prend la communication.

— Écoutez, vous n'êtes pas mon client puisque vous ne m'avez pas payé un centime. Alors tenez cette harpie à distance.

— Oui, je comprends.

— Je vous ai montré ce que j'ai. Vous n'êtes nullement tenu de visiter.

— Personne d'autre n'a quoi que ce soit dans mon budget. Quand puis-je aller à Harlem ?

— Je vous rappelle. D'accord ?

— Merci. Ne faites pas attention à elle.

— Si, justement !

Thomas aura une commission de quatre cents dollars et pas plus. Il n'est pas prêt à courir partout et à gâcher davantage cette journée. Il va au marché paysan sur Union Square et achète des pommes golden et des légumes frais pour le dîner. Sur le chemin du retour, il achète aussi un pain aux olives. Une fois arrivé, il laisse un message à Johnny Melbourne pour lui demander le numéro d'un propriétaire d'East Harlem et se remet à lire pour son examen. Il fait un entraînement en ligne et, quand son esprit arrive à saturation, il envoie des CV pour un autre type de job, un travail où aucun freluquet mal élevé ne lui hurlera pas au visage.

Cela faisait deux semaines que ma mère m'avait pris mes économies. En me réveillant, je comptais les jours jusqu'à ma prochaine paie car mon compte était presque à découvert. Un soir, j'étais encore au bureau à essayer de boucler un ensemble de tableaux pour Nathan quand je reçus un appel de mon père sur mon portable.

— À quelle heure pars-tu travailler le matin ?

— Vers sept heures et demie.

— Tu peux partir plus tard demain ou prendre ta journée ?

— Non.

— Hum.

Et il raccrocha brusquement.

J'appelai ma mère.

— Il m'a raccroché au nez.

— Il essaie de trouver un arrangement. On te rappelle.

Le lendemain matin, j'étais en réunion quand mon téléphone vibra. Je n'appelai ma mère qu'une heure plus tard au sortir de la salle de conférences.

— Nous sommes dans ton appartement avec un agent immobilier. On voudrait le mettre en location le temps que nos problèmes se règlent.

Le remboursement du prêt dépassait les trois mille dollars mensuels. Avec mon salaire, je ne pouvais pas me payer ça, mais avec mes économies, oui, et j'aurais pu gagner un peu de temps pour me trouver autre chose.

— Vous aviez l'intention de m'annoncer ça quand ?

— On y a pensé ce matin après avoir parlé au comptable. Tu peux revenir vivre à la maison jusqu'à ce qu'on n'ait plus de soucis.

Je raccrochai. Tout ça pour me faire revenir. Ils voulaient que je me réinstalle chez eux. À l'époque, Thomas travaillait à Wall Street. Je l'appelai et nous nous retrouvâmes au déjeuner.

— Voyons, Uma, ils ne joueraient pas toute cette comédie rien que pour t'obliger à revenir.

— Mais si.

— Et tu vas le faire ?

— Quelles autres options ai-je ? Ils ont vidé mon compte pour être bien sûrs que je n'aie aucune porte de sortie.

— Tu crois vraiment qu'ils chasseraient leur propre enfant ?

— J'aurais dû m'en douter. Ils vont encore chercher à me marier.

— Tu as quel délai pour te trouver un appart ? Je peux t'aider à chercher et aussi contribuer à ton loyer pendant deux ou trois mois, le temps que tu reconstitues tes économies.

— Sans doute jusqu'à la fin du mois prochain. Le gars de l'agence est venu aujourd'hui.

— Je vais en parler à des amis. Il faudra peut-être que tu envisages Brooklyn pendant un moment si tu es trop juste.

— Oui, j'y ai déjà pensé. Et je prendrai une colocation car, avec mes horaires, ça n'a pas de sens de payer un loyer toute seule. Je suis si souvent chez toi que j'utiliserai probablement l'appartement juste comme espace de rangement.

— Un coloc masculin, ça ne te gêne pas ?

— *J'y suis indifférente. Tant que la salle de bains est propre.*

— *Tu peux mettre combien comme loyer ? Je peux t'aider, je te le répète.*

— *Non, je me débrouillerai. Cinq cents max.*

— *Cinq cents ? Tu ne trouveras jamais rien !*

— *J'ai déjà regardé sur Craigslist. Il y a des annonces.*

Les cauchemars sont horribles. Mes parents brûlent. Ils sont tués à coups de hache. Il y a du sang partout et je suis incapable de leur venir en aide. Un monstre coupe la tête de Thomas avec des cisailles et l'enfourne dans sa gueule. Lorsque je me réveille en nage au milieu de la nuit, je porte instinctivement la main à mon ventre. Le matin, je me dis qu'il vaut mieux que je transmette les globules rouges douteux de mon père plutôt que cet affreux mamelon surnuméraire posé là comme une verrue.

Tandis que je me douche, Thomas se tient dans l'embrasure de la porte et écoute mes doléances.

— Je ne vois pas comment ça peut être mieux pour moi d'ignorer ce que tu as dit à mes parents. Je suis épuisée, je n'ai pas passé une nuit correcte depuis lundi dernier.

— Je te connais. Je sais comment tu gères tes angoisses. Il vaut mieux que tu ne saches rien.

— L'incertitude est la pire des choses.

— Dans ton cas, jamais. Il fait trop chaud dans cette salle de bains, se plaint-il en reculant.

— Ne me fais pas de repas à emporter, lui dis-je dans son dos.

— Pourquoi ?

— Wendy vient de la côte ouest. Si l'entretien se

passe bien et qu'elle accepte le poste, nous l'emmènerons déjeuner.

— La Wendy qui a huit chances sur dix ?

— Celle-là même.

Il revient en sifflotant.

— Tu es de bonne humeur, dis donc.

— Aujourd'hui, j'aurai fini ce putain d'examen.

Je m'habille et, avant de partir, je dépose un baiser d'au revoir sur ses lèvres. Nous partageons tant d'heures et pourtant cette anxiété sinistre qui me ronge n'appartient qu'à moi. Il est compatissant, attentionné, aimant, mais comme ce bébé que je suis seule à pouvoir porter et nourrir, ce poids aussi est solitaire.

— Qui dois-tu rencontrer de si bonne heure ?

— Personne.

— Pourquoi tu t'habilles, alors ?

— Je viens avec toi.

— Non, tu exagères, tu ne peux pas faire irruption comme ça dans leur vie. Ils ont besoin de temps pour digérer la nouvelle.

— Qui te dit ça ? Ta mère ? Elle ne t'a pas appelée cette semaine, n'est-ce pas ?

— Écoute, s'il te plaît, c'est ma vie !

— Non, Uma, c'est la nôtre. Et puis, de toute façon, ils savent que je vais venir.

Uma arrête de boutonner son chemisier et s'affale sur le canapé. Qu'est-ce qu'il a fait ?

— Je vais conduire, ma chérie, tu n'es visiblement pas en état de te mettre au volant. Allons-y, sinon on sera en retard.

Une fois en voiture, Thomas extirpe de sa poche des chewing-gums. Il en sort un et le mâche. Incessant bruit de succion dans sa bouche.

— J'ai parlé à ton père. Je ne voyais vraiment pas ce que tu avais à perdre.

— Que lui as-tu dit ?

— Tes parents devraient avoir les résultats du test aujourd'hui.

— Comment as-tu réussi à le convaincre de le faire ?

— J'ai dit que nous pourrions envisager la possibilité d'un avortement.

— Tu veux que je renonce au bébé ? Tu ne m'as même pas demandé mon avis !

— Je ne veux rien, Uma. Je la joue à la déloyale avec tes parents. Je suis malhonnête. Crapuleux. Un salopard de menteur.

— Mais tu n'es jamais comme ça !

— Ils m'ont rabaissé à leur niveau. Tu m'en as assez dit pour que je sache comment ils sont. Je ne ressens pas une once de culpabilité. Ni un soupçon, ni un brin, ni un micron, ni un électron de culpabilité.

Thomas lui décoche un large sourire afin de lui montrer qu'il n'est pas en colère et qu'il se maîtrise.

— Mais tu ne sais pas ce dont ils sont capables.

— Uma. Je viens parce que ton père nous montrera le compte rendu médical d'origine. Je lui ai dit que, s'il jouait le jeu, je vous laisserais seuls et m'en irais. Je n'ai bien évidemment pas l'intention de tenir parole.

— Thomas, mon chéri, je t'aime. Tu es tellement différent d'eux. Tu es un être si moral, plein d'honnêteté, de bonté, et c'est pour tout ça que je suis avec toi.

— Quel choix m'as-tu laissé ? Au bout du compte, il est plus facile de vivre avec cette version fourbe de moi-même que de vivre honnêtement et d'en subir les conséquences.

— Les conséquences ?

— Ta façon d'osciller tel un pendule, tes craintes et tes régressions, ton incapacité à choisir de mettre ou non un bébé au monde à cause de cette emprise qu'ils ont sur toi. En tout état de cause, tu es aveugle quand il s'agit de tes parents. Et aveuglée par tes sentiments.

— Je n'aurais jamais cru qu'il accepterait de te parler. Mon père n'est pas rationnel. J'ai peur qu'il n'ait engagé un tueur pour t'éliminer.

— C'est toi qui n'es pas rationnelle. Il ne va pas engager de tueur.

— Je n'en suis pas si certaine.

— Tu devrais avoir compris que, s'il ne respecte pas sa propre fille et les femmes en général, il me respecte, moi, l'ennemi mâle.

— Ça fait mal, d'entendre ça.

— Mais Uma, c'est la vérité. C'est toi qui me l'as dit. Tu m'as raconté que si tu avais épousé cet Indien, ton père ne t'aurait jamais protégée contre lui.

— Non.

— Bon, voilà.

— Comment abandonnes-tu tes principes si facilement ?

— Je suis un animal, je protège les miens. Pas besoin de réfléchir. L'autre fois, lorsque j'ai accouru dans la cuisine, je n'aurais pas hésité une seconde à le démolir si tu avais été en danger. Il faut que tu le comprennes : j'ai certes manigancé, mais je n'ai jamais eu à me demander si c'était juste. Tout cela se passe dans une sphère au-delà des notions de bien et de mal. Dans cette guerre, il n'y a pas de règles.

— Pourquoi tu ne m'as rien dit avant ?

— Pour en discuter à l'infini avec toi ?

Ils arrivent à Toms River, la maison est en vue. Thomas gare la voiture. Uma se dirige vers la porte. Elle est ouverte.

Je suis dans le brouillard, j'ai l'impression que le monde chancelle. Thomas salue mon père, la main tendue, comme s'il avait fait ça depuis la nuit des temps. À mon grand étonnement, mon père la lui serre. Il étreint ma mère, qui lui sourit. Je me sens étrangère. Se sont-ils ligués contre moi, ou Thomas est-il à leur solde ? Ça tambourine dans ma tête. Mes parents me saluent à peine. L'instant d'après, Thomas est à mes côtés, il me tient par l'épaule et me demande si ça va. Je crois que oui. Il va me chercher de l'eau. Ma mère s'agite autour de moi. J'ai le sentiment qu'elle fait son cinéma parce qu'elle a un nouveau spectateur. Elle prétend être inquiète.

Elle me met une cuillerée de sucre dans la bouche. Quelques secondes après, le vertige passe.

— Tu es sûre que ça va ? m'interroge Thomas.

Je fais oui d'un signe de tête.

— Alors, avançons, dit-il à mon père.

Celui-ci va chercher un document dans une enveloppe. Thomas le sort et le lit. Ni mon père ni ma mère ne sont porteurs.

— Ce labo a pu saboter l'analyse d'Uma. Je vais lui prélever un peu de sang et le faire refaire, déclare mon père qui ne regarde que Thomas.

— Oui, répond ce dernier, sans me consulter.

Ayant toujours détesté les piqûres, je deviens nerveuse.

Mon père disparaît dans le bureau où il range son matériel médical.

— Ne fais pas une scène maintenant, me chuchote Thomas à l'oreille. Ce truc t'a terriblement angoissée. Faisons un deuxième test. Il arrive que des labos merdent, tu sais.

Mon père revient.

Thomas me tient le bras et me caresse la main pendant que mon père me prend du sang. De nouveau, j'ai l'impression qu'il est de mèche avec eux. Je me sens trahie. Vidée. Comme si tout cela arrivait à une autre.

Un bruit vient de la cuisine. Un *kadhai* est posé au-dessus de la flamme de la gazinière. Je vois ma mère rouler la pâte et la mettre dans l'huile chaude. Des grésillements emplissent l'air.

Quelques minutes plus tard, elle arrive avec des *poori* pour Thomas et mon père. Ils mangent. Je n'ai pas d'appétit. Toutes les cinq secondes, Thomas interrompt la conversation et me demande comment je vais. Je le reconnais à peine. Comme si son double maléfique était assis là, à table. J'ai lu des choses à ce sujet ; un trouble neurologique. Neurologique. Neuro. Les globules rouges. J'ai la chorée quelque chose. La chorééé… Je m'évanouis.

Le visage de Thomas flotte au-dessus du mien, Thomas me tamponne la bouche avec un linge humide.

— Ne t'inquiète pas, j'ai pu te retenir avant que tu ne tombes.

— Ça va ? s'enquiert ma mère.

Étrangement, oui, je vais mieux. Je vois mes parents, je vois Thomas, je vois la maison. Tout le monde est plus net que précédemment. Thomas insiste pour que je mange un peu avant de partir. Je me force à avaler un *poori*, il gratifie mes parents d'un au revoir cordial.

Sur le chemin du retour, je discute pied à pied.

— Pourquoi as-tu insisté pour refaire ce test ?

— Parce qu'il est tout à fait possible qu'ils aient foiré.

— Je déteste les piqûres, en particulier quand c'est lui qui me les fait. J'aurais préféré retourner voir le docteur Tibby. En plus, la collègue de Sudha m'a déjà fait un deuxième test.

— Ah, ça, tu ne me l'as pas dit.
— J'ai oublié.
— Eh bien, trois tests valent mieux qu'un !
— Tu le veux vraiment, ce bébé, n'est-ce pas ?
— Ce qui m'étonne, c'est qu'après avoir mobilisé toute cette énergie mentale et ce temps pour clarifier tes névroses, tu ne souhaites pas une conclusion. Tu ne veux donc pas savoir si tu es porteuse, si tes parents le sont ?
Je demeure silencieuse.
— Je veux que tu prennes la décision que ton cœur désire sans que trop de merdes t'encombrent l'esprit. À ce stade, c'est tout ce que je souhaite.
— Parce que le père de l'enfant ne doit pas avoir son mot à dire ?
— Parce que les hommes ne devraient pas décider à la place des femmes. Ça, je le crois vraiment, Uma. Je n'ai pas été créé pour la grossesse. Biologiquement parlant, je ne suis pas fait pour, je n'aurai pas à souffrir et ne saurai jamais ce que c'est. Ça ne me réjouit pas mais je l'accepte.
— Et la raison en est ?
— Que je suis un homme, et que tu es une femme. Nous sommes égaux mais pas semblables. Si je ne t'avais pas accompagnée aujourd'hui, j'aurais manqué à mon devoir. D'ailleurs, il faut vite aller chez le docteur, qu'on sache pourquoi tu t'es évanouie. L'épilepsie peut en être la cause.
— Ou une tension basse, ou de l'hypoglycémie. Allez, détends-toi un peu !
Je souris, avec en moi le sentiment que cette mince pellicule de méchanceté qui avait enveloppé Thomas était si fine qu'elle a disparu. Je vois désormais le vrai Thomas. Inquiet, tout simplement, avec la sensation d'être piégé. Il fait ce qu'il juge le mieux pour nous.

— Sortons dîner, me propose-t-il. Je veux t'emmener dans un endroit spécial.

— Tu es fauché, c'est moi qui t'emmène.

— Non, aujourd'hui, c'est moi.

— Je ne viens que si je peux payer.

— N'insiste pas. J'ai mon amour-propre, il n'est pas démesuré mais quand même il existe.

— Pourquoi ne peux-tu accepter que l'argent que je gagne soit le nôtre ? Si la situation était inversée, tu voudrais justement que je réagisse comme ça, n'est-ce pas ?

— Oui.

— Alors, quel est le problème ?

— Je veux avoir le plaisir de t'inviter.

J'ai envie d'ajouter quelque chose à propos du bébé. Comment pouvons-nous envisager d'avoir un enfant ensemble si, dans son for intérieur, il nous voit séparés comme ça ? Mais je laisse tomber.

Bien que je vive à New York depuis longtemps, Thomas connaît la ville mieux que moi. Il nous déniche de nouveaux endroits à tester ou m'emmène dans ceux qu'il a déjà fréquentés. Il se souvient de la date et de la personne avec qui, des années auparavant, il s'est promené dans telle ou telle rue. Nous dînons dans un restaurant calme aux murs en briques apparentes, il me suggère de prendre un steak seitan qui a mariné dans une sauce sophistiquée aux discrètes saveurs japonaises. Riche en *umami*, m'explique-t-il. Je dévore le plat principal.

— Je crois que c'est le bébé qui a faim.

— Uma, murmure Thomas qui tend le bras et me caresse la main.

— Oui, mon chéri.

Il cherche dans sa poche.

Léger moment de surprise lorsque sa main en ressort. Il tient une bague entre ses doigts.

— Veux-tu m'épouser ?

— Passe-la-moi, dis-je en avançant la main vers lui.

Il glisse l'anneau, un anneau simple, sans pierre, à mon doigt.

— Je pensais que tu ne croyais pas au mariage.

— Peut-être que si.

— Tu crois que ne pas être mariée m'empêche de me décider, c'est ça ?

Ma question est brutale, peut-être même choquante.

— Non, je veux que tu saches que je suis là pour la vie.

— Je t'aime.

Il m'embrasse la main.

— Dans la semaine, je me ferai porter malade au bureau et nous pourrons aller à la mairie.

Totalement incapable d'envisager la réaction de mes parents, je n'ai jamais songé à me marier avec Thomas. Mais cette perspective a quelque chose de très attirant. Je tiens par-dessus tout à la sécurité et à la certitude. Si, après un accident, je me retrouve à l'hôpital, ça lui donnera un droit de visite. S'il m'arrive quoi que ce soit, c'est lui, plutôt que mes parents, qui bénéficiera de mes quatre cent un mille dollars. Et s'il lui arrive quelque chose, j'aurai un statut officiel au regard de la loi. Nous sommes pacsés et avons fait un testament, mais l'institution du mariage est plus sûre. À cette idée, l'anxiété qui me suit partout telle une ombre s'apaise provisoirement.

Je ne parviens pas à choisir entre deux desserts, alors Thomas commande les deux : le fondant au chocolat et le cheesecake à la ricotta et aux fruits de la passion.

Mon père venait d'acheter une voiture neuve et de passer son permis. Jusqu'alors, nous avions une Fiat de seconde main et un chauffeur, mais désormais, mon père ne voulait plus qu'un chauffeur pose ses mains grasses sur la nouvelle Suzuki. On lui avait offert un poste dans un nouvel hôpital. Tout semblait neuf dans notre vie.

Le directeur qui avait proposé le poste à mon père habitait dans un quartier de Delhi éloigné du nôtre ; il nous invita à une soirée chez lui. Je portais une robe en velours et dentelle, d'un rouge profond, neuve elle aussi. J'étais très excitée à l'idée d'être assise devant, à côté de mon père qui conduisait. Bien que le trajet fût long, je ne m'endormis pas. Chez nos hôtes, je jouai avec leur fille. Plus tard, nous prîmes place autour de la table de la salle à manger. À la maison, je mangeais assise sur le canapé devant la télé. Si mes cousins venaient, les enfants avaient leur table ; avec des chaises en plastique vert que ma mère gardait pour nous. Je n'avais jamais dîné avec les adultes avant. Ma mère avait constamment l'œil sur moi, me recommandant de faire bien attention à ne rien renverser. La femme du directeur me sourit plusieurs fois et dit à ma mère de ne pas tant s'inquiéter.

— *Notre fille va commencer des leçons de* kathak, *dit la maîtresse de maison à mes parents.*

Puis elle me demanda si je voulais suivre des cours de danse classique avec leur fille.

— *Oh oui, répondis-je en tapant dans mes mains.*

Mon père me fusilla du regard. J'avais fait quelque chose de terrible, j'en étais sûre, mais quoi ?

Durant le trajet du retour, il me déclara que les enfants ne devraient pas répondre aux adultes car les enfants sont stupides. Or, j'étais une enfant. Si un adulte me posait une question, il fallait que je regarde mes parents : j'aurais la réponse. Des années plus tard, même une fois que nous fûmes installés aux États-Unis, mon père me répétait, juste avant d'entrer chez quelqu'un, de ne pas ouvrir la bouche. À cette époque, me le rappeler était inutile. J'avais appris à me taire. Je ne parlais quasiment à personne, même à l'école, sauf à Shanya et à Laurinda.

Entre ces moments de timidité paralysante et le soir de ma rencontre avec Thomas, lorsque je l'ai laissé me masser les pieds en public, il y eut un très long chemin. L'été passé en Inde avec Sudha et Radha changea ma vie. Ma tante et mon oncle étaient chaleureux, ils encourageaient leurs filles à partager les événements de leur journée au moment du dîner et j'étais obligée d'intervenir moi aussi. Lorsque, ensuite, je repris l'université, il me fut plus facile d'évoluer socialement, même si dans d'autres situations j'avais une peur maladive de m'exprimer.

La première présentation vraiment importante que je fis au travail me terrifia pendant des semaines. J'avais repoussé jusqu'à la dernière minute ce passage obligé pour tout jeune analyste en entreprise. Ma performance d'ensemble était si bonne que Nathan, mon boss, avait de toute façon décidé que je sauterais cet exercice en interne et ferais directement une présentation à un client. Nous étions à la fin d'un trimestre et la pression était forte sur toute l'équipe. Je fis d'abord appel au chef de bureau qui, à l'heure du déjeuner, restait avec moi dans la salle de conférences et m'écoutait répéter. J'invitai une collègue analyste à boire un verre et la ramenai chez moi pour une séance de coaching. Je parcourus ma synthèse PowerPoint devant le miroir et observai ma bouche. Je remarquai que j'avais tendance à froncer les sourcils lorsque ce n'était pas nécessaire et à plisser le front. Je répétai jusqu'à ce que la peau de mon visage reste lisse durant tout l'exposé.

Le jour fatidique, j'arrivai chez le client de bonne heure avec Nathan. En plus d'Amy, mon interlocutrice, et de son patron, il y avait deux autres personnes. J'étais tellement obsédée par la façon dont j'allais commencer que je ne retins pas leur nom. Ils s'adressaient à moi avec des phrases qui commençaient ainsi : « Uma a dit », « Comme Uma l'a suggéré », « Comme Uma le disait ». Quand moi, je les englobais tous dans un « vous » général. Mon patron me fit remarquer plus tard : « Tu t'en es bien sortie mais la prochaine fois, fais attention à appeler les gens par leur prénom. » Nathan ne ressemblait en rien à Adam ; il ne pensait pas qu'au bureau, il fallait à chaque instant marquer un point sur les autres. C'était un vrai chef. Durant les deux années que je passai sous ses ordres, il réussit à me sauver la mise sans même en être conscient. Jour après jour, semaine après semaine, il me plaça dans des situations qui m'aidèrent à me forger de l'assurance.

Lorsque je rencontrai Thomas pour la première fois, j'étais capable de décocher des sourires aguicheurs. Il proposa de me masser les pieds pour plaisanter, mais je répondis : « Pourquoi pas. » Je venais de passer chez la pédicure et le coiffeur et me sentais attirante. Je quittai mes mules indiennes à hauts talons décorées de perles et le laissai malaxer mes pieds. Cinq ans se sont écoulés et depuis je ne cesse de m'exprimer. Thomas m'a donné les moyens de m'accepter.

La mère de Thomas nous appelle le matin où nous devons recevoir nos certificats de non-opposition au mariage et nous souhaite de vivre heureux ensemble. Je lui promets de choisir un cadeau de mariage dans la liste des idées qu'elle m'a soumises. Je ne l'ai pas vue souvent, mais chaque rencontre a été si simple et si merveilleuse que je ressens un pincement de douleur en pensant à ma mère. Si elle était indienne, je l'appellerais maman, mama ou ma, car la belle-fille s'adresse toujours de la sorte à sa belle-mère. J'ai envie de le faire. Ce serait tellement agréable de savoir que la personne que j'appelle maman me veut du bien. J'en parlerai à Thomas plus tard. Lorsque je raccroche, je lui dis : « Merci, Celia. »

Les services de l'état civil sont rapides, efficaces. Nous avons retrouvé Anita et Sam devant l'arrêt Brooklyn Bridge et marché avec eux jusqu'à la mairie. Dick n'a pas pu venir. Les amis de Thomas n'ont pas eu le moins du monde l'air étonnés de recevoir un coup de fil et de l'entendre leur demander de se pointer au pied levé. Une fois toutes les formalités finies, nous prenons des photos sur les marches de la mairie puis nous allons dans un restaurant de *dim sum* à Chinatown. Anita en connaît un bon sur Division Street.

Nous entrons dans une sorte d'immeuble de bureaux.

Dans le hall, une employée nous demande si nous venons pour le restaurant et nous invite à prendre l'ascenseur.

— C'est au troisième.

L'ascenseur arrive directement dans le restaurant ; on nous emmène à une table ronde et en quelques secondes une vieille femme passe avec son chariot.

— Quelles sont toutes ces choses ?

Je pose la question avec méfiance car, à part les boulettes blanches, tout ce qui est présenté sur le chariot n'a pas l'air végétarien.

— Aucune idée, répond Sam.

Il désigne du doigt deux plats que la femme lui glisse dans l'assiette.

Thomas se lève et va de l'autre côté du chariot lire la liste des plats.

— Du porc pour l'essentiel.

— Végétarien ? dis-je en montrant les boulettes.

La dame hausse les épaules.

Une serveuse plus jeune vient vers nous avec d'autres plats, des soupes et des bouillons.

— Ce petit pain n'est pas à la viande, n'est-ce pas ?

— Porc ? demande Anita, le doigt tendu vers le pain.

— Oui, vous en voulez ?

Anita acquiesce.

— Nous sommes végétariens, explique Thomas, ni viande ni poisson.

— Ah !

Aussitôt, la jeune femme hurle à travers le restaurant, et quelques minutes plus tard on nous sert des légumes verts fumants et d'autres gluants. Je joue avec mes baguettes, la mine sceptique. Thomas attaque.

— Hum, c'est bon.

— Alors, un projet de voyage de noces ? me demande Sam.

— Pas que je sache, je n'ai appris que dimanche soir que nous allions nous marier.

Je regarde Thomas qui me sourit.

— Bien sûr, qu'il y aura un voyage de noces, dit-il, plus tard, c'est tout.

Je me demande si Anita et Sam se doutent que je suis enceinte. Anita est la seule femme ouvertement homo que je connaisse. Sam fait jeunot, comme Thomas. Il y a un moment déjà, j'avais accompagné Thomas à la dixième réunion d'anciens de l'école de Sam. La plupart de ses camarades devenaient chauves ou bedonnants. La bande des New-Yorkais était la mieux conservée.

— Tu devrais organiser une vraie fête, suggère Sam avec une tape sur le bras de Thomas.

— J'y travaille, répond ce dernier.

De retour à la maison, je remarque que ma mère m'a laissé un message. Je l'écoute.

— Uma, tu dois vraiment nous dire quand tu vas te faire avorter. Ton copain, il est bien sympathique, mais c'est allé trop loin.

Mes mains se mettent à trembler. J'ai pourtant appris à me préparer au pire quand ma mère appelle, mais je suis une nouvelle fois prise au dépourvu.

— Qu'est-ce qui se passe ? Qu'a raconté ta mère ?

J'appuie sur « 1 » pour que Thomas écoute le message et lui tends mon téléphone.

— Quoi ! Quoi ?

Hochements de tête incrédules.

— Je te l'avais bien dit, voilà comme ils sont.

— Je croyais que dimanche, tout s'était bien passé ! On les rappelle.

— Thomas, laisse tomber. Les raisonner est impossible. Tu vas te faire un ulcère si tu continues.

— On fait quoi, alors ?

— Maintenant, rien. Nous sommes mari et femme et je vais annoncer la nouvelle à ma cousine, qui est aussi ma meilleure amie.

À l'autre bout de la ligne, on entend Sudha applaudir et entonner une vieille chanson de Cliff Richard, *Congratulations and Celebrations*.

— J'aimerais parler à ton mari, tu me le passes ?

Je m'exécute. Thomas l'écoute puis lui demande :

— Tu peux répéter ? *Devar, babi ?*

Quand Sudha lui répond, il se tait avant de reprendre : *Babi ?*

Elle essaie de lui apprendre comment il devrait désormais s'adresser à elle, d'une certaine façon sa belle-sœur. Je l'entends dire « J'abandonne » et il me repasse l'appareil.

J'en profite pour interroger Sudha au sujet de Mike. Depuis ma visite, elle l'a vu au moins une fois, vêtue de la robe que je l'ai aidée à choisir.

— Je l'aime bien. C'est ça, je l'aime bien.

— Vous avez… ? Déjà ?

— Non. On ne s'est retrouvés que deux fois. Il est censé m'appeler ce week-end.

Après lui avoir envoyé une flopée de baisers dans le combiné, je raccroche. Thomas me regarde et répète : *Babi ?*

— *Babi* veut dire « belle-sœur ».

— Et *devar*, c'est « beau-frère ».

— Tu as pigé. On prononce *bhabhi*.

— *Babi*.

— Non, le *b* est aspiré.

— *B-hab-hi*.

— Pas encore ça. Le son *b* et le son *h* s'emboîtent. *Bhabhi*.

— *Babi.*
— Tu dis *b*, moi, je dis *bh*.
— C'est la même chose.
— Pas à mon oreille.
— J'abandonne !

Maintenant que je suis une femme mariée, j'appelle le fonds de retraite, le directeur du personnel, les assurances et autres prestataires pour leur demander la marche à suivre afin que j'apparaisse comme telle dans leur système. À chaque début d'appel, la personne qui est au bout du fil me félicite avant de me laisser poursuivre. Même de parfaits étrangers prennent le temps de se réjouir pour moi ; et dire que je ne peux espérer cela de ma propre mère. Thomas, lui, appelle la copropriété pour voir si nos deux noms peuvent figurer sur l'acte de propriété. Quand on se retrouve tous les deux mis en attente au même moment, on bavarde. Le temps que j'aille au bout de mes appels, j'ai répété si souvent que j'étais mariée que cela me semble presque banal.

Thomas a obtenu un mandat exclusif presque trop facilement. L'une des cousines d'Anita, trader en fonds spéculatifs, vend son vieil appart dans Greenwich Village et va s'installer à Londres. C'est un petit deux pièces sur Horatio Street mais parce qu'il bénéficie d'un minuscule jardin où l'on peut mettre une table ronde et deux chaises, Thomas l'évalue à cinq cent mille dollars. La cousine lui donne les clefs avant de déménager. Thomas fait paraître une annonce pour des visites publiques tous les samedis et les dimanches du mois et le met en ligne à plusieurs reprises. Dès que quelqu'un appelle et semble intéressé, il le fait visiter. Avant le petit déjeuner, après le dîner, au déjeuner et même une fois tard le soir.

Tout le monde est séduit mais personne ne mord. L'appartement est tout simplement trop petit. En fait, peu d'Américains sont capables de s'y déplacer avec aisance. Seules des personnes minces, type yogi, le peuvent sans s'égratigner la main ou le bras contre le mur en briques apparentes qui sépare le salon de la chambre. Thomas y brûle de l'encens une fois par jour, de sorte qu'un léger parfum de bois de santal subsiste, ou met des fleurs fraîches de tournesol sur la table du salon. Il laisse en évidence une tasse sur celle du jardin. Et pour un effet plus feng shui, il époussette et déplace les quelques meubles dont la propriétaire ne s'est pas débarrassée. Il a trois mois pour le vendre. Il envisage même de recourir aux services d'un prêtre hindou ou d'un chaman.

Uma ne lui a pas encore annoncé formellement qu'ils garderaient l'enfant, mais il sent que l'emprise de ses parents sur elle s'est relâchée. Elle paraît plus encline à le vouloir ; cela dit, avant que Thomas ait fait tout ce que, de son côté, il estime devoir faire, entre autres signer cette vente et obtenir une commission décente afin de lui montrer qu'il saura subvenir aux besoins de l'enfant, pourquoi irait-elle dans son sens ? Il sait que ça ne change rien pour Uma. En ce moment, c'est un animal gravide, et lui un animal mû par un désir neuf de progéniture. Il ne va pas lui imposer son choix mais fera tout pour retrouver son statut de mâle dominant, et devenir le type d'homme qu'en fin de compte, croit-il, les mères veulent pour leur enfant.

Son téléphone sonne. Un numéro californien inconnu apparaît rapidement à l'écran.

— Oui ?

— Thomas, c'est Sudha.

— Ah ! bonjour, Sudha.

— J'ai besoin de te parler. C'est possible ?

— Bien sûr, *babi*.

Il s'attend à ce qu'elle rie mais non ; du coup, il s'inquiète. Que peut-elle vouloir ? Ils se sont déjà vus quelquefois et se sont de temps à autre parlé au téléphone, mais il la connaît à peine.

— Thomas, quand Uma est venue en week-end, on a fait une analyse génétique.

— Ah bon ?

— J'avais décidé de faire pour moi une recherche du gène VPS13A car ma sœur est enceinte.

— Uma me l'a dit.

— Mais j'ai aussi demandé une cartographie de notre génome par intérêt généalogique et j'ai mis nos deux profils sur un site spécialisé.

— D'accord, et…

Sudha soupire.

Thomas se tient près du bar de ce minuscule appartement, en appui sur un coude. Position maintenant douloureuse. Il s'étire et se redresse avant de se trouver un coin par terre où s'asseoir.

— Je t'écoute.

— Uma et moi ne sommes pas parentes. Elle n'est pas ma cousine.

— Que veux-tu dire ?

— Il est impossible qu'elle soit la fille du frère de mon père.

— Ou tu pourrais ne pas être la fille du frère de son père, rétorque Thomas.

— C'était une possibilité mais, vois-tu, quand j'étudiais la biologie en Inde, j'ai pris un échantillon du sang de mes parents et fait les tests ADN pour m'amuser. Moi-même, au labo. Et je suis bien la fille de mon père.

— Merde !

— Tu crois que je devrais l'en informer ? Elle en est où au sujet de la grossesse ? Elle s'est décidée ?

— Non.

— Quelle est la meilleure attitude à adopter ? Si je lui dis, ça va la perturber.

— Peut-être que non. Ça pourrait la libérer de son père. Ils ont encore appelé hier, toujours pour lui demander d'avorter. Tu es vraiment certaine des résultats ?

— Totalement, sinon je ne t'aurais pas appelé.

— Si elle veut en savoir plus sur son vrai père et qu'il n'y a pas de moyen de le retrouver, ce pourrait être dur pour elle, dit Thomas qui pense à haute voix.

— Les tests ne donnent aucun renseignement sur le père biologique.

— Je sais. La seule façon d'avoir la réponse, c'est la mère d'Uma.

— Tu vas lui poser la question ?

— Je peux fouiller un peu.

Thomas a un double appel. Il l'ignore.

— Ça pourrait compliquer encore la situation.

— C'est déjà très compliqué. Je vais faire tout ce qui est nécessaire pour clarifier les choses. Je ne veux pas qu'Uma en souffre.

— Si on décide de lui dire la vérité, il faut que je le fasse moi-même.

— Écoute, je vais déjà appeler sa mère et voir ce que je peux découvrir. Je commence à piger comment il faut s'y prendre avec eux. Les menaces marchent mieux que la raison. Si tu lui parles, tu seras trop respectueuse pour obtenir des infos.

— Je te fais confiance, tu feras ce qu'il faut. Et puis, je suis trop loin pour savoir ce qui se passe et je sais que l'humeur d'Uma peut changer à tout moment. Elle a vécu beaucoup d'épreuves, Thomas, elle est fragile.

— Je sais. Bon, tu as un document officiel pour le résultat du test, un morceau de papier qui le prouve ?

— Sur le site Web, il y a une fonction de recherche généalogique et l'on voit bien que nous ne sommes pas apparentées. Quand j'ai découvert ça, j'ai désactivé notre profil commun pour qu'elle ne tombe pas dessus par hasard.

— Tu peux l'imprimer et me l'envoyer ?

— Pourquoi ?

— S'il faut mettre quelqu'un en face du problème, Mrs Sahni par exemple, il ne doit y avoir aucun doute possible.

— Je vais voir ce que je peux faire.

Thomas raccroche ; il remarque soudain qu'il étouffe dans son manteau en toile. Il se redresse et l'enlève.

L'appel vient du père d'Uma. Son hystérie ressemble à celle de sa femme mais Thomas trouve plus facile d'avoir affaire à Mrs Sahni car, avec elle, il peut user à la fois de son charme et de son autorité masculine. « Espèce de salaud. Menteur ! Vous nous aviez dit que vous sortiriez de sa vie mais rien n'a changé. Appelez-moi, sinon… »

Thomas ouvre les portes-fenêtres donnant sur le jardinet, il a besoin d'air. Il pourrait utiliser ce que Sudha vient de lui révéler pour forcer les parents d'Uma à lui lâcher la grappe.

Il appelle Chand Ram sans plan précis.

— Cabinet du docteur Ram, à votre écoute.

La secrétaire a l'accent de Long Island.

— Thomas à l'appareil. C'est urgent, c'est au sujet de sa fille.

— Oh ! Oh ! Elle va bien ? demande-t-elle d'une voix nerveuse.

— Passez-le-moi, s'il vous plaît.

— Bonjour, dit Chand Ram.

— Thomas à l'appareil.

— Espèce de faux cul ! Vous aviez promis de lui ficher la paix si nous faisions les examens, mais voilà qu'elle ne répond plus à sa mère. Et elle porte toujours votre bâtard de môme.

— Nous sommes mariés.

— Menteur !

— La ferme et écoutez-moi bien ! Désormais, Uma est ma femme, alors cessez de la harceler pour qu'elle avorte. Ça ne vous regarde pas.

Sur ces mots, Thomas raccroche. Son cœur bat plus vite. Vient-il de prendre la vie d'Uma en otage et de franchir une limite en disant la vérité à son père ? Il se souvient de tout ce qu'Uma lui a raconté au sujet de Chand Ram. Un feu qui l'emplit de haine brûle dans ses veines.

Il appelle Mrs Sahni.

— Thomas à l'appareil.

— Thomas, bonjour, comment allez-vous ? Puis-je parler à Uma ? Elle ne m'a pas rappelée hier.

— Je vais bien. Et vous, Mrs Sahni ?

— Nous n'avons pas encore les résultats du deuxième test mais nous avons tenu notre engagement. Vous devez maintenant tenir le vôtre.

— Mrs Sahni. Je suis désolé, mais le jeu est terminé. J'ai découvert votre secret.

— Hein. Quoi ?

— Votre mari n'est pas le père d'Uma.

— C'est faux ! Comment osez-vous raconter de pareilles choses, espèce de menteur !

À chacun des mots qu'elle prononce, sa voix devient de plus en plus aiguë.

— Arrêtez de tempêter et écoutez-moi.

Il entend des sanglots au bout de la ligne. Elle dit quelque chose en hindi. Thomas attend. Il pose le téléphone, va vers l'évier et boit au robinet. Quand il reprend le téléphone, il s'éclaircit la voix.

— Laissez-moi en parler à Uma, dit Mrs Sahni.

— Elle n'est pas encore au courant.

— Ne lui dites rien, je vous en supplie !

— Qui est le père ?

Thomas sursaute : il vient de hurler dans le combiné comme a hurlé Chand Ram.

— Ce n'est pas vrai ! Ce n'est pas vrai ! sanglote Mrs Sahni.

— Vous deviez bien le savoir. Qui est le père ? Le type à la mobylette qui vous rendait visite la nuit ? Il y a des preuves génétiques. Si on fait un test de paternité, ce sera clair. C'est ça que vous voulez ?

— Non, non.

— Alors qui est le père ?

— Je ne pensais pas qu'il était le père. J'ai perdu tout contact.

— Il me faut son nom, sa dernière adresse ou son numéro de téléphone au cas où Uma déciderait de le retrouver.

— S'il vous plaît, je vous en prie, ne lui dites rien. Je ferai ce que vous voudrez. Que voulez-vous ?

Thomas réfléchit un instant.

— Allez-vous tous les deux cesser de lui demander d'avorter ? M'accepterez-vous comme votre gendre ?

— Ce n'est pas à moi de décider, son père doit être d'accord, mais je peux essayer.

— Oui, il va vous falloir convaincre votre mari. C'est à vous de le contrôler.

— Ne me jugez pas, Thomas. Savez-vous qu'il a eu une liaison avec une femme pendant des années ? Elle a eu une fille de lui.

— Quoi ?

— Elle était infirmière, travaillait avec lui.

— Et cette jeune femme, son étudiante ?

— C'était plus tard, après la naissance d'Uma. Il n'a jamais su que la fille de l'infirmière, c'était la sienne. J'ai acheté le silence de cette femme.

— Si, l'un ou l'autre, vous continuez à nous pourrir la vie, je raconte tout à votre mari.

— Non, s'il vous plaît, ne lui dites rien. Rien à Uma non plus. En quoi cela lui sera bénéfique ? Elle en souffrira. Et elle mettra le bébé en danger. Vous ne voulez pas ça, n'est-ce pas ?

— Il me faut les coordonnées du père biologique.

— Donnez-moi au moins un jour.

Nouvelle crise d'hystérie au bout du fil. Assourdissante. Thomas ne peut plus réfléchir.

— La ferme ! hurle-t-il.

Il entend une brusque inspiration dans le combiné, puis plus rien, le silence.

— Écoutez-moi, Mrs Sahni. Je veux le nom de cet homme. Je vous contacterai demain. Maintenant, vous allez appeler Uma et vous serez aimable. Si elle vous parle du mariage, vous la féliciterez. Vous avez compris ?

— Oui.

— Bon ! Et vous pensez pouvoir convaincre votre mari de nous accepter ?

— Je me débrouillerai.

— S'il devient incontrôlable, appelez la police, sinon

contactez-moi et je leur passerai un coup de fil. Enregistrez mon numéro de portable.

— Vous êtes cruel de faire ça. Je croyais que, bien qu'américain, vous étiez un type sympa.

— Je vous ai entendus l'un comme l'autre traiter votre fille de noms dont aucun parent ne devrait affubler son enfant. Alors n'essayez plus jamais de me faire la morale.

Et Thomas raccroche.

Le téléphone sonne aussitôt. C'est la mère d'Uma, il en est sûr. Elle a la fâcheuse tendance d'appeler plusieurs fois de suite. Il répond d'un ton irrité.

— Oui ?

Même à ses oreilles, sa voix sonne dur.

— J'appelle à propos de l'appartement en rez-de-jardin sur Horatio Street. Il est encore disponible ?

La voix de la personne est douce et aimable. Avec un accent. Très vraisemblablement français. Thomas est pris de court, mais il se ressaisit très vite et lui répond :

— Oui. Ce n'est pas un appartement très lumineux mais il a un jardin.

— J'aimerais le visiter.

— C'est petit, je préfère vous prévenir.

— C'est ce que je recherche. J'aime les pièces intimes.

— Tellement intimes que vous risquez de vous égratigner en passant d'une pièce à l'autre.

— Je suis danseuse et je sais bouger mon corps. Quand pouvez-vous me le faire visiter ?

— Tout de suite.

— D'accord, donnez-moi l'adresse. J'arrive. Je m'appelle Isabelle.

Isabelle, la danseuse, est une femme menue et gracieuse. Avec un sourire, elle jette un coup d'œil circulaire. Dans le petit salon, elle déplace le seul meuble présent, une chaise, puis virevolte et se penche. Sous le regard consterné de Thomas, elle s'allonge par terre et fait une roulade. Elle doit sans doute mesurer l'espace afin de voir si son corps y trouve sa place. Une fois debout, elle tapote légèrement ses vêtements.

— J'ad*o*re cet endroit.

Son *o* est comme un *au*.

— J'en suis ravi. Voulez-vous faire une offre ?

Kim et Peggy ont conseillé Thomas sur la façon de jauger au mieux un client. Il est essentiel d'aiguiser son appétit et de ne pas paraître trop désespéré. Important de ne pas le pousser à faire une offre avant que son intérêt ne se soit clairement exprimé et, lors du premier contact, rien ne vaut une attitude cool et distante. Il faut se montrer très chaleureux, amical, sans donner au client l'impression qu'on a besoin de lui. En général, Thomas suit ces règles, mais devant cette minuscule jeune fille, il est sceptique et préférerait ne pas perdre son temps.

— Bien, que dois-je faire ? Quel est le montant des arrhes ?

— Vous êtes étudiante ?

Elle fait oui de la tête.

— Il faudra avancer cent mille dollars et obtenir le reste d'une banque mais, en général, pour les prêts bancaires, il faut des justificatifs de revenus. Vos parents peuvent cosigner.

— Je paierai cash. Je m'y prends comment pour faire une offre ?

— Le vendeur voudra sans doute savoir d'où viennent ces liquidités.

— Mes parents sont morts l'an passé, j'ai hérité.

— Ah, je suis désolé. Vraiment désolé de cette nouvelle.

Un silence pesant se fait.

— C'est la raison pour laquelle je déménage à New York, explique la jeune femme, qui, visiblement bouleversée, fond en larmes.

Thomas s'approche d'elle et la prend dans ses bras. Elle a un corps si menu, si délicat qu'il espère ne pas l'avoir serrée trop fort. Il sait qu'il ne devrait pas faire ça. Ce n'est pas professionnel, mais dans cette pièce minuscule, presque vide, seuls comptent leur présence et son chagrin. Il y a des moments où se montrer humain est plus important. Il va dans la salle de bains chercher de quoi essuyer ses larmes, heureux d'avoir pensé à apporter un rouleau de papier hygiénique.

— Merci.

— J'ai un exemple de lettre d'offre et des formulaires que vous pouvez consulter. Proposez au vendeur une somme qui, sans vous prendre à la gorge, lui montre que c'est sérieux ; cela peut être plus ou moins cent mille. Lisez tous ces documents et je répondrai à vos questions si vous en avez.

Nouveau signe de tête affirmatif. Il extirpe d'un tiroir dans la cuisine une grosse enveloppe marron qui contient tous les renseignements dont elle aura besoin.

— Désolée pour tout à l'heure, lui dit-elle en lui serrant la main, puis elle sort tranquillement de l'appartement.

Vaut-il mieux qu'Uma ne sache rien ? Doit-il prendre lui-même la décision ou doit-il l'exposer aux risques de tristesse, de dépression, de doute ? Et si le vrai père avait souffert de chorée ? Faut-il vraiment qu'elle sache que cet homme s'est lentement mis à trembler telle une marionnette à mesure que son cerveau dépérissait pour finir par n'être que de la bouillie ? Et si ce père biologique refuse de reconnaître Uma et rejette tout bonnement son existence ?

A-t-il le droit de décider pour elle ? Aujourd'hui, si Uma était à l'hôpital pour une urgence, il déciderait. C'est lui et lui seul qui peut décider si elle doit être maintenue en vie ou non. Mais voilà, elle n'est pas à l'hôpital. Non, elle est dans une tour sur Wall Street en train de préparer une présentation ou de remplir un tableur pour son patron. Uma est un être conscient. Une adulte. Si elle est assez responsable pour devenir mère, elle peut certainement assumer ses origines.

Un père et une mère décident pour leur enfant. Un professeur pourrait décider pour un élève. Un tuteur pour le jeune dont il a la charge. Un État, parfois, pour ses sujets, même si les États qui s'arrogent ce droit sont, pour Thomas, méprisables. Il arrive qu'un médecin décide pour un patient en lui offrant certains choix. Est-ce qu'un homme peut décider pour une femme ? Si un jour il doit perdre la tête comme son grand-père, il voudrait qu'Uma décide pour lui. Tous ceux qui vous aiment vraiment, qui placent votre intérêt au-dessus de leurs considérations égoïstes, ceux-là sont les mieux à même de prendre une décision pour vous.

Pourtant des millions d'hommes décident pour leur femme ; des femmes qui n'ont pas le choix. Thomas a toujours considéré ces hommes comme des barbares et des sauvages. Des types bas. Faibles. Tyranniques. Ignorants. À ses yeux, des brutes. Il aime Uma. Il la respecte. Il accepte d'écouter ses conseils sur sa vie, leurs finances, sa mère. Il l'a toujours écoutée. Toutefois, il a bien eu l'occasion de se rendre compte que, lorsqu'il s'agit de ses parents, Uma n'est pas tout à fait adulte. Infantilisée depuis si longtemps qu'elle en est devenue infirme. Elle a intériorisé leurs voix de la même façon que les victimes intériorisent leurs bourreaux. Vraiment, quand ses parents entrent en ligne de compte, le jugement d'Uma est altéré.

— Tu ne peux savoir combien je t'aime. Je suis terrifiée.

— Pourquoi ? Tu es une femme attirante. Et si sensuelle.

— Rien dans ma vie ne m'a jamais préparée à être heureuse. J'ai une peur bleue de me réveiller un jour et de voir que tu es parti.

— Mais non. Le bonheur est une chose naturelle. Tu vas t'y habituer.

— Je n'y arrive pas. Je ne sais pas me laisser aller. Et si notre relation s'achevait, je ne supporterais pas de reprendre mon ancienne vie.

— Eh ! tu m'effraies, maintenant.

— Autrefois, je me brûlais. Un jour, j'avais vu ma mère le faire, et quand ça n'allait vraiment pas, j'en faisais autant.

— Pardon ?

— Tu vois l'intérieur de mon bras ? La marque s'est estompée avec le temps mais cette brûlure-là a mis des semaines à cicatriser.

— Comment as-tu fait ?

— J'ai pris un couteau, j'ai chauffé la lame et l'ai appliquée sur mon bras.

— Mon Dieu, mais pourquoi ?

— *La douleur physique m'empêchait de penser à autre chose.*

— *Uma, tu dois me promettre de ne jamais recommencer.*

— *Je ne peux rien promettre.*

— *Si, il le faut. Tu vas me le promettre.*

— *J'en suis incapable. Si un jour on se sépare...*

— *Écoute-moi bien, si tu ne me fais pas cette promesse, je te quitterai. Et si tu recommences, je te quitterai aussi. Il y a des choses que je ne peux accepter, et que tu te mutiles en est une.*

Le temps devient étouffant. Thomas n'est pas rentré ; je décide de prendre un bain. La cicatrice a désormais totalement disparu. Je ne la retrouve même plus sur mon bras. Je suis tellement sensible quand on parle d'aiguilles, de douleur, de chaleur. Je ne reconnais pas cette jeune fille qui régulièrement se brûlait. Parfois le frottement des habits retardait la cicatrisation. Je faisais toujours bien attention à choisir les endroits de mon corps qui n'étaient pas exposés aux regards : la peau sous l'aisselle, la peau de la partie interne du haut du bras, l'intérieur de la cuisse, comme j'avais vu ma mère le faire.

Je m'installe dans la baignoire. J'y verse une bonne dose de sel marin et me laisse flotter. L'eau est chaude. Je ne me suis jamais sentie aussi bien dans mon corps. Tout paraît léger ; c'est peut-être une réaction à retardement après ce qui s'est passé. Thomas a précipité les choses et c'est peut-être finalement ce dont j'avais besoin. Je me soucie moins de cette prime au travail.

Je caresse mon ventre. Mes membres ne pèsent rien. En moi, le bébé flotte, lui aussi. Je caresse la peau sous mon nombril et roucoule : « Maman t'aime. »

Dix minutes ou vingt peut-être se sont écoulées, je ne le sais pas, quand j'entends la clef tourner dans la porte.

— Je suis là.

Thomas entre dans la salle de bains, l'air un peu ébranlé.

— Quelque chose ne va pas, mon amour ?

— Non, non, rien. Je vais préparer à dîner. Je suis content que tu aies pris un bain ; tu devrais en prendre plus souvent. Tu es toujours plus détendue après.

— On mange quoi ?

— Je pensais faire des pâtes avec des courgettes et une salade tomates-mozzarella. Et du melon en dessert.

— Miam ! Viens ici m'embrasser.

Il se penche, je sens son odeur. Plus empreinte de sueur que d'habitude.

— Où étais-tu ?

— Une jeune femme voulait voir l'appartement. Elle va peut-être faire une offre. Et tout payer en liquide. Ses parents sont morts l'an passé.

— Elle a quel âge ?

— Je dirais vingt ans, vingt et un tout au plus. Je ne lui ai pas demandé.

— La pauvre !

— Je crois que cet appartement va la rendre heureuse, il lui va bien.

— Lui va bien ?

— Oui. D'une façon étrange, l'endroit convient à son corps et à son énergie. Elle est danseuse, très menue, et l'appartement est minuscule.

En réalité, il n'est pas certain qu'Isabelle, aussi délicate et charmante soit-elle, retrouve vite le chemin du bonheur. Elle a quitté la France pour panser ses plaies.

Quand elle se croira rétablie, elle voudra y retourner afin d'être sûre d'avoir fini son deuil. Certains jours, elle se réveillera, pensera à appeler son père pour lui raconter quelque chose de sympa qui vient de lui arriver et elle sentira une pierre froide dans son cœur. Elle embrassera un homme qui lui promettra la lune et elle fuira. Puis, une semaine plus tard, se réveillant dans ses bras, buvant un café au lit dans ses draps, elle aura envie de partager cette légèreté avec sa mère. Encore et encore, son bonheur se brisera.

La nuit est douce. Thomas met notre repas sur un plateau et l'emporte sur le toit-terrasse. Quelques instants après que nous nous sommes installés à l'une des tables, deux hommes arrivent. Nous les connaissons de vue, ils vivent ensemble. Bières à la main, ils mangent des cacahuètes bruyamment. Tout en dînant, nous bavardons avec eux. L'un d'eux a fait des plantations sur ce toit. Il va les voir et les examine une par une. De temps à autre, un hélicoptère vole presque en rase-mottes au-dessus de l'Empire State et vrombit à nos oreilles.

Après le dîner, Thomas fait la vaisselle et je travaille un peu. Lorsque j'ai fini, j'envoie un message aux membres de mon réseau pour leur annoncer que mon mari est sur le point de réaliser sa première vente ; si quelqu'un cherche un agent immobilier, il peut le contacter. Je décide aussi d'écrire à la revue des anciens et de leur faire part de notre mariage. Je ne m'étais jamais vue en épousée ; l'idée d'une cérémonie formelle a toujours été très loin de moi. En Inde, les mariés prennent place sur des fauteuils aux allures de trônes. Et bien que les gens les saluent et les félicitent tous deux, on a généralement l'impression que la femme n'est là qu'en exposition. Avoir la vedette m'a toujours mise mal à l'aise. Je n'aurais pas aimé être la star de mon mariage.

Lorsque Shanya m'avait demandé d'être sa demoiselle d'honneur, je n'avais pas répondu ; à l'idée de porter l'une de ces robes et de faire ainsi partie de la noce, j'avais déjà les mains moites. Une semaine plus tard, sans nouvelles de ma part, elle m'avait appelée pour me dire de ne pas me tracasser. Mais le jour du mariage, j'avais carrément oublié de m'y rendre. Totalement, absolument inexcusable ! En tant qu'amie, j'avais manqué à mes devoirs. À cette époque-là, j'étais analyste à la banque et je travaillais tard. Ce n'est que le lendemain matin, après avoir reçu un texto de Shanya disant qu'elle me détestait, que je m'en étais souvenue. Je l'avais appelée, lui avais fait toutes mes excuses, mais quelque chose s'était brisé. Il m'a fallu ensuite des années avant de nouer une autre amitié solide, si on peut appeler amie une cousine germaine. Shanya et moi sommes aujourd'hui en contact par Facebook. Ce qui m'est arrivé m'apparaît aujourd'hui clairement : j'avais oublié son mariage car, si j'y étais allée, j'aurais exhumé les souvenirs douloureux de ma vie ; une époque où je me sentais impuissante, où mes parents étaient des plus toxiques. Les premières années de ma carrière, j'essayais encore de m'en remettre et de retrouver Shanya ainsi que les autres camarades du lycée, mais c'était trop difficile. Je lui écris un long message, plus honnête et plus sincère que je ne l'ai jamais été.

— Tu as bien bossé, on arrête là pour ce soir ? lui demande Thomas.

Il sort de la douche. Il a l'air fatigué, surmené. Ces allées et venues incessantes dans le métro semblent l'avoir lessivé.

— Bien sûr.

Je me glisse dans le lit. Il laisse tomber la petite serviette qui entoure sa taille et se couche après avoir éteint.

Je l'attire à moi.

— Je t'ai dit que ma mère avait appelé ?

— Pour quoi ?

— Je lui ai annoncé que nous avions signé les papiers à la mairie et elle a réagi tout à fait normalement. Elle a vraiment une personnalité à la docteur Jekyll et Mister Hyde.

— Ils vont se laisser convaincre. Tu vas voir, Uma, ça va marcher.

— Peut-être. Ils finiront peut-être par m'étonner.

Je lui prends la main et la pose sur mon ventre, même si rien n'est encore visible. Il m'embrasse.

— Toi et moi, dis-je en chuchotant, on va être parents.

— On ferait mieux d'aller voir Tibby afin de savoir à quoi s'attendre.

— J'aurai peut-être des envies folles de fruits et de légumes bizarres.

— Je trouverai de nouvelles façons de les cuisiner, de les cuire au four, à l'eau, de les faire sauter et de les griller !

Je ris, puis une vague de fatigue me submerge. Je tombe, je tombe, mais Thomas me tient dans ses bras, et cette chute est douce.

Thomas m'accompagna. C'était un samedi. J'avais sorti mon vélo, Thomas le sien, et nous avions traversé le Williamsburg Bridge, direction Queens. Toutes les dix minutes, Thomas vérifiait le GPS sur son téléphone afin de savoir si nous étions au bon endroit. Nous roulions sous le métro aérien ; le lieu me rappelait le quartier indien de Jackson Heights. Le seul coin de Queens que je connaissais puisque mes parents y dînaient parfois avec leurs amis de Long Island. Les rues sous le métro aérien étaient à double sens et il y avait beaucoup de bus. Tout en pédalant, je respirais les fumées d'échappement et toussais.

L'appartement, sordide, était situé dans une rue qui l'était tout autant. Le jeune homme en quête d'un colocataire avait l'air sympa. Blond, plus petit que Thomas et plus jeune que nous. Il nous expliqua qu'il venait de commencer à travailler comme taxi-vélo près de l'Empire State Building. Des amis lui avaient dit que les bons chauffeurs se faisaient quatre-vingt mille dollars par an. Si les choses tournaient comme il l'espérait, il quitterait cet endroit dans quelques mois et je pourrais reprendre le bail, m'installer dans la plus grande chambre et me trouver un autre coloc. La salle de bains était propre, la chambre déprimante. Un petit matelas était posé à même le sol et un placard Ikea à la porte mal ajustée servait de penderie.

— Rien d'autre comme rangement ? demandai-je à Neal.

— Non, c'est tout. Vous pouvez acheter un autre placard et l'installer là, me dit-il, le doigt tendu vers un coin de la pièce.

Thomas plissait le front mais son visage demeurait insondable.

— C'est sûr ici, la nuit ? Le métro est loin ?

— Environ à dix minutes. Et le quartier, ça va.

Il n'y avait pas grand-chose à voir dans ce minuscule appartement. Neal avait fait de la pièce à vivre sa chambre, de sorte que, le matin, je devrais la traverser pour aller à la cuisine.

— Le matin, il faudra que je parte entre sept heures moins le quart et sept heures, dis-je.

— Il peut y avoir un tremblement de terre, je dors. D'ailleurs, il y en a eu un à San Francisco et je ne me suis pas réveillé. Vous pouvez utiliser la cuisine et la salle de bains n'importe quand.

— Je vais sans doute accepter. Je peux vous donner ma réponse demain ?

— Oui, je n'ai plus de visite aujourd'hui.

— Merci.

Nous quittâmes l'appartement et retirâmes les antivols de nos vélos. Thomas promena son regard dans la rue, des poubelles encombraient les trottoirs. Ce n'étaient que des petites maisons avec des courettes bétonnées à l'avant.

Nous roulâmes en silence.

De retour à Manhattan, Thomas descendit de vélo et se retourna vers moi.

— Que dirais-tu d'un dîner à Little Italy ?

— Ça me paraît super.

— Anita s'est renseignée sur les possibilités de colocation dans la coop où elle travaille. Rien ne s'est encore présenté. Tes parents t'ont donné une date butoir ?

— Non, la fin du mois prochain, peut-être.

— Ça laisse pas mal de temps. Anita a un paquet de relations. Quelque chose se présentera, c'est certain.

Thomas fixe le plafond, il a peur de la déranger s'il bouge. Est-il assez fort pour garder ce secret jusqu'à la fin de ses jours ? Peut-il faire confiance aux parents d'Uma ? Ne seront-ils pas tentés d'utiliser cette information pour renforcer leur pouvoir dans cette interminable guerre ? Des gens imprévisibles, inconstants, emplis de haine et de méchanceté. Toutes ces choses qu'il veut épargner à sa famille. S'il ne dit pas à Uma ce qu'il vient d'apprendre, comment pourra-t-il le lui dire plus tard ? Il a le sentiment de la trahir. De l'avoir déjà trahie. Mais elle veut le bébé désormais et le stress causé par un tel bouleversement est la dernière chose dont elle ait besoin. Peut-être qu'il lui en parlera une fois qu'il en saura plus à propos de son géniteur. Il pourrait l'informer après la naissance du bébé. Mais il faudrait qu'elle soit remise de sa grossesse sans risquer d'affecter le petit. Une fois l'allaitement terminé, peut-être. Sudha tiendra-t-elle sa langue jusque-là ? Elles sont si proches, toutes les deux.

Il essaie d'imaginer sa vie, son passé. Il sent le souffle d'Uma sur son épaule. Sa respiration est régulière et lente. Son sommeil plus profond qu'il ne l'a été depuis longtemps. Être la fille de, ça fait quoi ? Grandir en Inde ? Partir à l'étranger ? Avoir des parents psychotiques ? Les voir baiser ? Surprendre un homme en train de quitter la chambre de sa mère ? Croiser la maîtresse de son père, à peine plus âgée que soi ? Regarder sa mère se faire casser le bras. Voir un flic sur le seuil, qui promet sécurité et protection, et ne pouvoir l'accepter ? S'entendre dire encore et toujours qu'il faut la fermer parce qu'on est bête ? Être fiancée à un homme qui vous veut dans le seul but d'obtenir un passeport ? Savoir que, dans le théâtre de ses parents, on est surtout un objet, une chose hybride, entre le jouet et l'animal domestique ? Comment peut-il se mettre à sa place ? Va-t-il la libérer ou fera-t-il s'écrouler son monde ?

Les parents d'Uma ont peut-être seulement tenté de prendre les meilleures décisions possible pour leur fille et pour eux mais, comme lui, ils ne savaient tout simplement pas ce qui valait mieux. Ils ont fait de petites fautes. Raté des choses. N'ont pas réussi à corriger ces erreurs et celles-ci ont grossi. À l'instar de ces banques devenues trop gigantesques pour faire faillite, de petites erreurs de jugement se sont accumulées jusqu'à prendre des proportions monstrueuses. Que fera-t-il pour empêcher Uma et lui-même de suivre le même chemin ? Comment protégeront-ils leur enfant de ces échecs par trop humains ?

Il remarque une petite lumière rouge qui clignote : c'est le Nokia d'Uma. Il veut la convaincre de s'en débarrasser. Ils sont au parfum, maintenant, elle n'a plus besoin d'un numéro distinct. Elle peut enfin cesser de se recroqueviller sur elle-même de peur. Leur première année ensemble, il avait offert à Uma une dent de tigre pour son anniversaire. La vendeuse du magasin de pierres et de perles près d'Union Square, où il l'avait achetée, lui avait expliqué que la dent de tigre convenait à toute personne ayant besoin de courage. Déjà, à l'époque, il savait que c'était le cas d'Uma. La lumière du Nokia clignote encore furieusement. Il regarde Uma. Elle dort toujours à poings fermés. À ce stade, après tout ce qu'il a déjà fait, l'acte est instinctif, et c'est à peine s'il en a conscience lorsqu'il déverrouille l'appareil, entre le mot de passe d'Uma et consulte le répondeur.

Il n'écoute que le premier des trois messages laissés par Mrs Sahni. « Rappelle-moi, je t'en prie. Ton père est en soins intensifs. »

Tandis que le message suivant se déroule, il jette le téléphone à côté d'Uma et la secoue.

— Il faut qu'on parte, lui dit-il en enfilant son pantalon.

— Que se passe-t-il ?

— Il est arrivé quelque chose à ton père.

— Quoi ?

— Je ne sais pas.

— Mais comment sais-tu qu'il lui est arrivé quelque chose ?

— La lumière de ton téléphone clignotait. Tu dormais et j'ai pensé qu'il valait mieux que j'écoute. Ta mère a appelé toute la nuit.

— Elle fait encore son cinéma, je suis sûre que tout va bien. Fais-moi écouter.

— Je vais essayer de trouver une voiture en autopartage.

Uma écoute le message, la mâchoire pendante, les yeux dans le vague.

— Ils pensent que c'est une autre crise cardiaque.

— On y va, il y a une voiture de libre au garage de la 35e Rue, je l'ai réservée.

Uma avance au ralenti vers le placard et cherche quelque chose à se mettre. Elle a l'air perdue.

— On prendra un café en route.

— C'est tellement irréel.

— Tu es en état de choc. Allez, viens.

En chemin, ils s'arrêtent chez Guy & Gallard, Thomas commande deux cappuccinos et, tandis qu'ils attendent d'être servis, Uma caresse le bras de Thomas.

— Mon père ne veut pas être réanimé.

Comme elle se serre tout contre lui, Uma lui semble plus petite que d'habitude. Elle tourne la tête et lève vers lui ses yeux aux larges iris noirs. Ces grands yeux ont une emprise folle sur lui. Quand ça ne va pas entre eux, il suffit qu'elle le regarde d'une certaine manière et il n'a plus qu'un désir : la protéger.

— Il va s'en tirer.

Thomas lui embrasse le front.

Ils prennent la voiture et s'en vont. Il sait qu'elle n'a pas encore bien saisi la nouvelle. Combien de temps cela lui a-t-il pris, à lui ?

Il se met alors à lui raconter son histoire :

— Ma mère et moi petit-déjeunions en parlant des vacances d'été. Nous avions prévu un week-end surprise pour fêter le retour de papa. Il adorait la voile, et une amie de ma mère lui avait proposé de nous prêter le voilier de son mari pendant quelques jours. Je m'entendais bien avec mon père ; je ne ressentais pas cette envie rebelle de tuer le père, comme beaucoup d'adolescents. Je voulais qu'il revienne de cette Australie de merde, que l'on se fasse des paniers de basket et que l'on aille nager. Mon père était décontracté et peu paternel. Plus un ami auquel j'avais sacrément envie de demander comment m'y prendre pour séduire Maria, une fille studieuse mais chaleureuse de mon cours d'histoire.

» C'est moi qui ai répondu au téléphone. Voix féminine, officielle. Rien d'hostile, mais si officielle que j'ai compris qu'il y avait un problème. Elle voulait ma mère. Cette dernière prit l'appel, debout près de la fenêtre de la cuisine. À un moment précis de la conversation, quelque chose a changé ; quand j'y repense, je ne sais toujours pas comment j'ai deviné. Ma mère n'avait rien dit mais je suis allé vers elle et l'ai prise par la taille, l'ai serrée très fort.

» "Non ! ai-je crié avant même qu'elle ouvre la bouche. Non, non, non !" Je pleurais. Ma mère me réconfortait, alors que moi, j'en étais incapable. Au bout de quelques minutes, je me suis ressaisi et j'ai arrêté. Je me suis senti physiquement plus grand, vieilli. J'ai enlacé ma mère. Et là, elle a pleuré. Et elle a fini par dire : "Un accident d'avion. Aucun survivant."

» Nous nous sommes envolés pour l'autre bout du monde. L'hémisphère Sud. L'Australie. L'impression d'être dans les airs des jours durant. Se trouver ainsi suspendus au-dessus de la terre donnait à la mort de mon père une aura surnaturelle. Dans l'avion, nous évoquions son souvenir ; quelques heures s'écoulaient et nous sanglotions de nouveau. Le temps semblait s'être arrêté, pour ne reprendre son cours qu'une fois au sol. Le ciel n'est pas un endroit où se font les affaires des hommes. Mais un bocal de conservateur, comme du formol.

» En Australie, les corps avaient été rapatriés à Uluru, l'aéroport le plus proche. Nous dûmes prendre un autre avion depuis Sydney et traverser les grandes, les immenses contrées pour l'essentiel inhabitables. La terre était rouge. Des mauves et des violets étranges se mélangeaient dans le ciel. Des cicatrices et des entailles fendaient si profondément la terre qu'on les voyait depuis là-haut. J'avais rêvé d'aller en Australie après le premier voyage de mon père à Uluru. Il m'avait parlé de l'immensité du ciel. "Tant que tu n'as pas vu un tel spectacle, tu n'as rien vu d'immense." Il m'avait montré des photographies de ce rocher rouge à la surface étrangement bigarrée, dépassant du sol tel un iceberg, dont la plus grande partie était enfouie sous la terre. Je le remarquai à peine. Je voulais mon père. J'avais encore tant de choses à lui demander. Je lui avais souvent dit qu'il était un père cool, mais pas souvent que je l'aimais. Durant ce vol vers Uluru, le visage caché dans mes mains, j'ai sangloté. Ma mère me frottait la nuque. C'est la dernière fois que nous fûmes si proches physiquement. J'étais pourtant censé être un homme. Sa mort m'a endurci.

— Tu ne m'avais jamais raconté tout ça, lui dit Uma.

Elle fait son possible pour ne pas fondre en larmes.

— C'est normal que tu pleures, même s'il n'est pas un vrai père.

Silence. Thomas se demande si elle va remarquer ou interpréter ce qu'il vient de dire.

— Non, ce n'est pas un vrai père. Mes parents sont davantage des enfants.

Il demeure silencieux. Fait rouler la phrase dans la bouche pour s'entraîner : *Uma, je voulais dire qu'il n'est vraiment pas ton père.*

— Quand a-t-il eu sa première crise cardiaque ?

— Il avait quarante-six ans et était apparemment en bonne santé.

— Il est resté longtemps à l'hôpital ?

— Seulement deux jours. Après ça, il a cessé de battre ma mère. Il s'est calmé.

— Ça a été le tournant, alors ?

— C'était vraiment bizarre. Quelques jours avant, ma mère et moi avions regardé un film merdique sur le câble où un homme mourait empoisonné par un poisson-boule et j'étais certaine que ma mère, inspirée, avait essayé d'assassiner mon père.

— On aurait trouvé des toxines dans les analyses.

— Pas forcément, le corps se met simplement en mode extinction.

— Pourquoi as-tu cru que ta mère l'avait tué ?

— J'étais parano. Je m'imaginais aussi que mes parents me faisaient suivre par un détective privé, tu t'en souviens ?

Cette crise cardiaque qui survient comme ça, au lendemain de son coup de fil à Mrs Sahni, éveille les soupçons de Thomas. Qu'avait-elle au juste en tête quand elle avait parlé de s'occuper de Chand Ram ?

— Aurait-elle pu le tuer maintenant ?

— Ma mère est folle mais elle n'a pas de raison de l'éliminer. Ils ont besoin de se nourrir mutuellement de leur colère. C'est ce qui les fait vivre.

Thomas opine du chef.

Au moment de reprendre l'appartement, ma mère me harcelait au téléphone. C'est là que j'ai pris le petit Nokia afin d'avoir une ligne seulement pour eux. De plus, je craignais qu'ils ne soient capables d'appeler le bureau et de raconter des choses sur moi à mes collègues. Moins ils en savaient sur ma vie, moins ils pouvaient la saboter.

— *Uma ?*

— Maman.

— Nous sommes à New York.

— Et moi au travail. Je ne peux pas m'arrêter encore aujourd'hui.

— Ce n'est pas la peine. Écoute, on vient de signer le bail pour l'appartement. On passera les clefs aux locataires dimanche. Il faut que tu aies déménagé d'ici à vendredi afin que l'on puisse faire repeindre.

— En deux jours ?

— Oui, ton père viendra demain et remportera tes cartons à Toms River, à condition que tu emballes tout aujourd'hui.

Nausée.

— Je te rappelle.

Je raccrochai, courus aux toilettes et vomis. Mon petit déjeuner, bagel et fromage demi-sel, expulsé dans d'horribles gargouillis. Je nettoyai et retournai à mon box, me sentant totalement engourdie.

J'appelai Thomas.

— Je dois déménager cette semaine. Ils veulent remporter mes affaires à Toms River dès demain.

— Impossible.

— Je n'ai pas le choix, ils m'ont coincée.

— Tu as fait tes sacs ?

— Bien sûr que non, tu le sais bien. On a dîné ensemble hier et j'ai dormi chez toi !

— Je te retrouve pour t'aider à empaqueter. On emportera tes affaires chez moi et ton père peut commencer à enlever les meubles.

— Mais Thomas, tu n'es pas sérieux. Ton appartement est minuscule.

— Uma, je t'aime. Là, je ne peux pas parler. On se voit tout à l'heure chez toi.

Thomas était déjà entré avec son jeu de clefs lorsque

j'arrivai. Il avait fait l'inventaire de la cuisine et gardé quelques trucs qu'il aimait utiliser les fois où nous dormions chez moi : un petit appareil pour cuire le riz, nos tasses à café rouges, une poêle à fond épais et un couvercle en verre. Il avait apporté de chez lui deux valises vides.

— Les vêtements dont tu as besoin pour le bureau vont là-dedans.

— Thomas, on peut se parler ?

— Mais oui. Tu veux retourner vivre chez eux ?

— Bien sûr que non.

— Alors tu vas aller où, dans deux jours ?

— Tu n'es pas obligé de faire ça. Je sais que tu attaches de l'importance à ton indépendance. On n'a jamais parlé d'emménager ensemble.

— Les circonstances ne sont plus les mêmes.

— Je me trouverai un appart dès que possible.

— Pas ce trou à Williamsburg.

— Je ne peux pas y mettre plus de cinq cents dollars.

— On est en train de perdre du temps. Une fois que tu auras économisé de l'argent, dans quelques mois, tu pourras t'installer dans un endroit correct. Pour l'instant, on s'y met.

— Tu n'es vraiment pas obligé.

— C'est mon choix. Allez, on attaque.

— Merci, Thomas.

Il mit dans un carton mes draps, mes serviettes et ma couette ; mon père les remporterait. Il protégea ma table de nuit faite à partir d'un petit tronc d'arbre et enveloppa la lampe Tiffany que ma mère m'avait offerte dans du plastique à bulles. Il ferma hermétiquement le tout. J'entassai mes habits de week-end dans de grands sacs-poubelle. Quand nous eûmes fait l'essentiel, nous commandâmes des pizzas et rentrâmes en taxi chez Thomas, à huit rues seulement de là.

Le lendemain, mon père arriva avec Slava, l'homme qui s'occupait parfois de leur jardin et, à deux, ils transportèrent les meubles les plus lourds dans un petit camion de location, aidés par le gardien de mon immeuble. Ma mère m'annonça que mon père me prendrait vendredi avec mes autres affaires. Je ne la contredis pas.

Quand ils arrivent, Chand Ram est toujours en soins intensifs. Mrs Sahni a les yeux rouges. Entre deux sanglots, elle leur explique qu'elle a besoin d'affaires. Thomas propose d'aller les chercher chez elle. Au bureau des infirmiers, il réclame un morceau de papier et dresse une liste : les médicaments de Chand Ram, la brosse à dents de Mrs Sahni et le dentifrice au neem.

À ce moment apparaît un médecin indien avec un bouc et des cheveux incroyablement blancs ; il demande à voir Mrs Sahni.

— Madame, je suis désolé, votre mari est décédé.

Mrs Sahni porte les mains à la poitrine, puis saisit le bord de son sari et pleure.

Uma a le regard perdu.

Thomas étreint Uma.

Mrs Sahni sanglote désormais de plus en plus fort. Chaque fois qu'elle reprend son souffle, elle fait plus de bruit. L'hystérie la gagne. À l'étage, les gens la dévisagent, elle se frappe la poitrine et tire sur son collier en or aux perles noires.

— Madame, voyons, lui dit le médecin, une main posée sur son épaule.

— Non ! hurle-t-elle, et elle tire encore plus fort sur sa chaîne.

— Maman, cesse de tirer sur ton *mangalsutra* !

— Je suis devenue veuve. Je suis veuve.

— Mrs Sahni, s'il vous plaît.

Thomas pose sa main sur son épaule. Elle le regarde.

— S'il vous plaît, ressaisissez-vous.

Un autre membre du personnel hospitalier s'approche d'eux.

— Vous êtes la famille de Mr Chand Ram ?

— Oui, c'est nous.

— Je sais que c'est un choc, je suis désolé de vous interrompre. Je suis le spécialiste des greffes de l'hôpital et…

Mrs Sahni lui saisit la main.

— Oui, mon mari était donneur d'organes. Il souhaitait tout donner.

— Il faudra remplir des papiers.

— Il avait déjà signé les formulaires de consentement. Thomas, vous pourrez les rapporter quand vous irez à la maison ? Il y a dans notre chambre un meuble de rangement ; les papiers et son testament sont dedans.

— L'autorisation donnée par un parent proche est en général suffisante. Vous étiez toujours mariés, n'est-ce pas ?

— Oui.

Uma regarde Thomas.

— Il faudra, je pense, des habits propres pour les derniers sacrements.

— J'y vais, j'en rapporterai, dit Thomas.

— Tu sauras retrouver la maison ? demande Uma.

— Il y a le GPS. Ça va aller ici, toute seule ?

Uma fait oui de la tête. Il la serre très fort dans ses bras puis se dirige vers la sortie.

Sur le chemin de la maison, Thomas a constamment présent à l'esprit le visage hystérique de Mrs Sahni.

Il est quasiment certain que son exubérance cache quelque chose. Une fois arrivé, lorsqu'il pénètre par la porte d'entrée, il s'attend presque à ce que Chand Ram lui saute à la gorge parce qu'il s'est introduit chez eux sans autorisation. Il faut du temps pour intégrer la mort d'une personne que l'on a vue récemment, avec qui on a parlé. Thomas se dit que son enfant devra un jour affronter sa mort à lui. Il faut espérer que ce petit deviendra un homme ou une femme capable, pour qui la mort d'un parent est dans l'ordre naturel des choses.

Il y a une horloge dans la cuisine. Thomas vérifie l'heure, programme son téléphone pour qu'il sonne dans vingt minutes. Il prétendra qu'il est en retard parce qu'il s'est perdu. Il trouve une paire de gants sous l'évier et commence à fouiller dans la poubelle. Il ne sait pas très bien ce qu'il recherche. Le reçu d'un magasin d'aquariophilie ? Les restes d'écailles d'un poisson-boule ? Il ne trouve rien. Il monte à l'étage en courant et va inspecter la poubelle dans la chambre. À sa grande surprise, il constate que Mrs Sahni a toujours ses règles. Il se savonne les mains consciencieusement et rassemble les affaires de la liste.

Si le cerveau devait être donné pour la recherche, Mrs Sahni aurait couru trop de risques en liquidant son mari. Les neurotoxines n'y resteraient-elles pas tapies, laissant des signes qui ne trompent pas ? Qu'en sait-il, après tout ? Lorsqu'il quitte la maison, il inspecte rapidement massifs et potager à l'affût de traces de bêche. Elle aurait pu tout bêtement enterrer les arêtes. Mais le sol, bien affermi, ne révèle aucun crime.

Quand Thomas retourne à l'hôpital, le prélèvement des organes est en cours. Mrs Sahni semble avoir retrouvé son calme.

— Comment a-t-il pu mourir aussi subitement ?

Comment vous êtes-vous occupée de lui ? chuchote Thomas à l'oreille de Mrs Sahni.

Elle sanglote de nouveau.

— Ne soyez pas cruel.

Thomas se retient d'en dire plus. Ne lui viennent à l'esprit que des remarques encore plus acerbes.

— Thomas, s'il vous plaît, ne dites pas à Uma que ce n'était pas son père. Ne volez pas un mort à sa fille.

— Je veux le nom du vrai père et ses coordonnées. Je ne vais pas laisser tomber.

— J'essaie de retrouver sa trace. Croyez-moi, je vous en prie.

Uma les rejoint. Mrs Sahni pleure encore, prend Uma dans ses bras et la serre très fort. Uma se met elle aussi à pleurer. Thomas reste là, debout, à leurs côtés.

Comme cet instant se prolonge, il part à la fontaine à eau afin de s'éloigner. Est-il sans cœur ? Est-il un monstre ? Il se prend à haïr cette famille qui l'a transformé en un individu qu'il ne reconnaît pas. Il est devenu calculateur parce que, chaque jour, il voit Uma calculer. Son Uma qui a toujours été généreuse et ouverte avec lui. Sans ces mensonges et ces calculs, elle n'aurait pu résister à une enfance si houleuse. Un moyen pour elle de reprendre le contrôle. Il n'a pas de telles excuses.

Il remplit deux verres d'eau et les apporte aux deux femmes.

Uma ravale ses sanglots et boit un peu au verre qu'il lui tend. Mrs Sahni fait de même.

— Posons-nous un moment, propose-t-il.

Elles le suivent et s'assoient. Thomas tient la main d'Uma.

— Il nous faut un prêtre pour les derniers sacrements, déclare Mrs Sahni.

— Un prêtre hindou ? s'enquiert Thomas.

— Oui, il y a des rituels à observer, explique Uma.

— Je peux vous aider ?

Thomas a déjà sorti son portable et lancé un navigateur.

— Vous pourriez aller au temple, demander à un prêtre de venir ? Et peut-être même l'amener ici ?

— Bien sûr.

Il note les instructions que lui donne Mrs Sahni et s'en va.

Sur le parking du temple, il n'y a que deux voitures. Il se gare et se dirige vers l'entrée. Quelques paires de chaussures ont été laissées devant la porte. Il enlève les siennes et entre. D'abord, il ne voit personne. Il fait le tour et trouve un prêtre occupé à habiller une statue.

— Mon beau-père vient de mourir et nous aimerions qu'un prêtre vienne s'occuper des derniers sacrements.

— Attendez un moment, s'il vous plaît. La personne qui pourra s'en charger sera là dans une demi-heure.

Thomas déambule dans le temple et regarde les icônes groupées çà et là ; chaque sanctuaire présente entre deux et cinq dieux ou déesses. Un parfum délicat lui chatouille les narines et le conduit à un escalier qui mène au sous-sol. Il l'emprunte et tombe sur la cantine du temple. Il y a là un homme vêtu d'une chemise bleu pâle à manches courtes, un torchon autour du cou. Entre deux tâches derrière le comptoir, il s'essuie les mains.

— Que peut-on manger ?

— Je peux vous faire un *dosa*. Les *idli* viennent de cuire.

Thomas aperçoit le cuisinier en train de soulever le couvercle d'un autocuiseur. De la vapeur en jaillit et embue un instant les lunettes de l'homme.

— Bon, va pour les *idli* ; et j'aimerais un *dosa*.

— Ce sera juste un *rava dosa* ; on n'ouvre pas avant treize heures.

— C'est avec de la semoule ou du blé ?

— De la semoule, lui répond le gars avec un large sourire qui lui découvre les dents.

— Ça marche.

L'homme lui tend une assiette en acier avec deux *idli* fumants et un bol de chutney à la noix de coco. Thomas les prend et va s'asseoir.

— Je vous apporterai le *dosa*, inutile de vous lever.

Derrière le bar, un écran de télévision est fixé au mur. Même s'il ne comprend pas la langue, Thomas regarde ce qui y passe. Apparemment, c'est une sorte de série à l'eau de rose. Une femme, la cinquantaine, dans un sari vert perroquet, parle comme Mrs Sahni ; les mimiques de son visage sont excessives. On dirait qu'elle est en train d'accuser une jeune femme qui se tient dans la cuisine.

— Voici le *dosa*. L'*idli* était bon ?

— Délicieux, merci.

À l'écran, un homme apparaît, le mari de la jeune femme, sans doute, et le fils de la femme plus âgée. Il va se poster aux côtés de son épouse. La femme âgée pleure et se frappe le front de la paume de la main, puis s'évanouit. L'homme se précipite, la retient. Thomas repère les mots « *I love you* ». La vie de Thomas et d'Uma ressemble en ce moment à un feuilleton télé. Il se voit tel qu'on le verrait depuis l'écran au mur : un Blanc assis dans ce restaurant en train de manger son *dosa* avec les mains, le trempant dans le *sambar* comme il a vu les gens le faire en Inde du Sud. Il se voit également en train de fouiller dans les affaires de Mrs Sahni. Lui aussi, personnage d'un drame. Il comprend ce qu'a dû ressentir Uma toute sa vie.

Le prêtre, plus jeune que lui, est prêt. Thomas lui serre la main ; ils se sourient. L'homme a pris avec lui une petite valise et un grand sac marin, que Thomas porte. Dans la voiture, il allume la radio. Les notes grinçantes, saccadées, d'un morceau de hip-hop retentissent. Le prêtre l'éteint aussitôt.

— On ne met pas de musique quand quelqu'un est mort. On le pleure.

Ils roulent tranquillement jusqu'à ce qu'un bourdonnement dans la poche de Thomas brise le silence.

— Ils transportent le corps dans une maison funéraire proche. Il faut que tu nous retrouves directement là-bas, lui annonce Uma.

— Un instant, je me gare et je te rappelle pour l'adresse.

Thomas prend la première sortie, s'arrête et note le chemin. Il informe le prêtre de leur nouvelle destination.

— Ah, je connais l'endroit. Ils font du bon travail. Vous avez des habits propres avec lesquels habiller le défunt ?

— Oui.

— Je crois comprendre qu'il n'y aura pas d'autres parents.

— C'est exact.

— Ceux qui attendent d'autres personnes font une veillée.

Thomas hoche la tête.

— C'est mieux comme ça. En Inde, si quelqu'un meurt le matin, le corps est incinéré le jour même. Cela dit, on ne fait pas de crémations après le coucher du soleil.

— Je vois.

— Vous êtes le gendre ?

Nouveau signe de tête affirmatif.

— Vous vous êtes mariés selon le rite hindou ?

— Non, nous sommes allés à l'état civil.

— Notre temple organise des mariages hindous si jamais vous vous décidiez.

— Je ne crois pas. Uma est déjà ma femme. Je ne vois pas de raison de me marier une seconde fois.

Je fais ce que le prêtre me dit ; Thomas *idem*. Il sait finalement très bien tenir le discours qu'on attend de lui et règle la logistique de la crémation. Le prêtre s'entretient avec le directeur du centre et semble satisfait des dispositions qui ont été prises.

Le directeur des pompes funèbres nous demande d'attendre pendant que l'on prépare le corps de mon père et qu'on lui passe les habits propres qu'a apportés Thomas. Ma mère et moi sommes plus calmes. Nous attendons dans une petite salle qui jouxte une pièce plus vaste. Dans tout le bâtiment, les plafonds sont bas et il y a partout de la moquette. Des rideaux recouvrent les fenêtres du plafond au sol. Thomas les tire et demande que l'on ouvre les deux portes-fenêtres qui donnent sur le porche. Je ne me suis pas rendu compte de son absence, mais lorsqu'il revient avec deux grands sacs en papier dans les bras, je réalise que j'ai faim. Il en propose un à ma mère et à moi, et l'autre au prêtre.

— Je suis végétarien, dit ce dernier en l'acceptant.

— Tout est végétarien, le rassure Thomas.

Il a acheté des sandwichs à la tomate dans une épicerie fine et des gâteaux.

Ma mère mange sans s'arrêter.

— Je n'avais rien pris depuis le dîner, s'excuse-t-elle.

Thomas sourit et s'en va de nouveau. Je fixe les rideaux roses aux reflets d'or. Dans la grande salle, réservée aux veillées et aux éloges funèbres, des chaises pliantes sont alignées. De loin, on dirait qu'elles sont en bois mais, à les regarder de plus près, on voit qu'elles sont en plastique. Je pense aux bébés albatros qui périssent en avalant cette matière, à ces îles de polystyrène qui flottent sur l'océan. Je touche mon ventre et m'assieds sur l'une de ces chaises, accablée. Comment lutter pour protéger mon enfant de ce désastreux héritage ?

J'entends Thomas parler à ma mère, je tourne la tête. Il lui tend une tasse en papier.

— Ça va ?

Je fais oui de la tête.

— J'ai acheté des *donuts*. Vous aviez l'air affamés.

Il ouvre le sac en papier kraft et je regarde dedans.

— Glacé au sucre, à la myrtille ou à la confiture de raisin.

Je choisis le glacé.

Il repart vers ma mère et le prêtre. Je les vois chacun leur tour plonger la main dans le sac. Après avoir fini de manger, ma mère fixe le sol d'un air absent. Je me demande si je la connaîtrai vraiment un jour. Elle et ses motivations, ses humeurs, son besoin constant de conflits et de scènes.

Je préviens Sudha de la mort de mon père par texto. Elle me rappelle aussitôt et, après un bref échange, je lui passe ma mère. Une minute plus tard, ce sont ses parents qui appellent. Et puis, les uns après les autres, c'est au tour des frères et sœurs de mon père. La famille de ma mère appelle aussi. Nous échangeons nos portables toutes les cinq minutes, chacun voulant parler à la mère ou à la fille. À mesure que les condoléances se succèdent, je me reprends. Lorsque le corps est prêt, on nous demande d'aller dans une petite salle.

Le prêtre dit à Thomas de mettre de la pâte de santal sur le corps de mon père. Je ne connais pas très bien le rituel mais j'ai le sentiment que Thomas fait maintenant partie de la famille. D'habitude, ce sont les fils qui accomplissent les derniers sacrements et, en l'absence d'un fils, c'est le rôle du parent mâle le plus proche. Ou bien du prêtre, s'il n'y en a pas. En choisissant de confier cela à Thomas, le prêtre l'a officiellement intronisé membre de la famille. Ironie de l'histoire : mon père est envoyé dans l'au-delà par quelqu'un dont il n'avait pas admis l'existence, qu'il avait à peine rencontré, à qui il avait à peine parlé.

Puis nous passons au crématorium. Ma mère ne pleure plus. Soudain, je prends conscience que mon père va être incinéré. Incinéré : ce mot ne me sort pas de la tête. Je ne saisis pas précisément ce que je ressens. Lorsque je songe au passé, je n'ai de lui que des images de violence, d'agressivité. Il a tant de fois mis ma mère à terre, lui donnant des coups de pied avec ses chaussures noires en cuir rigide à bout fleuri. Des chaussures à lacets. Dans l'entrée, ils avaient un coffre pour les ranger. Mon père s'y asseyait et les brossait avant de sortir. Il leur accordait beaucoup de soin et je m'étais toujours demandé si, lorsqu'il les regardait, il se souvenait qu'il avait frappé ma mère avec. Quand je les voyais, moi, je ne pensais qu'à ça.

J'observe ma mère et je ne sais si je dois me sentir désolée ou soulagée pour elle. Aussi loin que remontent mes souvenirs, elle n'a cessé de le mépriser. Selon elle, il ne faisait jamais rien de bien. Elle lui en voulait de ne pas être de sa caste. Lorsque l'Inde lui manquait, elle le tenait pour responsable de leur installation aux États-Unis, bien que ce fût son idée à elle. Elle avait voulu le tirer des griffes de femmes indiennes qui rôdaient autour de lui parce qu'il était plus âgé, plus riche, plus éduqué qu'elles. Elle n'avait jamais pensé que mon père pouvait avoir des sentiments authentiques pour cette jeune femme, alors qu'elle avait aimé l'homme à la mobylette. Dans leur histoire, est-il pertinent de savoir qui a trahi qui ? Ce cycle de haine et de vengeance qu'ils ont joué chaque jour est terminé.

Du crématorium hindou de South Amboy, nous repartons à Toms River. Il est tard. Lorsque ma mère sort de la voiture, Thomas me chuchote à l'oreille que nous devrions lui proposer de rester pour la nuit. Je n'ai pas dormi dans cette maison depuis la fois où ils m'ont virée de l'appartement et laissée sur le carreau. Je soupire. Je me dis que mon père de toute façon n'est plus là. Mes émotions sont en retard par rapport aux événements. Je vois la maison et je sens monter en moi ce sentiment de malaise si familier. Du fait des violences, je m'étais toujours imaginé que ma mère partirait avant mon père. Mais il avait fini par arrêter de la battre, et aujourd'hui, il n'est plus.

Nous dormons dans ma chambre. Ma mère nous a proposé la leur mais j'ai refusé. Mon lit n'a qu'une place et nous nous serrons l'un contre l'autre. Thomas se love contre moi, passe le bras sur ma hanche et pose avec douceur sa main sur mon ventre. C'est nous, c'est notre famille, lui dis-je. Et je plonge aussitôt dans un profond sommeil, la main de Thomas protège mon ventre et le petit être qui se forme à l'intérieur. Ses cellules se divisant sans cesse jusqu'à former de minuscules organes, le cœur de la taille d'un ongle, le nez plus petit qu'un haricot noir.

Cela fait un bail que ma salle de bains n'a pas été utilisée. Alors que je suis sous la douche, une araignée tombe du plafond. J'ouvre le robinet et me penche pour prendre un mouchoir. Je suis sur le point de l'écraser quand je me mets à penser à toutes ces années que j'ai vécues. Toutes ces années sur la terre, l'expérience de l'amour, l'amertume d'avoir souvent été trahie, la réussite que représente un salaire mensuel. La vie de l'araignée n'est pas moindre. Ce qu'elle ressent peut bien m'être inaccessible, comment puis-je, grande et nue dans cette salle de bains en granit noir, savoir de quoi est faite sa vie ? Je l'attrape avec le mouchoir, aussitôt elle rétracte ses pattes et fait la morte. Je la prends avec délicatesse et la pose sur le lavabo. Quand je sors de la douche, je vois que l'araignée s'est remise sur ses pattes et s'éloigne.

Plus tard, alors que Thomas se lave les dents, je me précipite et vomis dans la cuvette. Il tend le bras vers moi mais je préfère qu'il me laisse et lui fais signe de partir. Je ne sais combien de temps je passe là avant de redescendre. Thomas m'apporte un verre empli d'un liquide coloré.

— Ta mère m'a dit que c'était le remède traditionnel contre les nausées de la femme enceinte ; j'en préparerai pour demain.

J'ai tout de suite le goût âpre du gingembre sur la langue ; je n'en raffole pas mais j'avale la potion d'un trait.

Sous l'œil attentif de ma mère, Thomas coupe des oignons, de la coriandre et des piments verts.

— Et ça, je les coupe comment ?

— Aussi fins que possible, en particulier les oignons. C'est pour l'omelette et il faut que ça cuise vite.

— Et qu'est-ce que vous avez mis dans les œufs ?

— Du curcuma.

Ma mère prépare une omelette à l'indienne. L'odeur des œufs me donne de nouveau envie de foncer aux toilettes. Le temps que je revienne, Thomas a déjà mangé, le comptoir est propre, les fenêtres ouvertes. Assis à côté de ma mère, il dresse la liste des choses qu'il faut faire afin, j'imagine, de boucler la vie de mon père. Elle a déjà appelé l'hôpital. Elle sait où mon père rangeait ses papiers d'assurance et ses documents bancaires. Elle revient dossiers en main. Thomas ouvre une chemise après l'autre et prend des notes. Parfois, il passe un appel sur le sans-fil et va du salon au bureau de mon père. Je l'entends dire à travers le mur : « Il est mort hier », ou bien il utilise le mot « décédé ». Au bout d'un moment, ma mère se lève et quitte la pièce. Je la vois se diriger vers leur chambre. Moi-même un peu désœuvrée, je vais dans l'entrée où se trouve le vieil ordinateur de mes parents, je me connecte à ma boîte mail professionnelle. Je laisse un message au chef de bureau et un autre à Ricky. Je devrais annoncer à Adam que je ne viendrai pas travailler, mais je ne supporte pas l'idée qu'il me rappelle pour débiter des banalités sur la mort de mon père.

Thomas a rédigé des instructions précises pour ma mère. Il en fait une photocopie pour lui, de sorte qu'il pourra voir où elle en est, plus tard dans la semaine. Il s'est glissé dans le rôle du gendre indien avec une facilité déconcertante. Il y a tout juste un mois, imaginer que mes parents soient au courant de son existence était impossible, et voilà qu'il est là. Mon univers a changé, irrémédiablement. Je n'aurai plus à redouter mon père. J'espère ne pas être attachée à ma haine. J'espère ne pas trouver de moyens de m'y accrocher, moi qui n'ai jamais rien connu d'autre.

La sonnette me fait sursauter. Un livreur, une énorme composition de fleurs blanches dans les bras, demande à voir ma mère. Elle descend, lui offre du thé.

— Magnifiques fleurs, dit-il.

— Mon mari est décédé, les gens envoient leurs condoléances.

— Ah, je suis désolé.

Il s'en va à la hâte, gêné.

Le téléphone retentit sans cesse. Ma mère parle aux uns, puis aux autres. Elle remercie tout le monde. J'ai toujours trouvé déplacée, presque morbide, la coutume occidentale qui consiste à remercier les gens qui présentent leurs condoléances.

À la fin de l'après-midi, Thomas et moi disons au revoir à ma mère.

— Ça va être tellement vide, sans lui. Comment vais-je passer cette nuit, et toutes les autres après ? s'interroge-t-elle en pleurant.

Elle a le nez qui coule, les yeux rouges. Ce ne sont pas les larmes qu'elle verse habituellement pour me faire chanter. Non, ce sont de vraies larmes. Je sens le silence qui pèsera sur la maison une fois que nous serons partis. Je la vois errer d'une pièce à l'autre. Pour qui fera-t-elle la cuisine ? Pour qui entretiendra-t-elle la maison ? Je fonds en larmes à mon tour et nous restons là, à pleurer. Thomas nous fait asseoir. Il me tient la main et, sans rien dire, il m'apaise. Je vais me passer de l'eau sur le visage. Je promets à ma mère que nous reviendrons très vite, demain peut-être.

En voiture, une fois que j'ai cessé de renifler, Thomas prend la parole.

— Tu devrais peut-être envisager de dire à ta mère de se rapprocher de New York.

Au milieu de la nuit, Uma se redresse dans le lit en sursaut. Thomas se réveille. Elle l'enjambe maladroitement en lui donnant un coup de genou dans le ventre et se précipite aux toilettes. Il la suit, allume la lumière. *Elle va de nouveau vomir*, pense-t-il.

Elle baisse sa culotte ; il y a du sang partout.

Il cligne des paupières.

Il s'accroupit par terre et la regarde.

— Ça ne veut pas forcément dire que tu as perdu le bébé. Il peut y avoir des saignements.

Uma fixe le sol. Il dit ça pour se rassurer lui-même.

Puis elle relève les yeux vers lui.

— Il est parti, déclare-t-elle faiblement.

— Je vais t'apporter une culotte propre.

Lorsqu'il revient, la porte est fermée. Il tourne la poignée. Elle s'ouvre.

— Pose ça ici et laisse-moi seule.

— S'il te plaît, je veux rester avec toi.

— Va-t'en.

Thomas repart dans le salon et s'assied sur le canapé, la tête dans les mains. Et il attend, il attend un très, très long moment que sa femme sorte.

Thomas prend une douche avant de réveiller Uma. Elle s'est couchée à l'aube. Lorsqu'elle a fini par se mettre au lit, elle n'a pas voulu parler. Thomas a passé la nuit sur Internet à lire des articles sur les fausses couches. Ce n'est pas le seul diagnostic. Des tas de choses peuvent expliquer le sang qu'elle a perdu la nuit dernière. Il espère qu'il s'agit d'une complication que la technique médicale et une surveillance étroite pourront les aider à surmonter. Il ne veut pas qu'Uma perde espoir, mais elle a le visage éteint, inexpressif. Elle s'est enfermée en elle-même.

— Petit déjeuner ?

— Je n'ai pas faim.

— Le cabinet de Tibby devrait être ouvert à cette heure.

Uma hoche la tête.

Elle s'habille machinalement. Elle choisit un chemisier que Thomas n'aime pas ; noir avec de la dentelle sur le devant, il lui donne un air vieillot. Les petites parenthèses au-dessus de ses lèvres se sont allongées. L'espace qui va du bout à la naissance du nez a changé de forme. Cela lui rappelle ce petit truc utilisé par les maquilleurs au théâtre. Les meilleurs peuvent vieillir un acteur rien qu'en tamponnant un peu de fond de teint sur la columelle. Thomas revient au moment présent et voit Uma comme elle est : en souffrance, vulnérable, enfermée dans sa peine.

Dans la salle d'attente de la clinique, Uma suspend son écharpe et sa petite veste à un portemanteau sur roulettes ; ses mouvements sont si lents. Thomas se présente à la femme crocodile à la réception.

— Pouvons-nous voir le docteur ?

— Vous avez un rendez-vous ?

— Non.

Uma rejoint Thomas. La femme crocodile la regarde.

— Je vais voir s'il peut vous prendre entre deux rendez-vous.

— Merci, répond Thomas.

Quelques secondes plus tard, Uma est dans la salle d'examens. Le docteur lui demande de se déshabiller et de passer une chemise. Puis il fait venir Thomas. Après avoir étalé du gel froid sur le ventre d'Uma, il lui fait une échographie.

Au bout d'un moment, il semble qu'il ne fasse que répéter ses gestes précédents. Juste pour être sûr. Le médecin a beau essayer de garder une expression neutre, Thomas a trop de pratique en jeu d'acteur pour se laisser berner. Il serre la main d'Uma.

— Je suis désolé, finit-il par dire.

Ce qui est arrivé est banal au cours du premier trimestre, assez courant, même, leur explique-t-il. Ils devraient essayer de nouveau. La plupart des couples ont ensuite un bébé parfaitement normal. Ils ont du temps devant eux. Uma n'a pas encore trente ans.

Durant toutes les explications du docteur Tibby, Uma et Thomas hochent la tête. Elle n'a pas changé d'expression depuis la veille, c'est désormais Thomas qui l'a rejointe dans le monde des demi-vivants. Ils rentrent chez eux à pied et, bien que le temps soit agréablement frais et ensoleillé, ni l'un ni l'autre ne propose de s'arrêter au Madison Square Park et de regarder, assis sur le banc, les gens qui promènent leurs chiens. Sans une parole, ils coupent dans la 5e et prennent un chemin compliqué pour éviter le terrain de jeux des enfants à l'angle nord-est du parc.

Uma ne veut pas déjeuner, Thomas ne la force pas. Il mange une tranche de pain avec du miel, debout dans la cuisine pour ne pas paraître insensible. Il a essayé d'aller vers elle, de lui tenir la main. Elle se laisse faire pendant quelques secondes puis la retire.

— Je vais voir ma mère. J'y resterai deux ou trois jours. J'ai droit à trois jours de congé pour la mort de mon père.

— Je peux t'accompagner en voiture.

— Merci, je prendrai le train.

— Si c'est ce que tu préfères. Je peux te rejoindre plus tard dans la semaine, vendredi soir ou samedi, et on pourra revenir ensemble quand tu le voudras. Je vais annuler mes répétitions.

— Viens dimanche.

Sur le quai de Penn Station, lorsqu'il l'enlace, elle est comme une poupée molle dans ses bras. Elle ne verse aucune larme. Cela l'effraie.

Thomas marche. Le bruit des rues, la circulation, l'enthousiasme des gens autour de lui, tout cela est insupportable. Il prend le sentier le long de l'Hudson, longe les friches industrielles pour pouvoir marcher seul. Il appelle Uma dans la soirée mais elle ne répond pas. Elle lui envoie un texto plus tard ; elle est arrivée.

Thomas veut pleurer la perte de leur bébé avec elle. La nuit, incapable de dormir, il s'adresse des reproches.

Mr et Mrs Sahni se sont peut-être disputés, elle si cruelle et blessante que le cœur de son mari ne l'a pas supporté. Le coup de fil insistant de Thomas au sujet du vrai père d'Uma a peut-être poussé cette femme à empoisonner son mari. Ou à lui injecter de l'air dans une veine. Après tout, elle a bien été médecin. Thomas a joué un rôle dans ce qui s'est produit, même s'il est impossible, lui dit son instinct, de décomposer les événements de la vie en des causes et effets précis.

Au matin, son verdict est clair : entièrement coupable. Il marche jusqu'au quartier chinois et traverse le Williamsburg Bridge sans cesser de ruminer. Un train gronde sur les rails métalliques, bloquant ses pensées. Une fois à Brooklyn, il poursuit vers le sud jusqu'au Brooklyn Bridge et entre de nouveau dans Manhattan. Comme il a faim, il s'achète un bagel dans un petit magasin de quartier, en mange la moitié et jette le reste.

Il rappelle Uma.

En réponse au message oral qu'il lui a laissé, elle lui envoie un SMS ; elle le rappellera demain.

Chand Ram et Sahni ont été plus forts que Thomas. Leurs histoires ont un peu déteint sur lui. Il a perdu ses scrupules et, en essayant de protéger son nid, il a franchi les limites. Uma n'a plus à être protégée. Thomas n'a plus rien à protéger. Ils ont perdu le bébé, elle a perdu son père. Et lui a perdu ses biens les plus précieux.

Thomas va à la salle de sport et pendant une heure frappe dans le punching-ball. Lorsque ensuite, sous la lumière crue du vestiaire, il se lave le visage et se regarde dans la glace, il entraperçoit soudain son père, dans le nez et le front.

Le seul autre souvenir qu'il ait d'un moment de sa vie où il s'est autant haï est celui de Tracy, courant comme une folle hors de chez elle et hurlant : « Tu m'as pris mon père ! » Des semaines durant, les parents de Thomas lui avaient bien expliqué pourquoi il n'était pas responsable. La situation était regrettable mais nécessaire et Tracy comprendrait un jour. Thomas avait le sentiment que c'étaient ses parents qui ne comprenaient pas ; il aimait toujours Tracy, mais elle ne l'aimait plus. Elle le détestait. Un jour, son père le prit à part et lui parla comme à un adulte.

« Supposons que ce soit ta faute. Que maman et moi, nous ayons tort et que tu sois responsable. Que la vie de Tracy soit pire qu'avant. Ce qui est fait est fait. Elle n'est plus ici. Elle a déménagé et tu n'as aucun moyen de savoir comment elle va. Tu ne peux rien y faire. Veux-tu continuer à être malheureux comme tu l'es ? Tu as cessé de participer en classe. Ton maître me dit que tu n'as pas les réponses aux questions qui sont posées. Où vas-tu comme ça ? Veux-tu vivre ainsi jusqu'à la fin de l'année ? La fin de ta scolarité ? La fin de tes jours ? Ce qui est fait est fait, Thomas. Demain tu seras un adulte, ta mère et moi serons morts et tu auras une famille à toi. Comment vas-tu devenir un homme bien, un homme solide, un homme fiable si tu es prisonnier du passé ? Cela fait des mois que cette histoire s'est passée. Tu dois en faire ton deuil et avancer. Si tu te hais toi-même, tu n'accompliras qu'une chose dans la vie, décevoir ceux qui t'aiment. Car, lorsqu'on ne s'aime pas, on n'aime pas ceux qui vous sont proches. On n'aime pas ceux qui vous aiment. »

Thomas était resté perplexe. Il n'avait compris qu'une partie de ce discours mais il s'en était souvenu durant ses années de lycée, à la mort de son père et à l'université. Il commettrait des erreurs, la vie était longue, mais il devait se relever et avancer. Voici l'homme qu'il est maintenant, un garçon devenu cet homme grâce à son père.

Il compose de nouveau le numéro d'Uma. Elle répond.

— Comment vas-tu ?

— Ça va, dit-elle d'une voix calme au bout du fil, une voix basse, sans énergie.

— Je devrais peut-être te rejoindre ? Je peux passer la nuit et on rentre dimanche.

— Viens demain.

— Ta mère a regardé la liste que je lui ai faite ? Elle a poursuivi le travail ?

— Je ne sais pas, tu lui demanderas demain.

— Uma, je t'aime.

Thomas appelle Sam pour lui confirmer sa présence à la prochaine répétition. Il sort acheter un *burrito* au mexicain du coin, le mange puis se couche. Il pense au bébé qu'il a perdu et pleure. La douleur part de la gorge et se diffuse jusqu'au tréfonds de son ventre, puis remonte à ses yeux. Elle varie, tantôt vive, fulgurante, tantôt sourde. Elle cogne. Il a déjà connu cela à la mort de son père. Une fois que la partie à vif de la plaie a cicatrisé, la douleur conserve la même intensité. Le temps passe mais elle est immuable. Thomas passe d'un déluge d'émotions terribles à un sentiment de perte et de vide. Plusieurs heures plus tard, il saisit l'oreiller d'Uma, se recroqueville de son côté du lit en une petite boule et s'endort.

Dans le dernier acte, James et Jana sont au lit. Ils viennent de faire l'amour une deuxième fois.

— Que disais-tu à propos de ma deuxième érection ?

— Rien, j'ai changé d'avis.

— Pourquoi ?

— Mon article n'est pas encore publié.

— Es-tu en train de me dire que tu ne me fais pas confiance ?

James sort du lit tout nu et disparaît dans les coulisses. On entend un bruit d'eau qui coule puis de robinet que l'on ferme. James revient et se recouche auprès de Jana.

— Voyons, est-ce que je te fais confiance ?

— Je crois que oui, Jana.

— En fait, oui.

— Ton article ?

— J'ai développé une phéromone qui marche bien avec les hétérosexuels ; elle a très bien résisté dans les tests que j'ai faits. Et succès pour moi ce soir !

— Tu crois vraiment que tu avais besoin de ça pour me séduire ?

— Tu avais l'air réticent. Peut-être que, sans le signal des phéromones, ton cortex préfrontal aurait dominé tes autres sens.

— Pourtant nous, les humains, n'avons pas, contrairement aux rats, d'organe voméronasal fonctionnel.

— Je reviens à New York pour étudier les voies neuronales des phéromones chez les humains.

— Mais je croyais que tu étais ici pour un colloque ?

— Oui, mais je me suis dit que tu ne coucherais pas avec moi si tu savais que je revenais pour de bon.

— Pourquoi ?

— Tu aurais peur de t'engager et cette fois je ne voulais pas rater mon coup. Je ne voulais pas t'effrayer.

James sourit.

— Pourquoi autant de suffisance ?

— L'ocytocine t'est montée à la tête. Tu as d'abord été méfiant puis tu as révélé tes désirs les plus profonds.

— Naturel. Je viens d'avoir deux orgasmes. Qui libèrent de l'ocytocine, et pas qu'en moi, mais en toi aussi.

— J'ai mélangé beaucoup d'ocytocine à cette huile de santal, pour que tu me fasses confiance.

— Je n'en reviens pas, tu m'y as amené en *me* bernant !

— Je n'en reviens pas, tu m'as amenée à coucher avec toi en *me* séduisant !

— Comment vas-tu raconter ça à ta copine ?

— Rien à raconter, il n'y a pas de copine. Je ne voulais pas que tu croies que je t'attendais.

— Nous nous sommes tous deux menti.

— Ce n'est pas un bon début.

— Il nous faudra des règles. Plus de neurobiologie au lit.

— Plus d'odeurs dans cette maison, sauf celle de l'ail que l'on fait revenir.

— Et le parfum du romarin.

— Du cumin.

— De la vanille.

— De la cannelle.

— Du gingembre.

— Du basilic.

— De la menthe.

Après la répétition, Thomas raccompagne Anita à pied. Il a joué son texte sans passion, anormalement calme. Il n'a même pas remarqué les modifications qu'a faites Sam dans le script. Anita lui offre un thé à la menthe.

— Qu'est-ce qui se passe ? Comment Uma tient-elle le choc ? Elle était proche de son père ?

— Elle vient de faire une fausse couche. Sixième ou septième semaine.

— Ah, désolée, je suis désolée.

Et elle serre Thomas très fort dans ses bras.

Ils s'asseyent.

— Elle me rejette.

— Son corps doit se remettre. Laisse-lui du temps. Pour une femme, c'est un traumatisme aussi physique qu'émotionnel.

Thomas hoche la tête.

— Je voudrais simplement qu'elle accepte que je suis là pour elle.

— Elle vient aussi de perdre son père. Cela fait beaucoup de drames à intégrer.

— Tu as déjà voulu un enfant ?

— Non, c'est compliqué pour les lesbiennes.

— Mais tu pourrais. Des amies de ma mère, un couple de femmes plus âgées, ont un fils adolescent. Il est équilibré.

— Je n'en ai jamais eu envie. Si j'avais une compagne motivée, alors peut-être.

— J'ai vraiment désiré ce bébé. Au début, Uma était partagée et puis elle l'a voulu.

— Oh, Thomas, désolée, répète-t-elle en caressant doucement sa main.

— Le moment n'était peut-être pas opportun. Il faut que je gagne plus d'argent.

— Tu en es où avec l'appartement de ma cousine ?
— Je l'ai fait visiter et j'ai une touche.
— J'ai trois clients potentiels pour toi, des gars que j'ai rencontrés à la coop. Ils t'appelleront de ma part.
— Ils envisagent de vendre ?
— L'un cherche à acheter, l'autre à vendre et le troisième à louer. Il y en aura bien un, j'espère, avec qui ça marchera.
— Merci, mon chou !
Anita se lève et lui presse l'épaule, puis elle va sur son balcon et en rapporte un petit pot avec un jeune arbre.
— Il faudra que tu le rempotes dans de la terre fraîche. C'est pour Uma.

La route jusqu'à Toms River n'en finit pas. Thomas est bien décidé à convaincre Mrs Sahni d'emménager plus près. Si elle veut vivre à New York, il lui trouvera un endroit à sa convenance. Si elle ressent de la loyauté pour le New Jersey, le « Garden State », elle peut acheter une maison en grès rouge à Hoboken ou un appartement à Pavonia avec vue sur Manhattan. Il faut que ce soit plus pratique pour eux.

À son arrivée, Uma est sous la douche.

— Bonjour, Tom, j'espère que vous n'avez pas mangé. J'ai préparé des plats indiens pour vous.

— Mrs Sahni, il faut que nous parlions. Vous ne m'avez pas dit qui est le père d'Uma.

— S'il vous plaît, pourquoi remuer tout cela maintenant ? Uma a déjà assez souffert.

— Je ne suis pas sûr de lui dire, mais vous, vous me devez la vérité.

— J'ai appelé mais ce n'est plus le bon numéro.

— Donnez-le-moi et je trouverai un moyen de retrouver sa trace.

— Promettez-moi de ne rien lui dire.

— Je ne sais pas. Cela n'a pas de sens qu'elle souffre de la mort d'un homme qui n'était pas son vrai père.

— C'est le seul père qu'elle ait jamais eu. Il l'aimait et elle l'aimait.

Thomas hoche la tête. L'espace d'un instant, il croit comprendre. Puis lui revient ce sentiment d'être un étranger dans le monde de quelqu'un d'autre. Il perd ses repères, il ne sait plus quelle est la marche à suivre. Quel est le meilleur choix pour Uma. Il doit peut-être changer d'angle d'attaque.

— Comment va Uma ?

— Ça va.

— Je vais voir si elle est sortie de la douche.

En deux, trois bonds, il est à l'étage. La porte est fermée. Il frappe.

— C'est moi.

— Entre.

— Comment tu te sens ?

Thomas va l'embrasser. Embrasser ses lèvres et la prendre dans ses bras. Elle frissonne.

— Attends que je m'habille.

— Comment s'est passé ton week-end ?

— Hier, on a fait le tri dans les papiers de mon père.

— Tu vas comment ?

— Je ne veux plus d'enfant. Ce n'était qu'un embryon, mais si je perdais un vrai bébé, je mourrais de chagrin.

Son visage s'est tordu, il s'approche de nouveau d'elle, la prend dans ses bras et la serre très fort. Elle pleure.

Un moment plus tard, ils mangent au bar de la cuisine. La mère d'Uma a fait des *poori* et leur sert du café d'Inde du Sud très chaud dans de petits verres en métal. Lorsqu'ils vont reprendre la voiture, le visage de Mrs Sahni vacille, sa voix se casse.

— Je peux vous trouver quelque chose en ville, lui dit Thomas avant d'entrer dans le véhicule.

Uma lui lance un regard noir.

Sur la route, Thomas règle la radio sur une chaîne de musique classique et, tandis qu'Uma regarde par la fenêtre, du Haendel emplit l'habitacle. L'esprit de Thomas se vide.

L'appartement est en désordre. Du linge propre s'entasse sur le matelas, dénudé de son couvre-lit. Uma prend les vêtements et les dépose sur le canapé tandis que Thomas attrape des draps propres. Comme le lit est coincé dans un angle, mettre les draps correctement relève du défi. En silence, Thomas prend un bout du drap-housse et soulève le matelas. Uma revient et fait pareil de l'autre côté. En chœur, ils vont au pied du lit et répètent les mêmes gestes. Suivent le drap de dessus, la couette puis un couvre-lit rouge vif acheté en Inde. Brodé de fils dorés, ce couvre-lit a toujours, malgré la broderie qui par endroits commence à s'effilocher, un air majestueux. Lorsqu'ils l'avaient acheté, ils l'avaient trouvé si somptueux, si riche et plein de promesses. Dès qu'Uma l'avait vu, elle avait confié à Thomas : « T'ai-je déjà dit combien j'aime m'endormir et me réveiller avec toi dans notre petit lit si douillet ? » Il avait voulu l'embrasser mais ils étaient en Inde, rien n'était permis, et il avait juste souri.

— C'est quoi ce truc à mes pieds ?

Uma se penche, ramasse une enveloppe en papier kraft et la lance à Thomas dont le cœur fait un bond.

— Ouvre-la.

— Mais elle est à ton nom.

— Sudha l'a envoyée.

Uma regarde l'adresse et fronce les sourcils.

— Si c'est Sudha, pourquoi *te* l'a-t-elle adressée ?

Les feuillets n'ont pas grand sens. Les impressions faites à partir du site Web sont décalées sur la page. Sur la deuxième, Sudha a entouré « sans lien de parenté ».

— Qu'est-ce que c'est que ça ?
— Sudha n'est pas ta cousine.
— Qu'est-ce que tu veux dire, elle n'est pas ma cousine ?
— Ce sont les résultats du test fait par sa collègue.
— Comment c'est possible ?
— Il n'était pas ton père.
— Tu l'as su quand ?
— Sudha m'a appelé il y a quelques semaines ; elle ne savait pas ce qu'il fallait faire.
— Quelques semaines ! Tu as gardé ça secret pendant quelques semaines !
— On ne savait pas si c'était le bon moment de t'annoncer la nouvelle. On était inquiets pour toi des conséquences d'une telle révélation.
Je hoche la tête, incrédule.
— Cela fait tellement longtemps que je vois tes peurs.
— Ma mère est au courant ?
— Elle ne l'avait pas vraiment soupçonné.
— Tu lui en as donc parlé.
— Je suis désolé. C'était la veille de sa mort. J'ai demandé à ta mère si c'était l'homme à la mobylette. Apparemment, non.
Quelque chose d'inconnu remue et se tord en moi. Ça bouillonne. Ça écume. Entre deux contorsions, des éclairs de pensées me traversent l'esprit. Je suis devenue un pion sur un échiquier géant, déplacé par un autre joueur que moi. Les règles qui déterminent mes déplacements, de façon horizontale, verticale, diagonale, par petits sauts ou grands bonds, sont elles-mêmes prédéterminées par d'autres règles. Le joueur est mon père. Non, celui qui me déplace sur l'échiquier, c'est maintenant

Thomas. La chose se tortille en moi. Et puis, elle entre en éruption.

Je hurle.

— Je suis désolé. J'étais incapable de décider si je devais te le dire, ensuite c'était trop tard.

Je hurle de nouveau.

Accroupi à côté du lit, il me regarde. Il dit quelque chose, genre : « Vas-y, tape-moi si tu en as envie. » Il pense que c'est une colère de quelques minutes que je vais surmonter. Il pense que tout va s'arranger. Il me dit de prendre mon temps. Je me lève et ramasse le petit sac en toile que j'avais pour aller chez ma mère.

— Où vas-tu ?

— On ne peut pas dormir ici ensemble.

— Alors c'est moi qui m'en vais.

Et en un éclair, il est parti. La porte s'ouvre, se ferme, la clef tourne dans la serrure. Je reprends le rapport et le regarde fixement. Ma mère sait. Sudha sait. Ses parents aussi, sans doute. Tout le monde est au courant, sauf moi. Mon père. Mon non-père. Le savait-il ? Bordel, mais d'où je viens ? De quel plan cul suis-je née ? Rien dans ma vie n'a de sens. Et Thomas, la seule personne en qui je pouvais avoir confiance, me trahit.

Mon père était revenu des États-Unis et m'avait rapporté un walkman. Je courais dans toute la maison avec. Puis, me tenant par la main, il m'a emmenée en balade. Il était environ six heures du soir, les gens étaient dehors dans leur jardin ou sous leur véranda. On arrosait les pelouses. Je n'étais pas assez grande pour me sentir mal à l'aise parce qu'il me tenait la main. Il bavardait avec les gens. C'est mon unique souvenir heureux.

La réalité me frappe comme un coup dans la poitrine et je m'effondre. Je pleure comme je n'ai même pas pleuré ce week-end. La perte du bébé dans mon ventre est éclipsée par celle de toute ma vie. Je subis les mensonges. J'ai le corps fébrile. Mes yeux me font mal. La peau sous les yeux est bouffie. Je m'épuise à force de pleurer et ne sais plus quand je finis par m'endormir.

Je pense à Sudha ; j'ai envie de l'appeler mais je me sens trahie. Je passe en revue les frères et sœurs de mon père et leurs enfants. Ce visqueux de Dhiraj ne m'est pas apparenté ; quel soulagement ! Mais pour Radha, que j'ai toujours considérée comme ma sœur, je suis triste. J'ai toujours cru que ma mère avait pris cet amant à la mobylette pour se venger de mon père. Mais alors, il y en aurait eu un autre auparavant. Le savait-il ? Mon vrai père était-il au courant ? Qui est-il ? Je ne suis pas prête à poser toutes ces questions à ma mère. Elle fera comme à son habitude et commencera par nier tout en bloc. Là, maintenant, l'énergie me manque.

Cette nouvelle prendra plus de temps à s'imprimer en moi que la mort de mon père. Impossible de ne pas le considérer encore comme tel. Ce week-end à Toms River, son absence était sensible. Évidente dans la cuisine. Ma mère a souvent fondu en larmes, moi aussi quelquefois. Nous n'avons pas vraiment parlé de lui, même si ma mère a eu à son égard des paroles gentilles que jamais, depuis notre arrivée en Amérique, je n'avais entendues dans sa bouche. Comme si, parce qu'il est mort, elle avait effacé le mal qu'il avait fait. Des gens sont venus nous voir. Des gens de l'hôpital. Ses collègues. Certains patients. Tous ceux qui avaient eu une relation professionnelle avec lui l'aimaient. C'était un bon médecin qui plaçait ses malades au-dessus de tout.

Le docteur Cohen, qui lui avait vendu sa clientèle, vit encore, sa femme est décédée. Il est venu et a pleuré. Il avait pensé qu'il partirait le premier et voilà que mon père laissait maintenant ses clients orphelins de leur médecin.

Le samedi arrivèrent des gens que j'étais incapable de reconnaître. Ils exprimèrent leurs condoléances, firent l'éloge de mon père et s'en allèrent. Ma mère me confia plus tard que ces trois hommes et leurs femmes étaient nos voisins à Journal Square. Ils avaient entendu mon père ivre insulter ma mère et pourtant ils parlèrent de lui comme d'un saint. Sa mort ne détricote pas sa vie ni ne rachète ce qui s'est passé. La mort ne le rend ni bon, ni mauvais, ni différent, et pourtant elle change le regard. Je me demande s'il n'a pas toujours soupçonné que je n'étais pas sa fille. Je l'ai si souvent et si intensément haï que l'idée ne m'est jamais venue qu'il pouvait ne pas être mon père. Je passe une nuit agitée, m'endormant à peine au petit matin, et je dois me forcer à prendre ma douche, à m'habiller, pour affronter un jour de plus sous la lumière artificielle de mon box, entourée par le bourdonnement des appareils électroniques, le goût fade de l'eau du distributeur en plastique dans la bouche.

Lorsque j'arrive au bureau, Betty et Kevin sont tout sourires. J'ai l'impression qu'au travail aussi une conspiration se trame derrière mon dos. Je leur lance un regard sévère et vais immédiatement chercher un café. Je sais que la caféine me rendra nerveuse, mais ces quelques minutes durant lesquelles je me réchauffe au contact de la tasse me réconfortent. En plus du cappuccino, je m'achète un gâteau fourré à la crème et aux fruits rouges, plus gros que la paume de ma main.

De retour à mon bureau, la lumière de ma boîte mail clignote. C'est Kevin qui, affirme-t-il, doit absolument me parler. Va-t-il s'excuser de quelque chose ? Me révéler qu'il a bu un verre avec Adam le Pédant et obtiendra une promotion avant moi ?

Je réponds d'un ton circonspect.

Il me renvoie un : « On déjeune ? »

Péniblement, je fais mon travail. Le caractère ennuyeux de ma vie quotidienne m'oppresse. Me revient cette impression d'un manque de finalité que j'ai déjà ressentie auparavant. Je me demandais : *À quoi bon tout ça ?* Et je ne trouvais pas de réponse. J'avais un travail et l'accomplissais parce que je voulais être libérée de mes parents ; mes actions motivées par la peur et une attitude négative. Puis j'ai rencontré Thomas et j'ai commencé à passer la journée tout à la joie de me retrouver à la maison le soir. La nuit, tête posée sur l'oreiller, j'anticipe le plaisir de boire mon café au lit avec lui. Ces cinq dernières années, je ne me suis pas sentie si déprimée ; je croyais ce malaise disparu pour de bon. La manière dont il m'habite de nouveau est fulgurante. Mon corps est comme un poids. Si seulement une crise majeure survenait au bureau, m'obligeant à me couler de nouveau dans ma vieille peau et à être performante ; mais rien de tel ne se produit. Je jette un œil aux dossiers en attente et les chasse aussitôt de mon esprit. Je suis inerte.

Kevin veut absolument que nous allions au restaurant et pas à la cafétéria.

— C'est moi qui t'invite. J'ai de grandes nouvelles, annonce-t-il.

Nous allons jusqu'à un restaurant italien où sont servis des déjeuners d'affaires. Kevin commande le menu du jour, verre de vin compris. Cela m'étonne car nous devons ensuite retourner travailler. Je choisis des pâtes à la primavera avant de plonger la main dans la corbeille de pain frais.

— Mon copain a un entretien d'embauche en Espagne et m'a demandé de l'épouser. Il veut retourner là-bas.

— Magnifique ! Tu habiteras où ? Madrid, Barcelone ?

— Barcelone. C'est le troisième entretien qu'il a et ce n'est plus qu'une formalité. On part demain.

— Génial. Et toi, tu feras quoi si vous vous y installez ?

— J'ai déjà deux entretiens préliminaires pour des jobs en Espagne. On sera partis trois semaines.

— Tu pars juste avant qu'ils n'annoncent les bonus ?

Kevin hausse les épaules.

— J'espère bien que mes résultats ces quarante-neuf dernières semaines vont compter.

— Ça comptera, mais Adam est nouveau dans la boutique ; il n'a pas eu le temps de voir ton travail. Tu devrais peut-être partir aussitôt après la notification du bonus.

— Tu sais, je bosse ici depuis trois ans avec, chaque semaine de chaque année, un seul et unique but : faire la meilleure impression possible. Aujourd'hui, c'est fini. Mes résultats parlent d'eux-mêmes, j'ai atteint mes objectifs, je travaille en bonne entente avec tout le monde. Napoléon sait tout cela. En ce moment, ma relation compte plus que tout.

J'approuve d'un geste de la tête.

Le serveur arrive avec nos assiettes. Kevin, qui a déjà goûté à son verre de vin, le lève pour trinquer avec moi, malgré mon verre d'eau.

— Santé !

Le mariage gay est légal en Espagne depuis 2005. Kevin pense qu'il obtiendra facilement un permis de travail et un emploi temporaire si ses entretiens ne débouchent sur rien.

— On reviendra dans trois semaines et on expédiera alors nos affaires. Il faudra vraiment que Thomas et toi vous veniez nous voir quand nous serons installés.

Il a rencontré Thomas une ou deux fois. J'opine du chef.

Kevin porte un costume bien ajusté. Au bureau, lorsqu'il ôte sa veste, sa chemise le moule comme un acteur dans le rôle de James Bond. Il respire la vigueur. Je l'ai toujours admiré pour cela. Je soupire.

— Uma, je sais que nous sommes collègues mais, vraiment, je t'aime beaucoup et si tu as besoin de parler à quelqu'un, je suis là.

— Tu veux dire là jusqu'à demain !

Kevin rit.

Il m'a remonté le moral. De retour au bureau, j'ai un message de Thomas sur mon répondeur ; il me demande de le rappeler. Je ne l'ignore pas intentionnellement mais me laisse rattraper par la liste de choses à faire.

Thomas a passé la nuit sur le canapé de Sam à Brooklyn et se réveille ankylosé. Il est tôt. Il laisse un mot à Sam et à sa femme pour ne pas les réveiller, puis achète un café à un vendeur dans la rue et chemine lentement en direction du Brooklyn Bridge. Il veut laisser à Uma le temps de partir au travail.

Aucun mot ne l'attend à l'appartement. Le sac en toile qu'elle a emporté pour aller chez sa mère n'a pas été défait. La machine à café n'a pas été utilisée. Après une douche rapide, Thomas s'en va à l'agence. Il suit d'abord le dossier d'Isabelle avec la trader en fonds spéculatifs puis met sur le marché locatif les appartements pris en photo dans l'immeuble de luxe. L'immobilier, c'est la loterie. Il doit compenser l'absence d'affaires conclues et d'exclusivités par le volume. Il envoie un e-mail sur le forum du réseau d'anciens de son université. Il rentre du travail à dix-huit heures, balance ses chaussures et file à la cuisine. Trois malheureuses carottes se battent en duel avec des épinards fatigués. Thomas est en train de trier les feuilles d'épinard couvertes de sable lorsque Uma revient.

— Excuse-moi, je n'ai pas pu te rappeler. Journée chargée.

— Pas grave.

— Tu as appelé pour quoi ?

— Je veux que tu saches que je suis désolé de tout ça. Je sais que tu es en colère et tu en as le droit.

— Pourquoi as-tu attendu si longtemps ?

— Ta mère ne voulait pas que je te dise quoi que ce soit.

— Tu m'étonnes !

— Uma, je suis désolé du tour qu'ont pris ces événements. Je n'avais pas l'intention que les choses se passent comme ça. Quand Sudha a appelé, j'ai eu peur que le choc ne te soit néfaste.

— Mon père est mort ; pas terrible, déjà, ce choc-là, et maintenant je me retrouve avec un père mort qui n'était pas mon père et aucun moyen d'y comprendre quoi que ce soit.

— Encore une fois, désolé.

— Et mon vrai père, qui est-il ? Voilà une immense question.

— Je sais, je sais. Tu veux la vérité ? Tu devrais peut-être digérer d'abord la première nouvelle et te donner du temps pour réfléchir.

— Je n'en sais rien. Est-ce que nous pourrons même

le retrouver ? Ma mère n'était peut-être qu'une vraie pute, et je ne suis pas une enfant de l'amour.

— Ou bien si. J'ai obtenu quelques infos de ta mère mais pas moyen de le retrouver. J'ai appelé plusieurs numéros indiens, mais les centraux téléphoniques ont changé.

— Super ! Tu as déjà mené ta petite enquête en douce sur ça aussi.

— Uma, s'il te plaît. J'ai cherché parce que je pensais que tu voudrais savoir. Je n'étais pas sûr que t'apprendre la nouvelle ait un sens si tu ne peux pas retrouver ton père biologique. Hier, je t'ai tout raconté sans avoir vraiment décidé. Tu as vu l'enveloppe, tu m'as demandé et je n'ai pas eu le courage de te mentir. Je ne peux plus me taire. Tu sais tout désormais, je ne te cache rien.

— Bien, et il y a encore autre chose que je dois savoir ?

— J'ignore si c'est vrai mais ta mère a laissé entendre que ton père avait eu un enfant de l'infirmière et qu'il n'en savait rien. Ta mère est, semble-t-il, certaine que l'enfant était le sien.

— Je n'avais jamais entendu parler de cette infirmière avant le jour où on les a affrontés.

— Ta mère l'a payée pour qu'elle se taise.

— Mon Dieu !

À force d'avoir les doigts sous l'eau, Thomas a les mains glacées. Il lave les épinards sans y prêter attention et il reste encore beaucoup de sable dans les feuilles. Il ferme le robinet et se sèche les mains sur le torchon.

— Quoi d'autre ?

— Je ne vois rien d'autre. Lorsque je suis allé chez toi pour prendre les habits de ton père, j'ai farfouillé à droite à gauche pour voir s'il y avait des restes de poisson-boule ou le reçu d'un magasin d'aquariophilie. J'ai vraiment soupçonné ta mère. Mais je n'ai rien trouvé.

— Et pourquoi ces soupçons ?

— Quand je l'ai appelée, elle a dit qu'elle « s'occuperait » de ton père et, le lendemain, il se retrouve en soins intensifs. Je ne sais pas trop ce qu'elle a voulu dire par là.

— Mon Dieu, arrête, j'ai la tête qui tourne.

— C'est la vie qu'ont eue tes parents. Une vie de fous.

— Ça me paraît trop absurde pour être vrai.

— Deux liaisons de part et d'autre. Deux enfants illégitimes, un de chaque côté.

— C'est ce que tu penses de nous ? C'est comme ça que tu me considères désormais ? Une enfant illégitime ?

— Uma, s'il te plaît, non. Calme-toi. Je me suis mal exprimé.

— Non ! Fiche-moi la paix ! Ne te mêle plus de mes affaires ! Pauvre type, va.

— Uma, je t'en prie. Je sais que cela concerne des sentiments et des vies. La tienne essentiellement. Je n'ai fait ça que pour te protéger, une chose menant à une autre. Tu dois me croire. Je sais que j'ai agi un peu comme un détraqué parce que tu étais enceinte et que je voulais vraiment que nous ayons cet enfant, mais je ne voulais pas te manquer de respect. Si tu veux retrouver ton père, je viendrai avec toi en Inde. Ou je resterai ici, si c'est ce que tu préfères.

— Pour le moment, Thomas, je suis folle furieuse contre toi et je ne supporte plus ta vue, plus une minute.

— Écoute, tu veux du temps, prends du temps. Je pourrais aller passer quelques jours à Boston.

— Pas envie de rester ici ; je vais à l'hôtel.

— Je t'en prie, non, pas l'hôtel. Donne-moi jusqu'à demain ; on peut te trouver un autre appartement.

— Non !

Il a gagné. Mon père. Même mort, mon père a gagné. Je suis assise seule dans une chambre d'hôtel, une petite valise à mes pieds. Je dois aller au bureau demain. Je ne vois pas comment je vais affronter le travail ; comment je vais pouvoir y retourner, jour après jour, semaine après semaine, neuf heures par jour à faire comme si tout allait bien alors que ma vie s'écroule.

Cela faisait deux ou trois ans que nous étions aux États-Unis ; nous habitions encore dans l'appartement de Journal Square. Lors du premier week-end des soldes d'hiver, mon père avait acheté un nouveau poste de télévision. Il était allé au magasin à quatre heures du matin et avait fait la queue avec des centaines d'autres personnes. Il avait voulu que nous l'accompagnions. Il faisait si froid que nous gardions à tour de rôle notre place dans la queue. Tantôt ma mère et moi attendions et mon père allait se chercher un café, tantôt c'était lui qui attendait et ma mère et moi courions à la voiture, allumions le moteur et le chauffage. Ma mère avait préparé quelques sandwichs pour moi et des poori *pour mon père. Il avait acheté le plus gros poste de tous, ainsi qu'un nouvel appareil photo et un téléphone portable. Plus tard, après avoir déménagé à Toms River, cette énorme télévision déménagea dans la chambre de mes parents et une nouvelle fois, un premier jour de soldes d'hiver, il acheta une télévision pour le salon du sous-sol, encore plus grosse, encore plus neuve.*

Durant quelques mois, cette imposante télévision trô-

nant dans le salon avec son système de son surround *nous obséda. Ma mère et moi regardions beaucoup de films en hindi. Nous prîmes un abonnement à des chaînes indiennes et louions en général les derniers succès nationaux à un magasin indien sur Edison. Un soir, alors que nous regardions un film, mon père entra dans la pièce. Il ne vit que la toute fin du numéro de danse et voulut le revoir. C'était Sonali Bendre, son actrice préférée à l'époque, qui se trémoussait. Ma mère retourna en arrière. Une fois la séquence revisionnée, il voulut qu'elle la rembobine encore. Fais-le toi-même, lui dit-elle en se levant du canapé. Une vive dispute éclata. Mon père partit à l'étage en colère. Un quart d'heure plus tard, il descendit de leur chambre, une énorme valise à la main, et annonça qu'il partait. « À mon retour, je veux que vous soyez toutes les deux reparties en Inde. » Ce fut la première fois. Il y en eut beaucoup d'autres. Il préparait ses affaires, descendait sa grosse valise à roulettes bleu marine, brillante, appelait un taxi et s'en allait. Puis, il appelait ma mère et lui répétait qu'elle devait réserver des billets d'avion pour l'Inde et quitter la maison. Et lui ficher la paix. Quand il finissait par rentrer, ma mère devait de nouveau lui repasser ses chemises et emporter les plus froissées chez le teinturier.*

Je suis assise dans cette chambre d'hôtel à deux rues de chez Thomas. J'ai quitté un homme qui m'aime et je regarde le mur fixement. Je ne veux qu'une chose : trouver un couteau, le passer sur la flamme et l'appliquer sur la peau fine et transparente de mon bras, sur le haut, face interne, afin que cesse cette autre douleur, cette douleur intolérable causée par l'amour malade, l'amour moribond.

Un texto de Thomas me demande de revenir à la maison. Il ira, lui, à l'hôtel. Il n'aime pas du tout l'idée de me laisser seule dans quelque chambre lugubre avec du papier hideux au mur et une moquette qui sent le moisi. Il essaie même d'être drôle. Il l'a envoyé il y a deux heures.

On frappe à la porte. C'est lui.

Comment m'a-t-il trouvée ? Et comment l'ont-ils laissé monter à cette heure tardive ?

Je lui ouvre. J'ai pleuré.

Il me prend dans ses bras et me serre. Et parvient à me convaincre. Il porte ma valise et nous rentrons. Le portier de notre immeuble fait comme s'il ne me voyait pas passer dans le hall, mais j'ai honte de moi. Honte de ce drame. Honte de porter mon père en moi. Je ne suis peut-être pas sa chair et son sang, mais il m'a marquée comme seuls peuvent marquer les pères. Et maintenant qu'il est mort, il a décidé de vivre à travers moi.

Thomas n'est pas un imbécile. Il voit bien que quelque chose est en train de se déverser en moi. Il suggère que nous passions du temps séparés, dit que nous pouvons commencer ainsi, tout en nous comportant en adultes. Vivre ensemble et voir si les choses s'améliorent. Si je préfère, je peux déménager, mais pas comme ça au beau milieu de la nuit, et pas dans un hôtel. Finalement, parce qu'il me voit de façon lucide, il me dit : « Ne sois pas comme ton père. Ne lui emboîte pas le pas comme un robot préprogrammé. » Parole cruelle. Mais il a raison. Et il gagne.

Lorsque le portier sonne à l'interphone, Thomas est en train de mémoriser le dernier texte que Sam a écrit pour la pièce. Un colis est arrivé ; pourrait-il descendre signer le bon de livraison ?

Le front plissé, cherchant qui a bien pu l'envoyer, Thomas prend l'ascenseur. Le paquet est énorme. Pour le remonter, il lui faut emprunter le chariot du porteur rangé dans le hall. C'est une grosse machine à expresso italienne. Le genre d'appareils à plus de mille dollars. Un cadeau de mariage de la part d'Anita, Sam et Dick.

Thomas soupire. Il a déjà rêvé d'une immense cuisine de chef avec exactement la même machine, mais là, il ne ressent aucune excitation pour cette chose presque trop volumineuse pour leur plan de travail. Lorsque, après avoir enlevé l'ancienne, il l'installe dessus, elle occupe tout l'espace. Il rédige un mot de remerciements à ses amis et, un instant, la tentation le saisit de signer pour Uma afin de pouvoir le poster dans l'après-midi sur le chemin de l'agence. Mais il hésite. Il demandera ce soir à Uma de le faire.

Isabelle l'appelle.

— Désolée, j'attendais le transfert de mes fonds depuis la France. Je suis prête à verser la provision.

Thomas lui demande de le retrouver au bureau. Il

se regarde dans la glace de la salle de bains et décide de mettre une veste bleu marine à la place de son pardessus en toile. Il arrive quelques minutes avant elle et règle diverses paperasses avec Peggy, Kim et Javier, leur courtier en Bourse. Depuis qu'il a sa licence, il ne traite plus avec Johnny Melbourne.

Isabelle arrive vêtue d'un pantalon de survêtement court et d'un haut en coton usagé étrangement élégant. Ses clavicules sont mises en valeur par le tissu fluide de sa chemise. Thomas lui propose un verre d'eau, ils s'assoient et passent en revue tous ses documents. Il lui explique comment obtenir de sa banque américaine un chèque de banque et démêle sa situation financière tandis qu'elle va le chercher. Il appelle la propriétaire à Londres pour lui annoncer la bonne nouvelle : transaction conclue et paiement cash.

Il est tard quand ils finissent d'étudier les règles et documents de la copropriété. Il a trois messages d'Uma ; elle ne veut pas le voir ce soir, de sorte que, lorsque Isabelle lui propose de boire un verre pour fêter l'achat, il accepte.

— Je me sens très heureuse, je vous offre à boire.

Ils vont dans un petit bar à vin du quartier, à la façade en briques apparentes. Isabelle se meut avec grâce et sourit beaucoup. Thomas se demande comment elle a réussi à surmonter la perte de ses parents. Elle commande une bouteille de vin français et grignote des olives.

Elle lève son verre :

— Merci de m'avoir aidée à acheter ma maison !

— À votre maison !

Les parents d'Isabelle étaient tous deux peintres. Après leur mort, Isabelle et son frère aîné Philippe ont essayé de faire tout leur possible pour vivre comme avant. Chacun sa tâche à la maison : Philippe aspirait, cuisinait tandis qu'Isabelle s'occupait des courses et du linge. Quelques mois plus tard, Philippe changea. Il avait rencontré une fille et l'amenait à la maison. Il sortait souvent et souvent Isabelle mangeait seule. Tout dans la maison lui rappelait ses parents. Philippe, avec son nez long et ses yeux bleus, était tout le portrait de son père. Lorsqu'il rentrait en riant, le bras autour de la taille de son amie, Isabelle maugréait. Elle lui en voulait, de son bonheur. Il y eut une confrontation terrible. Il l'accusa d'essayer de détruire sa nouvelle vie encore fragile et elle l'accusa d'avoir déjà oublié leurs parents. Elle devait partir. Philippe était d'accord ; elle avait arrêté la danse, arrêté de voir des amis. « Tu vas te transformer en vieille bonne femme frustrée avant même d'être vieille », lui déclara-t-il. La grande maison de campagne dans la vallée de la Loire était de l'argent dormant et Philippe la vendit pour que sa sœur puisse recommencer de zéro ailleurs. Dans un lieu sans la beauté de son enfance mais également sans la douleur qui lui était associée. Un lieu où elle vivrait dans une autre langue, se mêlerait à des gens qui la verraient comme ce qu'elle semblait être : une jeune Française en Amérique.

— Il faut parfois savoir couper le cordon, conclut Isabelle en soupirant.

— J'espère que vous y retournerez un jour et retrouverez les choses que vous aimez.

— Peut-être, peut-être pas. Je ne pense plus à l'avenir. Enfant, je rêvais de mon mariage. J'ai toujours voulu me marier là-bas dans notre maison de vacances de la Loire, marcher vers le marié au bras de mon père.

— Je suis désolé. J'ai perdu mon père à l'âge de quatorze ans. Je sais combien c'est difficile.

Kevin passe dans l'après-midi me demander si je peux régler une affaire pour lui, il part à l'aéroport. Cela impliquerait que je travaille ce week-end. Je n'ai nulle envie de voir ma mère, je suis furieuse contre elle. Furieuse contre Thomas. Furieuse contre Sudha.

— Ton appartement devient quoi pendant ton absence ?

— Rien, pourquoi ?

— Tu as besoin de quelqu'un pour faire du gardiennage ?

— Uma, mon chou, tu as des problèmes à la maison ?

Je fais oui d'un signe de tête.

— *Mi casa es tu casa.*

— J'ai besoin d'y voir clair et de m'éloigner un peu de Thomas.

— On s'en va pour trois semaines. Installe-toi, pas de problème. Je vais prévenir le concierge. Attends, je vais te donner un jeu de clefs.

Kevin se retourne, d'un pas rapide il va à son box et revient.

— Celle-ci, c'est pour la serrure du haut, celle-ci pour le bas, lui explique-t-il.

Le porte-clefs représente une silhouette de femme habillée en danseuse de flamenco.

— On a vidé le frigo hier, donc si tu t'y installes dès ce soir, achète un truc. Le lave-vaisselle est réglé sur séchage à froid, il vaut mieux que tu le laisses comme ça.

— Je ne cuisine pas et je laverai mon assiette.

— Il y a plein de tisanes, du café. Quelques bonnes bouteilles de vin espagnol dans le casier sous la console. Et tu trouveras des draps propres dans le placard du hall en entrant.

Pression amicale sur le bras.

— Si je pense à autre chose, je t'appellerai de l'aéroport. Sinon, quand j'aurai atterri dans huit heures, j'aurai rebranché mon portable. Tu peux m'envoyer des textos quand tu veux.

— Merci !

— J'espère que la situation va s'arranger entre vous.

— Je te mettrai les dossiers en copie quand je les enverrai à ton client.

— Désolé que tu doives bosser ce week-end. Si je n'avais pas cet entretien lundi, je partirais la semaine prochaine.

— Ne t'en fais pas. Cela va sûrement me faire du bien.

— Tu es géniale, Uma.

Au moment de partir, il me prend dans ses bras et me serre fort.

J'envoie trois messages de suite à Thomas : « Je ne veux pas te voir à l'appartement à mon retour. » « Je vais prendre des affaires et partir quelques jours. » « Je serai chez Kevin. N'essaie pas de m'en dissuader, j'ai besoin de passer du temps seule. »

Réponse quelques secondes après l'envoi de mon dernier message : « OK. »

Lorsque j'entre dans l'appartement, des effluves de café frais me parviennent aux narines. J'allume la lumière de la cuisine et vois la cafetière industrielle, assez grande pour faire du café à un régiment. Une carte avec un mot de remerciements signé par Thomas est posée dessus. Un stylo à côté. Je le prends et ajoute mon nom au sien. Il y a aussi un paquet de café fraîchement moulu que Thomas a sans doute acheté chez un torréfacteur. Je regarde l'étiquette. Nous buvons d'habitude un assez bon café de chez Wholefoods qui coûte neuf dollars la livre, mais là Thomas s'est lâché et a pris un petit paquet à vingt dollars. Une image séduisante de grasse matinée au lit le samedi me passe par la tête, je resterais bien. Mais tout revient soudain. Mon père est mort. Thomas est un connard. Je sors brutalement de ma rêverie, fais mon sac en un rien de temps et file avant de changer encore d'avis.

Après le départ de mon père, alors que nous vivions encore en Inde, mes tantes, des deux côtés de la famille, venaient souvent nous voir. Un jour, tandis que ma mère était occupée à la cuisine, la sœur aînée de mon père me demanda d'aller avec elle dans le jardin. Je l'avais toujours bien aimée car, contrairement à ma mère, elle était tendre avec moi, et m'apportait parfois un paquet de mes biscuits préférés, fourrés au chocolat. Ce jour-là, elle m'avait offert de nouvelles mules avec des pierres roses sur le dessus.

— Uma, mon enfant, j'ai quelque chose de très important à te demander.

Je hochai la tête et souris.

— As-tu remarqué que quelqu'un rendait visite à ta mère ici ?

— Non, répondis-je tout en détournant le regard.

Bien qu'elle n'ait pas parlé d'un homme, j'avais compris ce qu'elle voulait dire.

— Tu en es sûre ? Je crois que quelqu'un vient la nuit.

Je savais que je ne devais rien dire, sinon il y aurait des problèmes.

— Dis-moi la vérité, Uma, tu es une gentille fille.

— J'entends le bruit d'une mobylette le matin. Je l'ai vu une fois. Il a une moustache.

— *N'en parle à personne.*

— *Ne raconte pas à ma mère que je t'en ai parlé.*

Je n'ai plus repensé à cet échange jusqu'à ce que nous partions aux États-Unis, que mon père achète le téléphone rouge et que des zébrures de la même couleur commencent à apparaître sur le corps de ma mère. Tout ça parce que je n'avais pas su la fermer !

Appel de Thomas. Je laisse le répondeur se mettre en marche. Ma colère est toujours vive. Tout ce qu'il m'a raconté à propos de ce choix que je devais faire au sujet du bébé, c'est de la merde, et il n'a fait, pendant tout ce temps, que manigancer pour amener l'issue que, lui, désire. Je ne vois pas comment lui pardonner.

Ou alors je l'accepte, et je cesse d'être si en colère.

Sudha m'a appelée cent fois et m'a laissé d'innombrables messages, me suppliant de lui pardonner. Elle a même appelé ma mère qui m'a ensuite rappelée de sa part. Ma mère a aussi téléphoné de sa propre initiative. Je coupe la sonnerie puis j'écoute les messages avant de les effacer. Ils se ressemblent tous.

L'appartement de Kevin est situé près d'une petite pizzeria qui sent l'ail sauté. Je trouve ce parfum irrésistible. Et le vendredi, je n'ai pu résister à une part de pizza et à un petit pain à l'ail. Le samedi, je me dis que, si je vais au club de gym, je peux m'en offrir une autre. Sans grand entrain, je passe vingt minutes sur le vélo elliptique et, en récompense, j'en mange une deuxième arrosée de soda. Deux jours loin de Thomas, et déjà je me laisse aller. Dimanche arrive et la journée commence sur une note différente : cours de zumba à la salle de sport et marche jusqu'au bureau afin de terminer le projet de Kevin. Je mets quarante minutes pour y aller, mes pieds me font mal. Comme personne d'autre ne travaille, pas même Napoléon, j'enlève mes chaussures et me concentre. J'envoie des courriels aux clients de Kevin et m'occupe d'une partie de mon travail en retard.

Lorsque je sors du métro, je vois que j'ai un message de ma mère. Je l'écoute. Pour une fois, son ton est détaché.

« Il faut que nous partions en Inde pour jeter les cendres de ton père dans le fleuve. Ses frères veulent savoir quand nous prendrons l'avion. »

Lorsque ma mère était vraiment en colère, elle traitait mon père d'intouchable minable, le traitait de neech. *Il sortait immanquablement de ses gonds et se mettait à casser des choses dans la maison. Elle l'avait pourtant épousé par amour, lorsqu'ils étaient en médecine. Elle, issue d'une caste supérieure, ne manquait pas de lui rappeler qu'elle aurait pu trouver un homme de sa condition. En Amérique, nos amis indiens ne savaient pas que mes parents avaient fait un mariage entre castes. On racontait à tout le monde que nous étions* kshatriya, *comme ma mère. Mais, sans elle, se plaisait-elle à répéter, personne ne fréquenterait mon père. Et si ma mère était en colère contre moi, elle me disait que j'étais* neech, *tout comme lui. Je me sentais rougir, d'une honte écarlate qui empourprait jusqu'à mes oreilles et mon visage.*

Tandis que je mets de l'eau à chauffer pour le thé, dans la belle bouilloire en acier inoxydable de Kevin, je caresse l'idée de dire à ma mère de partir en Inde sans moi. Ce n'est même pas mon père. Il y a sur le réfrigérateur une photo de Kevin datant un peu ; il se tient aux côtés d'un homme âgé qui lui ressemble et de deux femmes, sa sœur et sa mère sans doute. Ils ont l'air heureux, ensemble. Je songe à la vie de mes parents et à mes problèmes avec ma mère ; j'aimerais tant connaître ce bonheur simple. Je soupire et l'appelle.

— Tu es en colère contre nous mais nous avons juste essayé de te protéger.

— C'est Thomas qui te tient ce discours ?

— Non. Sudha m'a raconté que tu avais déménagé. Elle l'a appelé parce qu'elle n'arrivait pas à te joindre.

— Je n'ai pas déménagé. Je passe simplement quelques jours seule.

— Ce n'est pas la faute de Thomas ni celle de Sudha.

— Non, c'est la tienne, ne puis-je m'empêcher de lui répliquer.

Ma mère se met à pleurer.

— Arrête, je t'en prie, lui dis-je avec un soupir, lasse rien que de l'entendre.

— Dans les faits, il a été ton père. Il faut que tu m'accompagnes. Sinon, que penseront les gens ?

Une centaine de remarques blessantes me viennent à l'esprit mais je me retiens. Je me sens amère et cassée. Dans quelques années, je deviendrai peut-être comme ma mère, en plus lucide, trop lucide pour être aussi hystérique mais tout aussi malheureuse qu'elle.

— Je vais voir avec mon patron. Je peux sans doute prendre une semaine, dans dix jours. Ils sont sur le point d'annoncer les bonus.

— Thomas devrait venir puisqu'il a accompli le rituel pour ton père. Il faudra bien qu'il rencontre la famille.

— On verra.

Et je raccroche.

Tout en sirotant mon thé, je fixe le combiné. Faire la paix avec Sudha sera plus compliqué qu'avec ma mère. J'ai toujours eu une relation facile et libre avec Sudha : dépourvue de secrets, de fiel. Une amitié simple, pleine de chaleur et d'amour.

Avant de composer son numéro, je ferme les yeux et respire plusieurs fois à fond.

— Sudha, c'est moi.

— Uma !!! Je suis tellement heureuse de t'entendre.

Je reste silencieuse.

— Je n'ai pas pensé à mal, tu dois me croire. Tu ne peux pas douter de mes intentions, tu peux être en colère mais tu ne peux pas remettre en cause mon désir de bien faire. Je suis désolée, vraiment désolée.

— Pourquoi avoir appelé Thomas, alors ?

— Tu m'as répété si souvent qu'il était la seule personne à te vouloir du bien et à t'aimer. Je savais qu'il ne te ferait pas souffrir, Uma.

Sudha m'écoute passer ma colère et m'apaise avec toute la patience dont elle est capable. Oui, sa décision a eu un effet contre-productif. Oui, Thomas a merdé lui aussi ; mais tous deux étaient bienveillants.

— Ma mère veut que je l'accompagne en Inde pour les cendres. Et elle ne sait quasiment rien sur mon père biologique.

— J'irai avec toi. J'avais l'intention de toute façon de prendre des congés et d'aller voir mes parents. Je prendrai l'avion jusqu'à New York et on voyagera ensemble. Je ne veux pas te voir affronter tout ça seule. Tu n'imagines pas combien de cérémonies et de rituels il y aura. Tu vas détester.

— Sudha ?

— Oui.

— Il y a une chance que ce test soit faux ?

— Non, toi et moi ne sommes pas apparentées. Après le premier résultat, j'ai revérifié l'échantillon. Mais dorénavant on sera les meilleures amies du monde au lieu d'être cousines.

— Je suis drôlement dépendante de Thomas, tu sais, et ça m'effraie. Ces derniers jours sans lui ont été difficiles.

— Accorde-toi du temps.

— En fait, j'ai passé aussi de bons moments. Au beau milieu de mon cours de zumba, j'ai soudain eu l'impression de n'avoir besoin de personne. Délicieuse sensation !

— C'est très bien ! C'est comme ça que tu dois réagir.

— Tu crois que je dois lui donner une chance ?

— Absolument. Il a dû avaler pas mal de couleuvres. Maintenant qu'il n'y a plus de secrets entre ta mère et toi, le ciel sera dégagé.

— Et avec Mike, c'en est où ?

— On a eu quelques rendez-vous, assez chauds, puis ça n'a débouché sur rien.

— Ah, désolée.

— De toute façon, ça n'aurait pas marché mais j'avais envie de sexe, et là, c'était génial !

Une fois au lit, je me sens dans un état quasiment normal ; je ne suis pas encore tout à fait prête à parler à Thomas, mais je m'imagine presque lui passer un coup de fil plus tard dans la semaine.

La petite maison d'Isabelle est pleine de monde. Le contrat a été signé et l'argent versé. Thomas a reçu sa première commission, il est venu en jean et tee-shirt fin et moulant. Isabelle lui ayant proposé d'inviter ses amis, il a convié Anita ainsi que ses collègues de l'agence.

Anita a promis qu'elle viendrait avec sa nouvelle copine. Tout le monde est français, parle français mais passe immédiatement à l'anglais lorsque les présentations sont faites. Les femmes sont sexy et menues comme Isabelle, les hommes de petite taille, avec des traits fins. Thomas se sent très différent d'eux mais il aime ce sentiment. Il y a du vin, du fromage et un assortiment de tartelettes salées qu'Isabelle a commandées. Elle croise souvent son regard et lui demande de l'aider. Il aime ce petit nid et le connaît si bien qu'il a vraiment l'impression d'être l'hôte. Quelqu'un hausse le volume ; on entend une chanson de Lady Gaga et Isabelle se met à danser. Thomas se trémousse aussi mais l'arrivée de Peggy et de Kim l'interrompt. Elles portent une tenue noire brillante et certains Français se retournent avec un regard admiratif. Dès que les jeunes femmes voient Thomas, elles le rejoignent et commencent à danser, heurtant leurs fesses contre sa hanche et bougeant en mesure tout contre lui. Il aperçoit un éclair de jalousie dans les yeux d'Isabelle et s'extrait du groupe.

Il y a facilement trente personnes entassées dans ce petit espace. Thomas sort dans le jardin. Il fait frais. Deux hommes sont en train de fumer en compagnie d'une femme, les épaules recouvertes de la veste de l'un d'eux. Ils saluent Thomas qui fait de même avant de lever les yeux au ciel pour essayer de voir quelque chose. Entre les avancées des balcons et les cages d'escalier autour du jardin, seul un mince pan de ciel est visible. Uma ne sait pas encore qu'il a signé sa première affaire. Son corps est attiré vers la pièce bondée, vers Peggy et Kim ; son esprit aime ce doux moment de répit que lui procure la compagnie d'Isabelle. Il sait qu'il devrait attendre qu'Uma se décide et lui laisser le temps dont elle a besoin. Il sait qu'il ne devrait franchir aucune limite ce soir, mais son corps a d'autres envies. Avec Peggy et Kim, une relation serait si simple, mais expliquer cela à Uma plus tard sera impossible. Il n'est pas du genre à penser qu'il faut tout dire mais, à ce stade de sa vie, il n'y a pas de place pour d'autres secrets.

Il retourne à l'intérieur. Une chanson de Justin Timberlake passe. Jared et un autre gars de l'agence dansent avec Peggy et Kim. À peine visible car elle ne fait guère plus d'un mètre cinquante, un petit bout de bonne femme espiègle aux cheveux noirs s'en donne à cœur joie aux côtés d'une autre nana. Thomas sourit et se précipite vers Anita.

— Super ! Tu as pu venir.

Elle se jette sur lui, les bras ouverts.

— Eh, viens, il faut que je te présente Sabrina.

— Bonsoir ! Ouvrons une bouteille de champagne, je t'attendais pour arroser ça.

Ils retrouvent Isabelle dans l'espace cuisine près du petit bar. Thomas fait les présentations et attrape la bouteille qu'il a apportée dans le petit frigo. Isabelle sort des coupes et ils portent un toast.

— À ton nouveau chez-toi !

— À ta carrière ! Tes amis de l'agence m'ont dit que c'était ta première vente.

— Exact. Je n'ai signé que des contrats de location avant.

— Avec un peu de chance, tu nous verras bientôt sur les planches. On joue dans une pièce, explique Anita.

— Tu joues ?

Isabelle le regarde. Il sourit.

On appelle Isabelle, elle les laisse. D'autres invités sont arrivés.

— Où en es-tu avec Uma ? Elle te reparle ?

— Non. Cela fait presque dix jours qu'elle est partie et je me demande même si elle voudra revenir.

— Donne-lui du temps. Ça fait beaucoup à digérer.

— Je sais. Cela dit, ça va. Je mène ma vie. Je cogne dans le punching-ball tous les jours et j'améliore mon jeu de jambes.

Anita se met à siffler.

— Qu'est-ce qui se passe ?

Elle se tourne vers Sabrina.

— Sexy, qu'en penses-tu ?

Sabrina approuve.

— C'est bien Peggy et Kim, ces deux-là ?

Thomas fait oui, un large sourire fend son visage.

— Je serais tentée. Elles dansent toujours comme ça ensemble ?

— Ouais, je crois que les mecs aiment bien. Elles me paraissent plutôt hétéros.

Sabrina a un petit gloussement.

Quelque chose attire le regard de Thomas, il se retourne. Isabelle se tient aux côtés d'un homme, beau et grand, qui lui prête une attention toute particulière. Elle sourit. Est-elle en train de rougir ? L'homme pose la main sur son épaule, elle lui rend son geste et vient le frôler. Les mâchoires de Thomas se contractent. Soudain, il sent une main sur son épaule, une main lourde, masculine. C'est Jared qui, avec un sourire en coin, lui demande :

— Hé, mon gars, plutôt sexy, l'hôtesse. C'est quoi son nom déjà ?

— Lâche-lui les baskets, mec.

— Vraiment ?

— Vraiment.

— T'es avec ?

— Laisse tomber.

— Et ces deux-là ? La petite est plutôt mignonne.

— Elle ne joue pas dans ta cour.

Thomas tourne la tête afin de voir où est Isabelle. Elle est toujours en grande conversation avec le type. Ils ont l'air terriblement collés l'un à l'autre mais peut-être est-ce simplement dû au manque d'espace.

— J'ai besoin de respirer. Je sors. Tiens, bois un verre de champagne tant qu'il y en a.

Il lui tend une coupe et la bouteille et se dirige vers la petite porte ouvrant sur le jardin.

Il est surpris par la réaction viscérale qu'il a eue en voyant Isabelle flirter. Bien qu'il la connaisse à peine, il a envie de la protéger. Ce n'est pas le genre de femme avec qui il pourrait avoir une aventure d'une nuit. Isabelle. Elle mérite d'être heureuse. Mérite un homme capable de donner de lui-même. Il va quitter la soirée car il ne peut pas rester là à la regarder avec ce gars.

La porte s'ouvre.

— Ah, tu es là, je te cherchais, lui dit-elle.

— Une bien belle soirée.

— Je ne m'attendais pas à ce qu'il y ait tant de monde, mais j'aurais dû me méfier. Les Français amènent toujours leurs amis.

— Sympa, comme ça, même si c'est toi qui invites, tu rencontres des gens !

Elle claque des dents. Il a envie de l'enlacer. Elle s'approche de lui. Non, il ne faut pas, il va finir par lui faire du mal et Isabelle ne mérite pas ça. Il se frotte les paumes l'une contre l'autre jusqu'à ce qu'elles soient bien chaudes et lui masse le dos et les épaules.

— C'est comme ça que les gamins se réchauffent l'hiver en Amérique ?

— Oui.

— On s'y prend différemment en France, lui dit-elle avec un sourire.

Elle se met derrière lui et il sent son souffle chaud se diffuser dans son dos ; puis sa bouche trouve une autre partie de son corps et de nouveau elle souffle dessus, ses lèvres caressent le fin tissu du tee-shirt. Thomas a bien envie de se laisser aller à ce jeu et il lui faut toute sa volonté pour s'écarter.

— Viens, je suis sûr que tes invités te cherchent.

Il la prend par la main et rentre avec elle.

Peggy et Kim hurlent son nom en même temps. Elles font une pause au bar. Il leur répond par un geste de la main.

— Tes amies sont très sexy, remarque Isabelle.

— Elles travaillent avec moi à l'agence.

Isabelle se fait absorber par une conversation en français et Thomas va retrouver les filles. La musique change, c'est une vieille chanson de Madonna, et tous trois se remettent à danser. En dix minutes, Thomas est tout rouge, il a chaud et une nouvelle fois son corps est en guerre avec son esprit. La musique s'arrête, reprend puis s'arrête encore.

— Tu t'amuses bien ? demande Anita en lui tapotant le bras.

— Hé, je te présente Peggy et Kim, on travaille ensemble. Anita. Sabrina.

— Tu sors un instant avec moi ?

— Bien sûr.

Il leur faut plus d'une minute pour se faufiler dans la foule jusqu'au jardin.

— Ne fais pas de bêtise, lui dit Anita dès qu'ils ont mis le pied dehors.

— Je me le suis déjà dit.

— Ton sexe était quasiment dans cette fille. Tu as même réussi à contrarier ta nouvelle amie française.

— Elle m'a vue ?

— Oui, elle t'a vue. Qu'est-ce qui t'arrive au juste ?

— Le corps réclame du sexe. Beaucoup de sexe. Et il le réclame maintenant.

— Rentre chez toi et restes-y ! Ce n'est pas le genre de dommages collatéraux dont tu peux t'occuper en ce moment.

— C'est vrai.

— Et tu crois tenir combien de temps sans déconner ?

— Tu parles sérieusement ?

— Oui.

— Là, je te dirais bien ce week-end, mais demain, je te dirais peut-être encore un mois.

— Pourquoi ne donnes-tu pas à Uma jusqu'à la fin du mois pour se décider et tu te tiens à carreau ? T'en es capable ?

Thomas fait signe que oui.

— Alors va dire au revoir à Isabelle avant de lui briser le cœur et puis quitte la soirée. Pars seul ! Est-ce qu'elle sait au moins que tu es marié ?

— Je ne l'étais pas quand je l'ai rencontrée, mais la première fois que je l'ai vue, je lui ai dit que j'étais en couple.

— Ouais, les femmes n'entendent que ce qu'elles veulent bien entendre. Tu dois le lui rappeler.

— Maintenant ?

— Non, ça peut attendre.

— Je suis content que tu sois venue. J'étais à deux doigts de déconner.

— J'ai vu.

Il serre Anita dans ses bras puis ils rentrent.

Thomas retrouve Isabelle et lui prend l'épaule :

— Il faut que j'y aille.

— Reste encore !

— Je commence tôt demain.

— OK, je te raccompagne.

À la porte d'entrée, elle sort avec lui. Il se penche pour la serrer dans ses bras mais Isabelle trouve ses lèvres. Sa bouche est tendre. Ils s'embrassent lentement. Elle passe ses bras autour de sa taille et se colle à lui. Thomas sent le parfum de ses cheveux. Ils restent ainsi quelques secondes.

— Bonne nuit, Isabelle.

— Bonne nuit, Thomas, lui répond-elle en français.

Pour moi, l'angoisse est liée à mon rapport au temps. Si le temps va trop lentement, cela m'emplit d'effroi, mais s'il s'accélère, je panique. Il est rare qu'il trouve rythme et harmonie et avance à la bonne vitesse. Je suis un cours de yoga ; le prof nous explique que si l'on vit dans le présent, le temps ne bouge pas. Je ne suis pas certaine de bien comprendre ce qu'il entend par là. Le plus souvent, j'ai l'impression d'être plantée au beau milieu de Grand Central : soit le monde tourbillonne tout autour de moi, soit j'arrive des heures à l'avance et je m'ennuie à attendre un train qui ne vient pas. Quand ferai-je partie intégrante de la scène ? Quand pourrai-je jouer un rôle plutôt que d'observer ? À un moment donné, vers la fin du cours, alors que je bascule mon corps en avant, le plie à quatre-vingt-dix degrés sur une jambe puis me redresse dans la posture de l'arbre, paumes jointes, pied en appui contre la cuisse opposée, je suis là. Bien là. Dans l'instant. Ce moment ne dure pas très longtemps, peut-être dix secondes, mais ce sont dix secondes parfaites. Tandis que je marche jusqu'à l'appartement de Kevin, les choses m'apparaissent soudain clairement. Lorsque j'étais enceinte, mon rapport au temps a été perturbé. J'avais sans cesse conscience de mon corps et de mon ventre. C'était terrifiant d'être ainsi dans le présent même si je n'avais guère de sensations physiques. Un tel sentiment d'étrangeté me saisissait et je parvenais à peine respirer.

Aujourd'hui, la pizzeria en bas de l'appartement de Kevin ne me tente pas. Je remonte manger une salade achetée dans la journée et réchauffe une soupe qui date d'une semaine. Thomas m'a laissé un message ; il aimerait me voir dans un endroit neutre, il a des nouvelles à m'apprendre. Plus tard, une fois au lit, je me répète plusieurs fois qu'il me faut maintenir un lien avec mon corps. C'est le seul moyen que j'ai d'être bien dans le présent.

Au restaurant, je suis assise en face de lui. Au début de notre relation, nous n'avons jamais eu de mal à fixer un rendez-vous, mais pour se voir ce soir, il a fallu plusieurs messages. Jeudi, je devais dîner avec Suzanne, mon amie de fac, dans un restaurant de l'East Village. Vendredi, il avait répétition. Samedi, je suis allée voir ma mère à Elizabeth, dans le New Jersey, sous prétexte de réduire mon temps de transport ; en réalité, c'était la seule manière de la faire sortir de la maison.

Avec ses murs en briques apparentes, le petit restaurant qu'a choisi Thomas est le genre d'endroits que j'aime. La nourriture y est innovante et fine, le genre de choses que Thomas aime. Ce n'est pas bon marché. Tandis que nous dégustons un fromage frais au goût de beurre, vaporeux comme un nuage, et une savoureuse crème brûlée au parmesan, Thomas m'annonce qu'il a signé une vente. Il a fait quelques efforts d'habillement. Il porte un blazer et une sorte de chemise au tissu luisant que je ne reconnais pas. Cette matière attrape de temps en temps la lumière de la bougie et brille. Qu'il ait acheté un vêtement sans moi me déroute. En deux semaines, il s'est passé des choses.

— Tu as fait les magasins.

— Tu te tiens plus droite. Tu as l'air différente. Perdu du poids peut-être ?

— J'ai fait du yoga. Qu'est-ce qu'on se sent bien après !

— Comment vas-tu, Uma ?

Je m'attends à ce qu'il me dise que je lui ai manqué. J'ai voulu passer du temps loin de lui parce qu'il avait merdé. Même s'il m'a déjà fait des excuses, j'en attends encore. Je ne suis pas certaine qu'elles viennent.

— Mieux. Et toi ?

— Bien. La pièce avance plutôt bien. Sam a obtenu la subvention qu'il avait demandée à une fondation scientifique. Donc, nous ferons la première à l'occasion d'un festival des sciences et nous la jouerons ensuite pendant au moins deux semaines dans un petit théâtre convenable près de Broadway. J'espère qu'on aura de bonnes critiques.

— C'est excitant ! Tu nages dans le bonheur, alors ?

— Dans le retard, surtout. Il faut qu'on finalise des choses, qu'on s'organise. C'est une occasion en or mais il faut se préparer davantage.

En plat principal, nous avons décidé de partager une sorte de risotto au parmesan relevé d'un soupçon de vinaigre balsamique. Je crains que du parmesan après du parmesan ne soit trop lourd, mais j'ai tout de même laissé Thomas choisir. Étonnamment, quand quelque chose est bon, on ne s'en lasse pas.

— Pourquoi n'en avons-nous pas assez, de ce plat ? C'est un mystère.

— C'est grâce à l'*umami* que provoque le parmesan.

— Réexplique-moi ce que c'est ; tu m'as déjà parlé de l'*umami*, mais je ne m'en souviens plus bien.

— C'est une saveur liée au glutamate que détectent les cellules réceptrices disséminées sur toute la langue. J'ai essayé de cuisiner avec l'*umami*.

Thomas me semble à la fois familier et lointain. Je n'arrive pas à croire que je viens de passer deux semaines sans l'avoir vu. Je me sens curieusement étrangère. J'ai l'impression de voler en dehors de mon corps et de planer dans un coin du restaurant, nous observant de l'extérieur. Serons-nous de nouveau nous-mêmes ? On dirait presque que je ne le reconnais pas.

— Thomas, tu ne te sens pas un peu bizarre ? Comme si tu ne me reconnaissais pas.

— Oui, un peu, je crois.

Je n'en tirerai rien de plus. Il ne va pas me supplier de revenir. Ce sera à moi de le lui demander. De faire ce que j'ai toujours fait après une dispute : mettre de côté mon amour-propre, faire amende honorable et me ranger à son point de vue. Bon, au moins, il ne jubile pas.

— Veux-tu que je revienne ?

— Veux-tu revenir, Uma ?

Il évite de me répondre. Il n'est pas sûr. Je reste silencieuse. Choquée. Je me rappelle les raisons pour lesquelles je suis partie et je sens la colère monter en moi. Je pose ma fourchette et vais aux toilettes afin de le fuir. Lorsque je suis en sécurité derrière la porte fermée à clef, la panique m'envahit. S'il s'éloigne davantage de moi, il ne voudra pas revenir, c'est la première idée qui me traverse l'esprit. Il peut vivre avec quelqu'un de plus simple, de plus facile. J'avais toujours cru que si je pouvais me débarrasser de mes parents je serais libérée. Mon père est mort, pourtant je le porte toujours en moi. Je ne me sens pas plus libre.

D'après le prof de yoga, il faut, pour être libre, vivre dans le présent. Le présent. Le présent. Qu'est-ce que le présent ? Je sens mon cœur battre dans ma poitrine. Je pose ma main dessus. Cela m'aide. Il me vient à l'idée d'observer la pièce. Elle est propre, les rouleaux de toilette neufs empilés dans un coin. Le robinet a un col incurvé rococo. Le loquet de la porte est, lui, un peu crasseux. Le sol est en bois. De larges dalles de vieux bois, sombre et grenu. J'ai l'impression qu'un tournant dans mon existence est tout proche, distant seulement de quelques millimètres, de quelques secondes. Juste un tournant, et l'avenir changera à jamais. J'aime Thomas plus que je ne l'ai jamais aimé.

Je le rejoins et le regarde mettre une cuillerée de risotto au parmesan dans sa réduction de balsamique. Il la porte ensuite à sa bouche avec lenteur. Il s'est un peu coupé les cheveux mais a gardé cet air négligé qui lui va si bien. Il est libre. Il a toujours été libre. Contrairement à moi, il sait entrer dans une sphère temporelle et la quitter. Pour lui, le temps est comme une écharpe en soie passée à son cou qui l'enveloppe et flotte autour de lui. Une écharpe avec laquelle jouer et dans laquelle se réenvelopper.

Je me rassieds.

— Je veux que tu me dorlotes, que tu me reprennes, comme si c'était ta faute. Que tu me le demandes et que tu le veuilles. Pour une fois, je veux faire les choses bien et ne pas devoir venir mendier après avoir blessé mon ego.

— Mais ma chérie, bien sûr que je veux que tu reviennes. Tu es ma femme. Maintenant ? Tu fais l'impasse sur le dessert ?

— Je souhaite revenir, mais pas question de laisser tomber le dessert !

Il sourit.

— Comment tout peut-il te paraître si simple ? Je n'ai pas entendu de mot d'excuse, dis-je en grommelant.

Thomas ouvre la bouche mais je l'arrête.

— Non. Tu as raison de ne rien compliquer.

Je commande un tiramisu. Thomas en prend quelques bouchées et me fait manger à la petite cuillère. Le temps que nous hélions un taxi et que je me pelotonne sur le siège, je me sens plutôt contente de la vie. Je me serre contre Thomas et chuchote :

— J'ai des problèmes, Thomas, des problèmes avec le temps. Avec le passé et le présent.

— Je sais. Nous avons tous ce genre de problèmes.

— Tu m'apprendras à vivre dans le présent ?

— Il faut le vouloir vraiment. Tu le veux vraiment ?

— Oui.

Je sens que le sommeil m'envahit mais je l'entends parler du désir prioritaire et du désir secondaire, quelque chose à propos de la différence entre avoir envie d'une chose et avoir envie d'en avoir envie. Nous arrivons à la maison, Thomas paie la course et nous montons. Je me glisse dans le lit et me rends compte que, depuis que je suis sans lui, je n'ai jamais vraiment bien dormi.

En quelques minutes, je m'endors.

Le vol direct pour l'Inde dure quatorze heures. Quand je crois être au bout, il nous reste encore six heures. Sudha a accepté d'endurer la compagnie de ma mère. Thomas et moi sommes assis de l'autre côté du couloir. Sudha a préparé sa famille à la nouvelle de mon mariage avec Thomas, leur expliquant que je m'étais mariée à la mairie avant la mort de mon père. Nous dormirons dans la chambre d'amis au rez-de-chaussée de leur maison et ma mère ira chez sa sœur, qui habite tout près.

Mon oncle vient nous chercher à l'aéroport de Delhi. Il me serre dans ses bras et donne une poignée de main à Thomas.

— Bienvenue dans notre famille, lui dit-il avec chaleur.

L'aéroport a changé. La dernière fois que j'ai atterri là, c'était un endroit minable avec des néons à moitié grillés. Désormais, on se croirait dans un centre commercial américain. Les gens rechargent leur portable à des bornes prévues à cet effet. Mais dans ce décor futuriste, des pigeons volent.

Les trois premiers jours passent en un clin d'œil. Mes oncles se retrouvent pour une cérémonie en mémoire de leur frère. Les femmes ne participent pas à toutes les célébrations. Thomas se rend utile à la maison, aidant ma tante à la cuisine au grand dam de mon oncle. Thomas veut apprendre comment réaliser tel ou tel plat. Radha, toute proche du terme, est retournée chez ses parents. Elle n'a nullement l'intention d'accoucher à l'hôpital militaire de MHOW où est cantonné son mari. *Hors de question*, pense-t-elle, *de donner naissance à un enfant dans un lieu qui est un acronyme*. Lorsque nous sommes seules, elle m'étreint, me disant qu'elle est désolée de ma fausse couche. Elle aussi en a fait une et, selon elle, je ne devrais pas m'inquiéter outre mesure. J'avais demandé à Sudha de n'en parler à personne, mais voilà, je ne suis pas surprise que sa sœur le sache. Mes cousins sont bien intentionnés et je ne peux me mettre en colère. Bien que nous soyons ensemble pour la mort de mon père, l'atmosphère à la maison est plus celle d'une réunion de famille.

Mes cousines – je n'arrive pas à les appeler autrement – aiment beaucoup Thomas. Leur mère s'est elle aussi entichée de lui. Je le regarde sourire, se déplacer avec grâce dans la petite maison encombrée de tout un bric-à-brac et je vois son nez très aquilin, ses cheveux courts et bouclés, son jean effrangé et ses tennis orangées ; mon cœur tressaille. Quand nous allons faire des courses dans le quartier de Sarojini Nagar et à Connaught Place, il faut que je me retienne de lui prendre la main en marchant. Thomas connaît les règles. Lors de notre voyage dans le Sud, en particulier dans de petites villes comme Tanjore et Mysore, il faisait bien attention d'éviter tout contact avec moi en public.

Dans un petit parc proche de la maison de mon oncle, de jeunes couples se prélassent sur l'herbe et se tiennent par la main. Je sais que, du fait de la différence de couleur de peau, nous serons plus visibles et je n'ai tout bonnement pas envie que des inconnus me dévisagent. Chaque fois que je reviens en Inde, ces regards insistants me perturbent. Ils me donnent l'impression d'avoir fait quelque chose de mal. Ai-je un air bizarre ? Tout le monde pense que je suis une fille facile ? J'avais parlé de ces regards à mes cousines lorsque j'avais passé un été avec elles. Elles avaient ri et déclaré qu'elles ne savaient pas de quoi je parlais. Le seul regard qu'elles connaissaient dans la rue, c'était le regard lubrique de certains hommes. Cela n'existait peut-être que dans ma tête.

Nous passons quatre jours à faire des courses. Thomas a l'envie et l'énergie d'acheter des choses jusqu'à la fermeture des magasins. Sudha est heureuse de nous accompagner. Elle aussi n'est là que pour une courte durée et souhaite faire le plein de couvre-lits, de housses de coussin, de *chunnis* et autres petits objets pour la maison. Au rayon femmes de Cottage, Thomas passe une écharpe en soie bleu pâle autour de son cou. Nous nous mettons à rire.

— Mais mon chéri, c'est pour les femmes.

— Et tu tiens ça de qui ?

Il l'achète. Pas moyen de l'arrêter. Il me convainc d'essayer un *salwar kameez*. Je trouve que je ne suis pas élégante dans cet ensemble tunique-pantalon. Mais il soutient que je dois avoir une tenue indienne et me l'achète. Je fais quelques emplettes pour sa mère. Nous irons la voir le week-end après notre retour. Je connais ses goûts en matière de bijoux et je sais ce qui lui va bien. Je choisis des pendants d'oreilles en corail et un collier assorti.

Le jour J est arrivé. Thomas et Sudha ont passé une multitude de coups de téléphone pour localiser mon vrai père. Les codes de certains centraux téléphoniques ont changé à Delhi ; Sudha les a retrouvés grâce à d'énormes bottins que ma tante avait entreposés dans le petit renfoncement sous l'escalier.

Thomas a la quasi-certitude de m'emmener au bon endroit. Sudha a proposé de venir avec nous, mais nous lui assurons que ce n'est pas la peine. Après avoir demandé notre route à quelques personnes, nous trouvons la maison. Dans le quartier, les rues ne sont pas indiquées par ordre alphabétique et les numéros ne progressent pas de façon logique. Le bâtiment est délabré, il y a un grand jardin poussiéreux, en friche. C'est l'une des rares résidences de l'allée à ne pas avoir été démolies et rebâties en immeubles locatifs. L'étage a un faux toit de tuiles incliné derrière lequel il semble y avoir une terrasse. Quelque chose d'effrayant se dégage du lieu. On dirait qu'il est hanté. Je serre la main de Thomas et prends une vive inspiration.

— Ça va aller, dit-il en dégageant sa main de mon étreinte.

Au bout d'un moment, un homme nous ouvre la porte. Difficile de lui donner un âge. De visage, il ne paraît pas plus vieux que Thomas mais il n'est pas rasé ; il porte un pyjama blanc sale noué à la taille et une chemise. On dirait qu'il n'a pas mis le nez dehors depuis des jours.

— Nous cherchons Hari Manchanda.

— Il n'habite plus ici. Qui êtes-vous ?

— Le père de ma femme était un de ses vieux amis. Où est-il ?

— Il est mort il y a quinze ans.

L'image inconvenante d'un homme jeté d'un rayon comme un produit périmé me vient à l'esprit.

— Peut-on entrer et vous poser quelques questions ?

L'homme nous tourne le dos et entre, laissant la porte ouverte derrière lui. Il est étrange. Thomas le suit à grands pas.

— Tu es sûr qu'on a le droit de faire ça ? lui dis-je à voix basse.

— Qui êtes-vous ?

L'homme a l'air absent quand il parle.

— Des amis. Je suis Thomas et voici Uma, ma femme. Qu'est-il arrivé à M. Manchanda ?

— Il était malade.

— Vous êtes son fils ?

— Non, son neveu. Le fils de son frère cadet.

— Où est votre père ?

Thomas lui fait subir un interrogatoire. Je crains que d'une seconde à l'autre l'homme ne nous jette dehors.

— Il est mort il y a dix ans.

— Malade lui aussi ?

— Oui.

— M. Manchanda a eu des enfants ? Une femme ?

— Sa femme l'a quitté. Ils avaient divorcé quelques années avant sa mort.

— Des enfants ?

— Non.

— Et votre mère ?

— Morte elle aussi, l'an passé. D'une crise cardiaque.

— Vous êtes sûr que vous allez bien ?

— Pourquoi me demandez-vous cela ?

— Parce que vous tremblez. Vous devriez voir un médecin. Cela ne vous gêne pas si ma femme fait un tour ? Vous avez des photos de M. Manchanda ?

— Mais enfin, qui êtes-vous ? demande l'homme pour la seconde fois.

— De simples amis de votre oncle, lui répond Thomas d'un ton apaisant.

La façon dont il gère la situation m'étonne. Thomas croise mon regard et me fait signe d'aller jeter un coup d'œil.

— D'où venez-vous ?

— Nous vivons aux États-Unis. À New York. Comment vous appelez-vous ?

— Bunty.

— Bunty, depuis combien de temps vivez-vous seul ? Comment vous débrouillez-vous ? Vous n'avez pas d'autre famille ?

— Juste mon père et mon oncle. Ils sont morts, maintenant. Je sais que je suis malade mais, d'après vous, cette maladie, c'est quoi ?

— Sans doute la chorée acanthocytose. Je vais vous l'écrire.

Il se lève et allume une autre lampe dans la pièce obscure. Il trouve une feuille de papier et un stylo. Partout, la lumière révèle une couche de poussière. Il n'y a pas de photos.

Thomas note le terme et ajoute quelques détails, puis il vient se placer derrière moi et me demande en murmurant s'il doit lui annoncer la nouvelle.

— Je ne sais pas.

— C'est ton cousin. Avec les mêmes liens du sang que ceux que tu croyais exister entre Sudha et toi.

— Cela ne veut rien dire, Thomas. Je ne l'ai jamais rencontré avant. À ma place, que ferais-tu ?

— Je le lui dirais.

— Et puis quoi ?

— Et puis rien.

— Mais alors, on va lui donner de faux espoirs : on lui annonce qu'il a une famille et aussitôt on la lui enlève. Et il n'est pas ma famille.

Je suis soudain très émue ; ma voix se met à trembler, mon nez à couler et mes yeux à s'embuer.

Thomas me caresse le dos. Nous entendons des ronflements : Bunty s'est endormi.

— Thomas, j'ai peur.

— Pourquoi ?

— Tu ne vois donc rien ? Il a la chorée acanthocytose lui aussi. Il y a sans doute un schéma de transmission autosomique dominante dans cette famille.

Tout mon corps est pris de tremblements.

Thomas me tient serrée contre lui.

— Chut…

Il se penche et tapote l'épaule de Bunty, assoupi sur le canapé.

— Bunty, avez-vous des photos de famille ? Nous aimerions voir à quoi ressemblait M. Manchanda, demande calmement Thomas.

— Je dois avoir une photo du mariage de mes parents quelque part.

Il se lève et, d'un pas traînant, se dirige vers une commode. Il sort quelque chose d'un tiroir et le tend à Thomas. Il ne prête pas attention à la couche de poussière sur le cadre et s'assoit à côté de lui.

— C'est M. Manchanda et sa femme là, derrière vos parents ?

— Oui.

— C'est drôle, votre mère ressemble beaucoup à votre oncle. On dirait plus sa sœur que sa belle-sœur, fait remarquer Thomas.

— Mes grands-parents étaient cousins germains et ma mère la petite-cousine de mon père. Vous voyez la photo de famille au dos. Tout le monde se ressemble. Moi aussi, je leur ressemble, ajoute-t-il avec un sourire.

— Que faisiez-vous avant de tomber malade ?

— Je tenais un magasin au marché, près d'ici. Je vendais des réfrigérateurs.

— Côté argent, ça va ?

Je foudroie Thomas du regard ; nous ne sommes guère en mesure de lui offrir quoi que ce soit.

— Oui, ça va. Vous savez, je suis malade, c'est tout. Je ne suis ni alcoolique ni joueur.

— Vous pouvez nous en dire un peu plus au sujet de M. Manchanda ?

— Mon oncle…

L'homme demeure silencieux un moment avant de poursuivre.

— Mon oncle était un homme très gentil. Sans enfants, il m'a gâté. Il m'achetait des jouets et, plus tard, quand j'ai eu mon diplôme, une voiture. Il était médecin, il m'a tout laissé. Ma tante, elle ne m'aimait guère. Elle jalousait ma mère parce qu'elle avait envie d'avoir un enfant et n'en avait pas.

— Pourquoi a-t-elle divorcé ?

— Je ne sais pas bien, mais quelque chose est arrivé, je crois.

— Votre oncle a vécu ici jusqu'à sa mort ?

— Oui, nous avons vécu ensemble. Mon père et son frère s'entendaient très bien. Sans cette maladie, nous aurions été heureux.

— D'autres membres de la famille l'avaient ?

— Je ne sais pas bien, mais certains sont morts jeunes.

Puis il se mure dans le silence, tout à ses pensées. Quelques secondes plus tard, il reprend la parole.

— Vous voulez du thé ?
— Non, merci. On vous a assez embêté comme ça. Il faut qu'on y aille.
— Revenez quand vous voulez, je m'ennuie, ici.

Cette nuit-là, je ne parviens pas à fermer l'œil. De trois heures à cinq heures du matin, je pleure. Cette maison transpirait la solitude et le désespoir. Avec ce vieux garçon triste, à moitié demeuré, qui y vit seul. Sans personne. Sachant qu'il va mourir. Il a vu son père partir de cette manière, et sa mère. Il a vu son oncle s'en aller comme ça. La cruauté et le malheur que le sort peut distribuer sont sans limites. Thomas reste à mes côtés éveillé pendant quelques heures puis finit par s'endormir. Je n'ai pas dit à ma mère que nous nous étions rendus là-bas. Tout cela ne la concerne plus. C'est mon histoire. Thomas me suggère de retourner voir Bunty et de tout lui raconter. Il est triste pour lui et, bien que nous ne puissions rien faire, il veut simplement se comporter en honnête homme, comme il dit. Je ne partage pas ce désir. Je ne ressens que du dégoût et de la répulsion. Et puis, j'ai cette impression que quelque chose d'enfoui en moi, dans mon sang sûrement, ne m'appartient pas mais appartient à quelqu'un d'autre, à ces fantômes qui peuplent cette effrayante maison. Thomas annonce qu'il y retournera. Il me promet de ne pas révéler mon secret mais veut être fidèle à l'homme qu'il pense être et faire ce qui lui semble de son devoir. Je ne vois pas ce que cela changera pour Bunty Manchanda.

Nous sommes maintenant dans une petite ville du Pendjab. C'est Sudha qui en a eu l'idée. Elle pense que c'est une honte que nous ayons fait tout ce voyage en Inde sans pouvoir passer une semaine quelque part, rien que tous les deux. Elle a réservé l'hôtel, ancienne bâtisse coloniale construite par un potentat du coin, et a aussi trouvé une voiture avec chauffeur pour nous y emmener. C'est leur cadeau de mariage, déclarent mon oncle et ma tante. Celle-ci est horrifiée que nous n'ayons fait que signer un registre pour nous marier. S'il n'y avait pas eu cette tragédie dans la famille, dit-elle, elle aurait immédiatement organisé un vrai mariage hindou.

Nous arrivons tard dans l'après-midi, à ce moment du soir où le soleil devient une boule orangée. Ses rayons teintent de rose la structure blanche de la demeure. Les jardins alentour, en pleine floraison, prennent un air surnaturel. Notre suite est immense. Thomas teste le vaste bureau en bois puis le sofa et l'ottomane.

— C'est plus grand que notre appartement !

Je souris.

La ville est un petit centre de province où il n'y a rien à faire. Nous dînons à l'hôtel et nous nous couchons de bonne heure. Je me coule tout contre Thomas et respire son odeur sous ses aisselles. Il a transpiré un peu et son odeur musquée est plus forte que d'habitude. Je soupire.

Nous faisons l'amour. Avec lenteur et douceur. Je pense qu'il craint que je ne me referme soudain et n'en ait plus envie. Il explore mon corps timidement. Chacun redécouvre le corps de l'autre. Le lendemain matin, après que Thomas a couru, nous recommençons. Cette fois, avec moins de tendresse et plus d'animalité.

— Ça m'a rappelé les premiers temps, lui dis-je plus tard.

Nous passons la journée à nous promener dans les jardins de cette demeure princière et visitons un peu le coin. En début de soirée, Thomas sort avec moi sur la pelouse et nous faisons du yoga. Il y a peu de monde à l'hôtel, ainsi le chef peut venir bavarder avec nous. Thomas passe une demi-heure à écouter les descriptions complètes de tout ce qu'il peut choisir avant de se décider pour un *saag*, à base d'épinards, et un *makki di roti*, à base de maïs, typiques. À ma surprise, il veut un *panjiri* en dessert.

— Farine de blé complet, sucre et *ghî*. Impossible de se tromper.

— Tu aimes la nouveauté, ça, c'est certain ; tu n'as choisi que des choses que tu ne commandes pas d'habitude.

Le soir, une fois au lit, Thomas sort un bloc-notes et un crayon et me montre le dessin d'une maison.

— Qu'est-ce que c'est ?

— Je pense qu'on devrait vraiment déménager du studio. Le vendre.

— Mais, on ne peut pas se payer un trois pièces. Je ne serai pas éligible au prêt dont nous aurons besoin et, comme tu n'as pas de salaire régulier, il faudra que tu signes des ventes pendant au moins deux ans avant que n'importe quel organisme accepte de t'en accorder un.

— Je pense qu'on devrait louer.

— Quelle perte d'argent !

Il me montre des calculs pour illustrer le montant du loyer auquel nous pourrions prétendre. Le marché étant en baisse, un trois pièces dans un immeuble de Harlem ou de Brooklyn avec concierge serait abordable. Une fois son appartement vendu, nous aurions assez de fonds pour un apport de cinquante pour cent et j'obtiendrai facilement un crédit pour l'autre moitié.

— Si nous avions eu l'enfant, il aurait fallu déménager, me dit-il en me regardant.

Nous n'avions pas encore reparlé du bébé.
— Tu veux te préparer ?
— Oui.
— Je vois très bien un petit Thomas se pavaner autour de ma tante et de mes cousines, tu sais. Tout comme tu le fais.
Un grand sourire fend son visage.
— On n'est pas pressés.
Je regarde de nouveau le plan.
— C'est situé où ?
— Sur la 118e Rue. Il a été mis sur le marché la semaine dernière. D'après le responsable de l'immeuble, il y en aura un autre à louer dans un mois, identique à celui-ci.
— Un mois ? On ne peut pas déménager en un mois.
— Pourquoi pas ?
— Je ne pourrai pas prendre plus de congés. J'ai épuisé mon quota de jours de vacances. Et puis c'est un gros changement.
— Je m'occuperai de la logistique.
— Seul ?
— J'organiserai ce que je peux et les déménageurs feront le reste.
— Mais Thomas, tu as vécu vingt ans dans cet appartement. Tu es certain de vouloir partir ?
— Si je n'avais pas perdu mon job, on aurait déménagé il y a deux ans.
— C'est pour ça que tu achètes tout ce qui te passe sous le nez en Inde ? Du linge de table, des serviettes, des dessus-de-lit…
— Ouais.
— Tu aurais pu me le dire.
— Nous n'avons pas eu une minute à nous jusqu'à

ce week-end. Et puis, de toute façon, c'est juste une idée ; à toi d'y réfléchir.

— Je ne connais pas la 118e. Il faudra aller voir.

— Bien sûr. Je vais sélectionner quelques apparts et t'en montrer un chaque soir, comme avec un client.

À notre grand soulagement, ma mère a décidé de rester en Inde quelques semaines de plus. Ce qui signifie que les week-ends à venir seront à nous. La terreur qu'elle a semée dans mon cœur pendant tant d'années à propos de la nécessité d'épouser un Indien et de la honte dont je couvrirais ma famille si je ne le faisais pas n'était que du pipeau. Dans la famille de mon père, personne n'a vraiment réagi. Même les sœurs de mon père se sont montrées polies avec Thomas. Pas de drame.

Arrivés chez nous, nous prenons l'énorme pile de courrier et montons. Je me douche. Le temps que je sorte de la salle de bains, Thomas a fait deux tas, à trier. Dans un coin se cache un gros paquet.

— Qu'est-ce que c'est ?

— Un puzzle de mille pièces.

— Un puzzle ?

— Oui, je l'ai commandé pour Bunty. Il adore l'art du paysage. Je pense qu'il aimera celui-ci.

Thomas déchire le papier et me montre la peinture sur la boîte.

— Va-t-il vivre assez longtemps pour le terminer ?

Je me trouve cruelle. Je suis cruelle. J'ai peut-être échappé à la maladie, mais lui, non. Toute sa famille l'a eue. Ironie du sort, si je ne suis pas en danger, c'est grâce aux gènes de ma mère.

— Je crois qu'il a encore un an ou deux à vivre. On le reverra peut-être si on y retourne. En tout cas, les jours où il va bien, ça l'occupera. Je suis allé avec lui chez le médecin. Et je leur ai parlé des tests.

— Et… ?

— Et le médecin a accepté de m'envoyer les résultats par e-mail. Ils sauront si c'est récessif ou dominant.

— Tu as dit que tu étais… ?

— Un ami de la famille.

— Alors maintenant, non contents de savoir que cet homme est malheureux, on essaie d'en apprendre encore plus pour des raisons purement égoïstes.

— J'ai contacté deux équipes différentes qui font des recherches sur l'acanthocytose et leur ai demandé, pour Bunty, si des traitements étaient à l'étude. Échange de bons procédés. Il m'aide à savoir si ma femme est en danger et je l'aide à trouver quelque chose qui pourrait le sauver.

— Tu lui as expliqué tout ça ?

— Non, ça n'a pas été nécessaire. Je pense qu'il l'a compris.

— Pourquoi ne pas m'en avoir parlé ?

— Tu m'avais dit de ne pas l'évoquer de nouveau, si je retournais le voir.

— Comment ça s'est passé ?

— Il m'a raconté que, après nous avoir vus, il avait eu la certitude de t'avoir déjà rencontrée. Puis il s'est souvenu.

— Tu sais, ma mère avait l'âge que j'ai maintenant.

Thomas hoche la tête.

— C'est bizarre, vraiment bizarre.

Je contemple mon visage dans le miroir de la salle

de bains. Je ressemble à ma mère. Si je me concentre bien, je me rappelle les premiers souvenirs que j'ai d'elle. Jusqu'à cet instant, la vieillesse n'avait été pour moi qu'une idée abstraite. Elle devient tout à coup si concrète que je panique. J'entrevois soudain d'une façon totalement nouvelle mon avenir, mon âge, toutes ces choses que fera mon corps.

— Je stresse.

— Normal, c'est la question de l'âge.

— Comment as-tu deviné ?

— Sam en a parlé la fois dernière à la répétition. Quand mon père avait l'âge que j'ai aujourd'hui, moi j'avais quatre ans. C'est toujours un sentiment étrange.

Mes yeux tombent sur le puzzle et je repense à Bunty. Je montre du doigt le paquet à Thomas.

— Pourquoi tu fais tout ça ? Pour moi ? Pour lui ?

— Uma, parfois tu oublies que moi aussi j'ai mes merdes. Mon grand-père en est mort. Mon oncle en est mort. J'étais jeune mais je m'en souviens. Le dimanche, mon père allait chercher mon oncle en voiture pour le déjeuner puis il le reconduisait. Ses symptômes n'étaient pas encore trop prononcés mais déjà il avait des tremblements. Il essayait de me caresser la tête et je voyais ce trentenaire au visage d'enfant trembler et se crisper ; je n'y comprenais pas grand-chose. Je cherchais à m'éloigner de lui. Un jour, au déjeuner j'ai même hurlé : « Je ne veux pas être comme toi ! Ne me touche pas ! » Et je me suis enfui en courant. C'est la seule fois où mon père m'a giflé. Peu de temps après cet incident, quand mon père est allé chercher son frère, il l'a trouvé mort. Il s'était fait sauter la cervelle avec un pistolet. On ne m'a raconté les détails que longtemps après. La maladie d'oncle Bob avait empiré, m'a-t-on dit. Quelques semaines avant sa mort, j'avais été cruel avec lui et lui avais sans doute brisé le cœur. Il n'avait personne. Il avait vu son père en mourir puis à son tour était tombé malade. Sa copine l'avait quitté. Mon père essayait de faire ce qu'il pouvait, mais avec une femme et un enfant, il avait d'autres préoccupations. Les enfants sont cruels, affreusement cruels, et moi aussi je l'ai été. Tu vois, Uma, les merdes que je trimbale. J'ai précipité vers la mort un mourant honteux de sa maladie. Crois-tu qu'il y ait pire ?

Je suis liée à Thomas par le sang, non par le même sang mais par ce que signifie le mot « sang ». Cette chose épaisse, épineuse, qui coule dans nos veines. Qui nourrit nos cellules et absorbe les toxines. Qui circule dans notre cœur fidèle pour en ressortir purifié. Ce sang mortel qui est passé du père au fils, du père à la fille ; ce sang salvateur qui est passé de la mère au fils, de la mère à la fille. Ce sang que Thomas et moi donnerons, l'un et l'autre, à notre enfant. Avec l'espoir que ce sera un sang parfaitement sain.

Je ne peux plus considérer mes menstrues de la même façon qu'avant. Je vois mon sang et je vois les moments futurs et les accidents, les tragédies et la tristesse qu'il contient. Tout ce qu'il peut transmettre et garder, alimenter et détruire. Hémophilie, anémie, porphyrie et que sais-je encore.

Nous avons vu treize appartements, et pour chacun d'entre eux, j'ai trouvé à redire. Thomas est exaspéré. Il ne me montre que des lieux qu'il a déjà visités et qu'il apprécie. Ceux dans lesquels il peut s'imaginer vivre. Je sais que lors de la prochaine visite, il craquera.

— Ce n'est pas pour acheter. On y vivra sans doute un an, peut-être deux.

— Je sais.

— Pas vraiment. Tu le sais en théorie, dans ta tête, mais quand tu dis « non », c'est en pensant que, une fois installés, on y vivra jusqu'à notre mort.

Je soupire. Agacée de voir qu'il me connaît si bien.

— Bon, conclut-il, on prend le prochain à moins que tu ne me prouves par A plus B qu'il est pire que celui où nous vivons.

J'insiste pour que nous visitions trois appartements de suite et c'est la course : du croisement de Lenox Avenue avec la 125e à l'angle de Madison et de la 115e, puis jusqu'à Saint Nicholas et la 145e. Et chaque fois, je trouve quelque chose qui cloche : soit avec l'immeuble, soit avec l'appartement lui-même. Dans un cas, le plafond me rappelle celui de l'appartement de Journal Square où j'ai habité en arrivant en Amérique. Bien qu'il soit spacieux, ait de grandes portes-fenêtres intérieures qui laissent pénétrer beaucoup de lumière, ce lieu m'angoisse.

— J'aime bien le premier appartement que tu m'as proposé.

— Tu veux dire celui dont je t'ai montré les plans en Inde.

— Oui.

— À coup sûr, il est pris. Je vais vérifier.

Thomas est énervé mais ne dit rien de plus. Nous rentrons à la maison et, au passage, à l'angle de Lexington et de la 28e, nous achetons des plats indiens pour dîner avec Anita.

Après que nous les avons finis, Thomas nous laisse sur le toit-terrasse et descend préparer un dessert.

Anita sourit.

— Thomas veut à tout prix qu'on déménage. Que dois-je faire ? dis-je d'un ton impuissant.

— Je peux te suggérer quelque chose ?

— Vas-y.

— Essaie de t'imaginer en train de vivre dans un autre endroit. Imagine une scène que tu as déjà vécue avec Thomas et rejoue-la dans ce nouvel appartement.

— C'est un truc d'acteur ?

— Oui.

— On a assez parlé de moi. Comment vas-tu ?

— Je sors avec quelqu'un.

— Qui ? Tu en as déjà parlé à Thomas ?

— Elle s'appelle Sabrina, il l'a déjà rencontrée.

— Où ça ? Quand ?

— Lors d'une soirée. Tu t'étais mise en congé de lui.

Je n'ai pas demandé à Thomas ce qu'il avait fait quand j'étais allée vivre chez Kevin. Je n'y ai guère songé, à vrai dire. Je ne sais pas bien pourquoi cela m'étonne d'apprendre qu'il sortait.

— On devrait s'organiser une soirée à quatre.

Thomas revient avec des myrtilles fraîches et une crème qu'il vient de préparer. Ce matin, je l'ai vu gratter une gousse de vanille dans du lait et me suis demandé ce qu'il allait en faire.

— J'ai sa photo, dit Anita qui aussitôt sort son smartphone.

— Une nouvelle ? demande Thomas.

— Non, la même.

Anita me passe son téléphone.

La jeune femme, mince, a des cheveux courts coupés en brosse. Avec ses traits fins, elle pourrait paraître de nature délicate mais elle semble cultiver un look très viril.

— Comment ça va ? demande Thomas.

— Eh bien, c'est chaud.

— Tant qu'elle ne s'en va pas pour la journée en te laissant attachée à un pied de lit…

Ils éclatent de rire. Mon regard va de l'un à l'autre en quête d'une explication, mais visiblement, je ne suis pas dans le coup. Cela fait des années qu'ils sont amis. Je suis contente qu'il ne travaille pas avec quelqu'un d'autre. S'il devait jouer une scène d'amour avec une autre femme, je serais jalouse. J'ai d'ailleurs refusé qu'ils fassent une scène de nu. Je ne veux pas que mon mari parade sur scène, la queue à l'air, devant des centaines d'inconnus.

— Les autres m'en veulent d'avoir refusé cette scène ? demandé-je.

— Un peu, répond Anita.

— Et toi, Thomas ?

— Pour tout te dire, je suis soulagé, je n'avais pas très envie de la faire.

— Eh, s'exclame Anita en riant, tu t'es servi d'Uma !

Thomas fait un clin d'œil. Ils gloussent.

— Tu crois, Anita, que je suis trop conservatrice ?

— En fait, oui, répond Anita. Mais dans le passé, ce sont si souvent les hommes qui ont décidé si leur femme pouvait jouer nue devant les caméras !

— Ça pourrait devenir un problème, j'imagine, si tu as plus de rôles, ce que j'espère pour toi, dis-je à Thomas.

— Cette fois-ci, je ne trouvais pas que ça ajoutait quelque chose. Une autre fois, peut-être, je le ferai.

— On franchira le pas quand on y sera. Quand puis-je assister à une répétition ?

— Du basilic.

— De la menthe.

— Jana…

— Oui, James.

— Sérieusement, comment avoir de nouveau confiance l'un en l'autre ?

— Garde simplement l'ocytocine à portée de main.

— Jana, s'il te plaît. Ne prends pas ça à la légère.

— Il faut se jeter à l'eau, et y croire.

— Pourquoi ?

— Parce que je veux que tu me fasses confiance ; j'espère que c'est réciproque. Et pour un début, ça devrait suffire.

Je ne sais pas de quoi ils parlent mais ils sont convaincants. Anita joue avec sentiment. Et Thomas, grâce aux infimes mouvements de son corps et à la façon dont s'anime son visage, traduit tout ce qui se passe. J'applaudis.

— Bon, j'ai rendez-vous, il faut que je me sauve, annonce Anita en se levant.

— Amuse-toi bien, ma belle.

Thomas l'embrasse sur la joue et je la serre dans mes bras.

Des trucs et des machins. À l'infini. Assez de trucs pour que Thomas se demande comment il a bien pu vivre dans le présent, étant donné le poids écrasant du passé. L'histoire d'une relation de cinq ans, au début de sa vie à New York, est rangée bien au fond d'un placard dans une boîte marquée « Courrier ». De Lily, il a gardé des e-mails, toutes sortes de babioles, une petite culotte dont elle lui avait fait cadeau et d'innombrables cartes. Atteinte de graphomanie, elle lui écrivait des mots dès le matin avant d'aller travailler. S'ils ne se voyaient pas le week-end, elle lui envoyait des lettres. De gentilles lettres où elle parlait de tout et de rien. Thomas les a conservées. Des dessins de cœurs, de fleurs, de visages souriants, d'oiseaux, d'abeilles et de papillons les décoraient. Nul doute qu'aujourd'hui elle doit s'appliquer avec autant d'enthousiasme pour un autre homme. Il se demande si elle s'est casée. Il songe à lui renvoyer les lettres. Il va s'en séparer.

Balancer/Envoyer ?

Poubelle/Courriel ?

Personnalité baroque que cette Lily. Maintenant qu'il n'en a plus l'usage, ces lettres lui appartiennent-elles ? Si elles n'avaient été qu'une suite de mots, il les aurait déchiquetées – Thomas a acheté une broyeuse pour le déménagement –, mais avec les dessins, il se dit que c'est peut-être de l'art. Il est certain que Lily, où qu'elle se trouve, ne pense plus du tout à lui, tout comme il ne pense plus à elle depuis des années. Cette histoire avait été agréable mais ne s'était pas transformée en amour profond. Aujourd'hui que leur liaison est depuis longtemps terminée, Lily aurait-elle l'impression d'être forcée de regarder en face son enthousiasme exagéré, son exubérance, son expressionnisme extrême ? Il déniche l'adresse de ses parents dans le nord de l'État de New York, sépare les lettres des autres souvenirs et en fait un paquet. Les souches des billets des spectacles vus à Broadway, les tickets de danse contemporaine, leurs cartes d'embarquement pour le Brésil, tout cela, il l'entasse dans le grand sac-poubelle noir de recyclage.

Depuis vingt ans, Thomas a vécu de nombreuses vies dans cet appartement. Mais seul le temps passé avec Uma, ces cinq dernières années, semble avoir du sens. Il ne veut pas transférer son passé dans le nouvel appartement. Les seules choses qu'il souhaite emporter sont celles qui comptent vraiment. Celles qui font de lui l'homme qu'il est aujourd'hui.

Il retrouve des factures de téléphone d'il y a quinze ans, bien empilées, en ordre, attachées par année avec un trombone, les dates de paiement surlignées. De l'époque d'avant la banque et les paiements en ligne, il y a des montagnes de choses à jeter. Un jour, il avait dépensé deux cents dollars pour appeler une femme en Argentine après son départ de New York. Ils étaient sortis ensemble les deux derniers jours qu'elle avait passés dans la ville. À l'époque, il croyait qu'il épouserait Suzanne, la suivrait à Buenos Aires et qu'ils vivraient ensemble. Il retire les trombones et commence à déchiqueter les factures.

Ses feuilles de paie sont elles aussi classées proprement dans des chemises, année après année. Factures d'eau ou d'électricité, relevés bancaires, décomptes de grand voyageur. Il lit des mots pris au hasard dans chacune des liasses qu'il feuillette. Une facture de restaurant, l'un de ses préférés dans Greenwich Village, lui rappelle une fille moitié malaise, moitié indienne qu'il y avait emmenée. Puis, il y a celle du dîner-croisière auquel il avait convié une nana guatémaltèque. Il était alors en quête de l'amour sans même le savoir ! Il pensait sortir et passer du bon temps, mais il les traitait en fait comme des épouses potentielles, leur offrant à dîner, à boire, leur achetant des CD et des livres si elles duraient plus d'une quinzaine de jours. De temps à autre, son cœur avait souffert et, de temps à autre, il avait fait souffrir. Pour la plupart, ce n'avait été qu'une série de rencontres plus ou moins fades qui, après le premier ou le deuxième rendez-vous, avaient perdu leur pouvoir et leur éclat. Lorsque le travail l'avait trop occupé, il avait utilisé des sites de rencontre en ligne. Nerve.com, Match ou Craigslist.

Thomas se lève et sort un autre carton du placard. Dans l'appartement, la plupart des merdes sont à lui. Uma avait emménagé avec deux valises et quelques livres. Sa bicyclette, rangée dans le sous-sol de son ancien immeuble, s'était envolée depuis longtemps. Elle avait refusé de retourner la récupérer après avoir été chassée par ses parents. Le propriétaire l'avait vraisemblablement vendue. Une fois qu'Uma avait emménagé, Thomas s'était débarrassé de beaucoup d'affaires. Essentiellement des vêtements et des chaussures usagés qu'il ne mettait plus. Ils avaient étoffé leurs collections de CD et de livres. Depuis qu'Uma vit avec lui, il n'a jamais fouillé dans les entrailles de ce rangement. C'est drôle, le souvenir de ces femmes ne signifie rien. Le passé a peu de poids. Il peut compter sur les doigts d'une main les événements qui l'ont vraiment transformé, les événements qui sont devenus partie intégrante de lui-même. Le reste n'est que vieilleries prenant de l'espace. Il accélère le broyage.

Son téléphone vibre. C'est Isabelle. Il laisse le répondeur se mettre en marche. Le téléphone vibre de nouveau lorsque le message apparaît à l'écran. Il l'écoute. Quand il entend sa voix, douce, comme du tissu, son cœur entame une petite danse.

« Thomas, tu as disparu. Envie de me voir et de prendre un verre ? »

Depuis le début, pour montrer sa circonspection, il n'a répondu qu'à un message sur deux. Il l'aime bien. Lorsqu'ils se voient, quelque chose de doux et de mystérieux flotte dans l'air. Il n'est pas question de mener une double vie et il ne veut pas blesser Isabelle. Elle sait qu'il a quelqu'un mais il sait aussi que, amoureuse de lui, elle est prête à fermer les yeux. Il n'a pas envie de se montrer indélicat en lui rappelant encore sa situation, mais il ne veut pas qu'elle s'attache. À l'avenir, peut-être pourront-ils devenir amis.

Il lui répond : « Désolé, nous étions en Inde. Nous sommes en plein déménagement et je serai très pris pendant quelques semaines. » Plus tard, il lui envoie un e-mail avec les informations qu'elle souhaitait avoir sur le Grand Canyon où elle a prévu d'emmener son frère et sa copine. Il la connaît à peine, pourtant elle existe dans le présent et fait frissonner son cœur, à la différence des vieux amis. Le temps est lourdement pondéré, il ne prend sa force que dans le présent. Le passé est une simple preuve du temps, l'enregistrement d'un présent qui, un jour, a été. Il se demande si Uma connaît elle aussi dans son présent des êtres comme cela. Un nouveau collègue au travail, par exemple, qui la salue à la fontaine à eau et lui manifeste un peu plus d'intérêt. Cette idée, tant d'années après, le rend encore jaloux.

Leurs habits sont prêts à être rassemblés et empaquetés par les déménageurs. Thomas a des listes pour tout ; il a décidé de la marche à suivre, noté les numéros des prestataires de services qui vont intervenir. Le sofa, par exemple, ne peut pas sortir par la porte d'entrée, donc une entreprise doit passer pour le démonter et le transporter dans le nouveau logis ; les déménageurs emporteront d'abord les vêtements, puis les livres, puis le reste, afin que, lorsque Thomas et Uma passeront leur première nuit chez eux, ils puissent tout de suite s'organiser. Une fois le déménagement fait, le sol sera décapé et tout sera repeint pour que Thomas mette enfin le studio en vente.

Cela fait trois jours que nous sommes installés et nous commençons à nous sentir chez nous. Je ne sais comment Thomas peut abattre autant de travail dans la journée. Chaque soir, l'appartement a un air radicalement différent de celui qu'il avait avant mon départ. Nous pouvons maintenant cesser de nous chamailler sur mes habits et le nombre de mes chaussures. Tout rentre dans le dressing et Thomas m'en a gentiment laissé plus de la moitié ! En deux jours, il a organisé la cuisine ; il ne nous reste à ranger que le salon et les étagères.

— On devrait inviter ta mère à dîner à son retour d'Inde et même pendre la crémaillère.

— Je ne sais pas si j'ai envie de l'appeler. Quand ils m'ont virée, je m'étais juré que je ne les accueillerais jamais chez moi.

— Je suis bien certain que ce temps est révolu. Si je suis là, elle saura ne pas outrepasser les règles de la bienséance. Elle me craint.

— Je ne sais pas.

— Uma, tu m'as demandé de t'apprendre à vivre dans le présent, alors la première chose à faire est de lâcher le passé. Impossible de te couler dans le présent avec ce fardeau.

Je soupire. La semaine prochaine, nous invitons Anita, Sam et sa femme ainsi que Matt à dîner. Je vais aussi demander à Kevin s'il a envie de venir avec son ami avant leur installation définitive en Espagne. Il m'a donné le montant de son bonus annuel ; il était assez contrarié. Adam l'a bien baisé et, si je n'avais pas parlé directement à Ricky, je crois qu'il en aurait fait tout autant avec moi.

Thomas tourne la clef. Pas si mal. Après la rénovation, ce sera encore mieux. Rafraîchi. Pour l'instant, il règne encore une odeur familière. Cela fait une semaine que les fenêtres sont fermées et cette légère odeur de moisi, si particulière, qu'il remarquait toujours lorsqu'il rentrait de voyage, est bien là. Il ouvre les fenêtres donnant sur Madison Avenue et les bruits s'engouffrent comme un torrent. Il fait le tour du studio, ouvrant tous les placards. Rien n'a été oublié.

L'appartement est nu. Bientôt prêt à accueillir quelqu'un d'autre, pour trois ou pour vingt ans. Il sera le témoin de nouvelles relations, de nouveaux moments de tristesse, de vie. Et lui, Thomas, n'aura plus rien à voir avec lui. Ce lieu, qui en tout point a été le sien, le sien sans équivoque, deviendra étranger. Thomas marchera à l'angle de Madison et de la 33ᵉ, un jour où il ira d'un point A à un point B en ville, quand assez de temps se sera écoulé pour qu'il ait oublié de l'éviter, et soudain, il se retrouvera dans ce pâté de maisons, les yeux levés vers les étages, jetant un regard discret pour voir s'il reconnaît le concierge, évitant les vieux voisins car il se sentira désormais étranger. Il éprouvera comme un coup de poignard dans le cœur, le souvenir d'un moment vécu là l'envahira et il aura l'impression que tout cela est très loin. Terminé. Impression d'un moment qui jamais ne pourra revenir car l'horloge a égrené ses heures et le temps a passé.

Il a laissé son esprit vagabonder. Il s'agace, s'impatiente. Il va à la salle de bains, urine, tire la chasse et se lave les mains. Boit de l'eau à même le robinet avant de le fermer. Puis il se dirige vers les deux grandes fenêtres et regarde au-dehors, tournant la tête d'un côté, de l'autre, pour voir la rue en enfilade. Un taxi klaxonne sans s'arrêter à une rue de là, et au coin, sur la 33e, une alarme s'est déclenchée. Le bus M32 vient de freiner devant l'immeuble dans un boucan horrible en piquant du nez pour laisser monter des passagers.

Thomas baisse les stores et referme les fenêtres. Il va demander au concierge de donner la clef au type de l'entreprise de décapage puis au peintre.

Pour le mettre sur le marché, il prendra des photos de l'appartement rénové, avec ses nouvelles odeurs. Thomas sort, ferme la porte, glisse la clef dans sa poche et, d'un pas apaisé, va jusqu'à l'ascenseur. Onze heures. Il doit aller au bureau. Il a une exclusivité sur un appartement à la vente, mais le propriétaire en demande un prix trop élevé et cela promet d'être long avant d'avoir une offre. Il donne la clef à Javier, le concierge de garde, et se dirige au nord vers la 53e Rue. Manhattan l'engloutit dans ses bruits et ses rythmes. Il n'est plus qu'un homme parmi d'autres qui suit le cours de sa vie.

MIXTE
Papier issu de
sources responsables
FSC® C003309

10/18, une marque d'Univers Poche,
est un éditeur qui s'engage pour
la préservation de l'environnement
et qui utilise du papier fabriqué à partir
de bois provenant de forêts gérées
de manière responsable.

Imprimé en France par CPI

N° d'impression : 3037104
X06906/01